STAMP BOOKS

サイモンvs人類平等化計画

ベッキー・アルバータリ 作
三辺律子 訳

岩波書店

SIMON VS. THE HOMO SAPIENS AGENDA
by Becky Albertalli

First published 2015 by Balzer+Bray,
an imprint of HarperCollins *Publishers*, New York.

This Japanese edition published
by Iwanami Shoten, Publishers, Tokyo
by arrangement with
Becky Albertalli c/o THE BENT AGENCY, New York
through Japan UNI Agency, Inc., Tokyo.

目次

カバー画　クリス・ビルハイマー

サイモンvs人類平等化計画

第1章

なんか微妙な会話だった。自分が脅迫《きょうはく》されてるってことも、気づかなかったくらい。

ステージ裏のパイプ椅子にすわってたら、マーティン・アディソンが話しかけてきた。「おまえのメール、読んだよ」

「え？」顔をあげた。

「さっき。図書室で。もちろん、わざとじゃない」

「おれのメール？」

「てか、おまえが使ったすぐあとに、パソコンを使ったんだよ。で、Ｇメールを開こうとしたら、おまえのアカウントが出てきたんだ。ログアウトすんの、忘れたろ？」

おれはぼうぜんとマーティンを見た。マーティンは、自分の椅子の脚を蹴りながらきいた。

「で、偽名使うってどういう意味あんの？」

は？　偽名を使うのは、マーティン・アディソンみたいなやつに知られたくないからに決まってる。

偽名作戦自体は、完璧だったはず。

つまり、おれがパソコンの前にすわってるのを見てたってことだろうな。

で、おれは、歴史に名を残す大バカってこと。

マーティンは、笑みまで浮かべて言った。「それはそうとさ、おれの兄貴がゲイって言ったら、興味あるんじゃない？」

「へえ。特にないけど」

マーティンはおれをじっと見た。

「なにが言いたいんだよ？」

「別に。言っとくけど、スピアー、おれはそういうの、気にしちゃいない。別に騒ぐようなことじゃないしな」

ただちょっとやっかいではあるけどな。てか、もしかしたら超ド級の大惨事にだってなりかねない。すべてはこいつが口を閉じてられるかどうかにかかってる。

「なんか、こういうの気まずいよな」マーティンが言う。

どう答えりゃいいって言うんだ？

「とにかくさ、そりゃ、みんなには知られたくないだろ？」

そりゃそうだ。知られたくない、たぶん。別にカミングアウトとか、みんなに知られるとかに、そこまでビビってるわけじゃない。

そう、ビビってるわけじゃない。

もちろん、ひとたび秘密の箱のふたを開けようものなら、気まずい思いをしまくるはめになるだろうから、開けるのを楽しみにしてるふりをするつもりはない。でも、世界の終わりってほどでもないはず。少なくとも、おれにとっては。

問題は、ブルーがどう思うかは、わからないってことだ。マーティンがしゃべったら、どうなる？ブルーに関して言えば、開けっぴろげな人間じゃないことはたしかだ。メールアカウントからログアウトするのを忘れるようなタイプじゃない。おれのうっかりミスを一生、許さないかもしれないんだ。何が言いたいかっていうと、みんなに知られたら、どうなるか、よくわからないってこと。つまり、おれとブルーが。

にしても、マーティン・アディソンとこんな会話をしてるってことが、信じられない。よりにもよって、おれのあとにログインしたのがこいつなんて。言っとくけど、ふだんならそもそも図書館のパソコンなんて使わない。でも、学校じゃ、無線にアクセスできない。それに今日は、うちのパソコンにたどり着くまで待てなかった。ま、今日にかぎったことじゃないけど。駐車場でスマホをチェックすりゃよかったのに、それすら待てなかったんだ。

っていうのも、今朝、この偽名のアカウントからブルーにメールを送ったからだ。おれにとっては、重要メールってやつを。

だから、返事がきてるか見たくてしょうがなかったってだけ。

「実際、みんなクールに受け止めると思うよ。ひとはありのままの自分でいるべきだからな」マーティンは言った。

どこからつっこめばいいのかすら、わからない。おれのことなんかろくすっぽ知らない、しかも異性愛者《ストレート》のやつが、おれにカミングアウトについて講釈《こうしゃく》たれようってか？　なんなんだよ、ったく。

「わかってるって。ま、なんにしても、だれにも見せるつもりはないから」マーティンは言った。

一瞬、バカなことにおれはほっとした。それから、気づいた。

「見せる？」

マーティンは赤くなって、袖口《そでぐち》をいじくった。その顔を見て、胃がねじれる。「まさか——撮ったのか？」

「その件なんだけどさ、おまえに話そうとしてたんだよ」

「もう一度きく。まさかおまえ、メール画面の写真を撮ったんじゃないだろうな？」

マーティンは唇をすぼめ、おれの肩のむこうを見やった。「とにかくさ、おまえ、アビー・スーソと仲いいだろ。頼みたいことがあって……」

「は!?　てか、どうしておれのメールの写真を撮ったのか、まずそれに返事しろよ！」

マーティンは一瞬、言葉に詰まったが、続けた。「つまりさ、思ったんだよ。もしかして、おれがアビーと話すのに手を貸してくれたりしないかって」

おれは笑いそうになった。「なんだよそれ。おまえを売りこめってか？」

「まあ、そういうこと」

「どうしておれがそんなことしなきゃいけないんだよ？」

マーティンはおれの顔を見た。で、ぴんときた。アビーか。つまり、やつの狙いはそれだったんだ。おれのプライベートなメールを世界へ公開されたくないなら——ってことだ。

いや、おれのだけじゃない。ブルーのプライベートなメールもだ。

マジかよ。てか、これまでマーティンのことは無害なやつとしか思ってなかった。ま、正直、ちょっとアホで、オタクだけど、それが悪いってわけじゃない。それに、けっこう笑えるやつだとも思ってた。

今は、ぜんぜん笑えないけど。

「マジでそんなことやらせるつもりか？」

「やらせる？　かんべんしてくれよ。そんなんじゃないって」

「じゃあ、どんなんだよ？」

「どんなんでもないって。たださ、彼女のこと、いいと思ってるんだ。だから、もしかしたらおまえが手を貸してくれるんじゃないかってさ。アビーがくる集まりに誘ってくれるとか。例えばね」

「断ったら？　メールをフェイスブックにのせるとか？　それとも、タンブラー〔メディアミックスブログサービス〕か？」

最低だ。タンブラーのアカウント〈クリーク・シークレッツ〉は、クリークウッド高校のゴシップの爆心地だ。ここにのれば、一日で学校中に知れわたることになる。

二人とも黙りこくった。

「おれたち、おたがい助け合えるんじゃないかってさ」マーティンがしびれを切らしたように言った。

おれはごくりとつばをのみこんだ。

「マーティ、出番よ」舞台のほうから、オルブライト先生の呼ぶ声がした。「二幕第三場」

「じゃ、考えといて」マーティンは立ちあがった。

「ああ、もちろんさ。いやマジで最高だよ」

マーティンはおれを見た。またさっきと同じ沈黙。

「ほかになんて言ってほしいわけ？」とうとうおれは言った。

「ま、いいよ」マーティンは肩をすくめた。さあとっとと立ち去ってくれって気分全開だったのに、やつは幕に手をかけたところで、いきなりふりかえった。

「深い意味はないんだけどさ」マーティンは言った。「ブルーってだれ？」

「おまえは知らないやつだよ。カリフォルニアに住んでる」

おれがブルーのことを売ると思ってんなら、こいつはクソまぬけだ。

ブルーはカリフォルニアになんか住んじゃいない。ここ、シェイディ・クリークに住んでる。で、うちの学校に通ってる。もちろんブルーは本名じゃない。

知りあいかもしれない。てか、よく知ってるやつってこともありえる。でも、だれかは知らないし、知りたいかどうかも、よくわからなかった。


そんなわけで、親としゃべるとか、マジでダルかった。夕食までたぶん、一時間くらいある。つまり、学校生活について、一時間分の笑える話をひねくりださなきゃならないってことだ。うちの親はそういうタイプなんだ。フランス語の先生のパンツが食いこんでるのがズボン越しでもわかるとか、ギャレットが学食でトレイをひっくり返したとか、ただ話すだけじゃだめで、演じなきゃならない。うちの親としゃべるのは、毎日ブログを書くのと同じくらい重労働なんだ。

でも、ヘンって言えばヘンだ。ちょっと前までは、夕食の前、家族としゃべったりさわいだりするのは、けっこう好きだった。なのに今じゃ、一分一秒でも早くリビングから出たい。特に今日みたいな日は。だから、ソッコーでビーバーの首輪にリードをつけると、外に出た。

イヤホンつけて〈ティーガン＆サラ〉〔カナダの双子ポップデュオ。ともに同性愛者であることを公表している〕の曲に浸《ひた》ろうとしたけど、ブルーと、マーティン・アディソンのことが頭から離れない。今日のリハーサルはほんと最低だった。

つまり、マーティンはアビーが好きなわけだ。特進《AP》クラスにいるストレートのオタク男子はみんなそうだけど。で、マーティンは、おれがアビーと出かけるときにいっしょにくっついてきたがってる。ま、そう考えれば、たいしたことじゃないようにも思える。

問題は、マーティンがおれを脅迫してるってことなんだ。そして、おれを脅迫してるってことは、ブルーのことも脅迫してることになる。そのせいで、おれは今、そこらじゅうのものを蹴飛ばしたい衝動に駆《か》られてるんだ。

けど、〈ティーガン＆サラ〉はそこそこ役に立った。ニックんちへ向かう。空気はさわやかで、秋の気配が感じられる。みんなすでに、玄関にカボチャを飾りはじめてる。ハロウィーンの飾りつけは、けっこう好きなんだ。ガキのころから。

ビーバーを連れてニックんちの裏庭にまわり、地下室へおりていった。入ると、正面にデカいテレビがあって、テンプル騎士団虐殺《ぎゃくさつ》の真っ最中だった。ニックとリアは、テレビゲーム用のロッキングチェア二脚を占領して、午後じゅう、そこから一歩も動いてないって感じだ。

「ビーバー！」リアが呼ぶと、ビーバーはぶざまなかっこうでリアのひざに飛びのり、脚をばたばたさせながら、リアを舐《な》めまくった。リアの前だと、とたんに恥もへったくれもなくなるらしい。

「冷たいな。あいさつすんのは犬だけかよ。おれには？」

「なによ、耳のうしろでも掻《か》いてほしい？」

思わず笑ってしまう。よかった。なにもかも、まともだ。「裏切り者は見つかった？」

「もう殺した」ニックはコントローラーをたたいた。

「やったな」

本当は、殺し屋だろうが、テンプル騎士団だろうが、どのゲームのどのキャラクターだろうが、どうなったところでかまいやしない。でも、今のおれにはこれが必要なんだ。暴力的なテレビゲームとか、地下室のにおいとか、ニックとリアとおれのこういう楽な関係とか。しゃべったり黙ったりする三人のリズムとか、なにもすることのない十月半ばの午後とか。

「サイモン、ニックって、今までフランス語の先生がル・ウェジーって呼ばれてること、知らなかったんだよ」

「ああ、ル・ウェジー。これが、じーんとくる話なんだ《セッチュヌ・イストワール・トゥションント》」

「英語でお願いします」と、ニック。

「パントマイムでもいいけど」と、リア。

結果、おれは、フランス語で〈ル・ウェジー〉、またの名をパンツ食いこみ事件を、天才的に再現して見せた。

やっぱり、おれって演じることが好きなのかも。それなりには。

ニックとリアと六年生の遠足にいってる気分になってきた。うまく説明できないけど、三人でいるときはいつも、みんな完璧なバカになれるんだ。この瞬間に、マーティン・アディソンは存在しない。秘密もない。

　バカになれる。完璧な。

　リアがストローの袋を破って開け、二人して、チックフィレイ〔アメリカで二番目のチキンファストフードのチェーン店〕の特大サイズの甘いアイスティーを飲みはじめた。おれは最近、チックフィレイにはいってない。姉貴がどっかで、やつらがゲイに嫌がらせをする団体に金を寄付してるって聞いてきて、たぶんそれから、あそこで食べるのが嫌になったんだと思う。あそこのオレオミルクシェイクは、デカくて、ふわふわに泡立ってて、めちゃめちゃうまいんだけど。もちろんニックとリアにはそんなことは言ってない。ゲイがどうのこうのって話は、だれともしてない。ブルーとだけだ。

　ニックはアイスティーをぐびぐび飲むと、あくびをした。リアがすかさず、その口めがけてまるめた紙をほうり投げる。ニックは寸前でぱっと口を閉じて、ブロックした。

　リアは肩をすくめた。「またあくびしてよ、お眠《ねむ》なんでしょー」

「なんでそんな疲れてんの？」

「パーティしまくってるからだよ。オールで。で、毎晩――」ニックは言いかけた。

「ニックの言う『パーティ』は、微積《びせき》の宿題でしょ」

「うるせーよ」ニックは椅子によりかかって、またあくびした。二発目の紙の玉が唇の端をかする。

　ニックは紙の玉をぱっと拾って、投げ返した。

「毎晩、ヘンな夢を見るんだよ」ニックは言った。

おれは眉毛《まゆげ》をくいっとあげた。「うわ、それ以上聞きたくない」

「いや、そういう夢じゃない」

リアの顔が真っ赤になる。

「そうじゃなくて、マジでヘンな夢なんだ。洗面所でコンタクトをはめてると、どっちのレンズがどっちの目のか、わからなくなる」

「へえ。それで？」ビーバーの首のうしろの毛に顔を埋《うず》めてるせいで、リアの声がくぐもってる。

「それだけ。で、目を覚まして、いつもどおりコンタクトを入れて、まったく問題はない」

「なにそれ、世界一たいくつな夢だし！」リアはそう言って、しばらくしてから、「そういうときのために、コンタクトのケースには、『左』と『右』ってシールが貼ってあるんじゃないの？」と言った。

「それか、自分の目玉に触るのなんてやめて、メガネにしとけってことかも」おれはそう言って、じゅうたんの上にあぐらをかいてすわった。ビーバーがリアの膝からすべりおりて、ぶらぶらとこっちにきた。

「そのメガネのおかげで、ハリー・ポッターそっくりになれるんだもんねー、サイモン」

一度だ。たった一度、言っただけなのに。

「とにかくさ、おれの無意識がなにかおれに伝えようとしてるんじゃないかと思うんだ」ニックは、知的な気分のときはひとつのことしか考えられなくなる。「この夢のテーマは『視《み》ること』っていうのは、まちがいない。おれはなにかを見逃してるんだ。おれに見えてないものは、なんだろう？」

ニックは、ロッキングチェアをうしろに倒すと、またアイスティーを飲んだ。「フロイトが、理論を組み立てるときに、自分の夢を解釈したのは知ってるか？　フロイトによれば、夢はすべて、願望の充足《じゅうそく》が無意識的に形になったものなんだぞ」

リアと目が合った。同じことを考えてるのがわかる。ニックが言ってることがかなりくだらないってことは、この場合、どうだっていい。でも、ニックはお得意の哲学モードに入ると、どこかちょっといい感じになる。

もちろん、おれはストレートの男は好きにならない主義だ。少なくとも、ストレートだってわかってるやつは。どっちにしろ、ニックのことは好きにならないって決めてる。でも、リアは好きになってしまった。そのせいで、かなり面倒なことになってる。しかも、今じゃ、アビーまで関わってきた。そもそもなんでリアがアビーのことを嫌ってるかわからない。だから、本人にもきいてみたんだけど、ますますわかんなくなっただけだった。

「ああ、アビーは最高だもの。チアリーダーだし、すごくかわいいし、やせてるし。それだけで、じゅうぶんすてきよね？」

ここでわかっててほしいのは、リアほど淡々とイヤミを言う技を会得してるやつはいないってこと。でも、そのうちおれも、ランチのとき、ニックがブラム・グリーンフェルドと席を替えたことに気づいた。もちろん計算尽くだ。アビーのとなりになる確率がいちばん高くなる。その次は、目だった。ニック・アイズナーおなじみの、恋に悩む男のぼーっとした目つき。一年の終わりにも、エイミー・

エヴェレット相手にまったく同じ現象が起こった。あのときも、マジで気持ち悪かった。でも、だれかを好きになった時のニックのそわそわした熱っぽさには、どこか魅力があるってことも、認める。

そして、ニックのその表情を見たリアは、なにも言わなくなった。

つまり、マーティン・アディソンの片棒を担《かつ》いで見合いババアになるのにも、ひとつは利点があるってことだ。マーティンとアビーがくっつけば、ニック問題は自然消滅するかもしれない。そしたら、リアも冷静になって、均衡《きんこう》が取りもどされるわけだ。

だから、もはやおれやおれの秘密だけの問題じゃないってこと。そう、今回の事件はおれの問題だけじゃすまないんだ。

第2章

FROM hourtohour.notetonote@gmail.com
TO bluegreen118@gmail.com
DATE Oct 17 at 12:06 AM
SUBJECT Re：いつわかったか

ブルーへ
その話、すごくぞくぞくする。つまり、中学って終わりのないホラー・ショーみたいなもんだろ。まあ、実際は終わるから、終わりがないってことはないかもしれない。けど、魂には焼きつけられる。思春期は、容赦《ようしゃ》ないから。
ちょっと気になったんだけど——お父さんの結婚式のあと、彼には会った？
おれは、自分がいつ、そうだってわかったかもよくわからない。小さなことの積み重ねだった。ダニエル・ラドクリフ〔ハリー・ポッターを演じたイギリスの俳優〕の出てくるヘンな夢をみたとかさ。中学のとき、〈パッション・ピット〉〔アメリカのエレクトロ・ポップバンド〕に夢中だったとか。しばらくして気づいたんだ、好きなのは音楽のほうじゃないって。

それから、八年生になって、彼女ができた。まあ、付き合ってはいたけど、学校の外では会わなかったし、学校でだって、たいしたことはしてなかった。たぶん手くらいは握ったと思う。八年生のパーティには一応、カップルとしていっしょにいったんだけど、おれは友だちとずっとスナックを食って、観覧席の下から上にいるやつらをのぞいてた。そしたら、見ず知らずの女の子がきて、おれの彼女が体育館の前で待ってるって言ったんだ。もちろんおれはそこへいって、彼女を見つけ、で、たぶん、いちゃつくはずだったんだと思う。中学生らしく、舌は入れないでね。

で、ここからが自慢なんだけどさ。おれは逃げ出して、隠れたんだよ。風呂嫌いの幼稚園児みたいに。トイレの個室に入って、ドアを閉めて、便器の上にしゃがみこんだ。下から足が見えないようにね。その子が中に押し入ってきて、殴りつけるとでも思ったのかって感じだろ？　で、その夜はずっとそこにいたんだ。マジなんだ。で、そのあと、二度と彼女には話しかけなかった。

しかもそれって、バレンタインデーだったんだ。気が利いてるだろ。だから、自分に完全に正直になれば、その時点ではわかってたはずだ。でも、そのあとも、二人、女の子と付き合った。

このメールが、これまでおれが書いた中でいちばん長いって、知ってる？　おまけに、ふざけたことも書いてない。おれが百四十文字以上のメールを書くのは、ブルーだけじゃないかな。それって、けっこうすごいことだと思わない？

でも、まあ、このへんで終わりにするよ。正直、今日はほんとむかつく日だったんだ。

ジャックより

FROM bluegreen118@gmail.com
TO hourtohour.notetonote@gmail.com
DATE Oct 17 at 8:46 PM
SUBJECT Re：いつわかったか

ジャックへ

ぼくだけ？　もちろん、すごいことだよ。光栄だ。面白いのは、ぼくもふだんはメールなんて書かないってこと。こういう話も、だれともしたことない。ジャックとだけだ。

あくまでぼくの意見だけど、ジャックが中学時代を自慢に思ってるっていうのが本気じゃなくて、ほんとよかったよ。ぼくは心底、中学が嫌いだったから。こっちが話し終わると、「へえ、ま、いいんじゃね？」って無表情で言われる感じ、覚えてる？　みんな、必死になって、こっちがなに考えて、どう感じてようが、関係ないってことを見せつけようとしてた。最悪なのは、もちろん、ぼくも同じことをしてたってことだ。思い出すだけで、今でも胃がむかむかしてもどしそうになる。

なにを言いたいかっていうと、もういい加減、いいことにしようよってこと。中学のときは、だれでもひどかったんだから。

質問の答えだけど、結婚式のあとも、彼には何回か会った。年に二、三回ってとこかな。父さんの再婚相手は、家族の集まりとかそういうのをしょっちゅうやるタイプらしいんだ。彼は結婚してて、たぶん奥さんは妊娠してる。でも、ショックとかそういうのはない。そもそもぜんぶ、ぼくの妄想だったからね。それって、すごいことだよね？　こっちは、おかげで性のアイデンティティが根本からゆさぶられたっていうのに、むこうは自分がそんなことしたなんて、気づいてもいないんだから。実際、たぶん彼は今でも、ぼくのことを従姉の結婚相手のちょっと変わった息子としか思ってないと思う。

わかりきった質問だとは思うんだけど、一応きかせて。自分がゲイだってわかってたんなら、どうして彼女なんて作ったんだ？

今日は大変だったみたいだね。おつかれ。

ブルーより

FROM　hourtohour.notetonote@gmail.com
TO　bluegreen118@gmail.com
DATE　Oct 18 at 11:15 PM
SUBJECT　Re：いつわかったか

ブルーへ

ああ、あの「ま、いいんじゃね？」は最低だよな。言いながら、眉《まゆ》をくいっとあげてさ、無理に調子を合わせてやってるってふうに口をケツの穴みたいにすぼめる感じだろ。それに、ブルーと同じで、おれも言ってた。中学のときは、みんな最低なんだよ。

どうして彼女を作ったかって件に関しては、ちょっと説明しづらい。どれも、なんていうか、ただそうなったって感じなんだ。八年生のときの付き合いは悲惨だったから、あれは例外。あとの二人は、まあ、最初は友だちだったんだ。そのうち、むこうがおれのことを好きだってことがわかって、そしたら、付き合い始めてた。でも、すぐに別れたよ。両方とも、おれがふられたんだ。でも、ちっともつらくなかった。高一のとき付き合ってた子とは、今も仲がいいくらいだよ。

でも、正直なところはどうなんだってことだろ？　たぶん、彼女を作った本当の理由は、自分がゲイだって百パーセントの確信は持ってなかったからだと思う。か、じきに変わるかもしれないって思ってたような気もする。

これを読んだら、きっとこう思うだろ。「ま、いいんじゃね？」って。

ジャックより

FROM bluegreen118@gmail.com
TO hourtohour.notetonote@gmail.com
DATE Oct 19 at 8:01 AM
SUBJECT Re：いつわかったか

ま、いいんじゃねーーーー？
（眉毛あげと、口すぼめ付き）

ブルーより

第3章

われながら最低なのは、マーティンのことをブルーに話せてないってことだ。ブルーに秘密を作るのは、慣れてない。

もちろん、お互い、話してないことはたくさんある。おれたちが話すのは、でかい問題ばかりで、友だちの名前とか学校の具体的な話とか、要は面が割れるような細かい話は避《さ》けてる。おれがだれだかわかりそうなことは、なにひとつ、書いてない。でも、それは秘密とは違う。どっちかっていうと、暗黙のルールってやつだ。

ブルーがクリークウッド校の三年生でロッカーとか成績とかフェイスブックのアカウントとかってリアルな存在だったら、なにも話さなかったと思う。もちろん、ブルーが実在するクリークウッドの三年生だってことはわかってる。だけど、ある意味、今はおれのパソコンの中の存在なんだ、うまく説明できないけど。

ブルーはおれが見つけた。よりにもよって、タンブラーで。八月の終わり、学校が始まったばかりのときだった。〈クリーク・シークレッツ〉は、匿名《とくめい》の告白とか、頭の中だけで考えてるようなことを投稿できる場所で、それに対してコメントもつくけど、批判とか同意とか、そういうのはない。まあ、結局、ゴシップとか下手な詩とかミススペルだらけの聖書の引用のたまり場みたいになってた。どっちにしても、中毒性がある。

　で、おれはそこで、ブルーの投稿を見つけた。まるでおれに話しかけてるような気がした。ゲイについて書いてあったからってだけじゃないと思う。なんだろ、短いエッセイみたいだったんだ。けど、文法の間違いは一つもなかったし、妙に詩っぽくて、とにかくこれまで読んだものとは、ぜんぜんちがってた。

　あれは、孤独について書いてたんだと思う。だから、ヘンなんだ。っていうのも、おれは別に自分のことを孤独だなんて思ってないから。だけど、ブルーが自分の気持ちについて書いてるのを読んで、なんだかすごく、わかるって気がしたんだ。まるでおれの頭から引っぱりだしてきたみたいだった。

「人のしぐさはいくらでも記憶できるけど、頭の中は知りようがない」とか。「人は、広い部屋がたくさんあるけど、小さい窓しかない家に似ている」っていう感覚とか。

「自分の考えとか、外から丸見えのような気がしてならない」とか。

「自分がゲイだって、ぜんぜん知られていない気もするし、逆にみんなに知られてるような気もする」っていうのも。

　その部分を読んだとき、おれはなんだかひどくパニクった。自分のことを言われてるような気がしたんだ。でも同時に、静かな興奮の震えを感じた。

　ブルーは、人とのあいだに横たわる海について書いていた。泳ぎつくだけの価値がある岸を見つけるのが、いちばん大事なんだ、って。

　おれは、どうしてもブルーのことを知りたくなった。

しばらくしておれはやっと勇気を振りしぼり、コメントを返した。「連絡先」でかいフォントで。で、自分のメアドを書いた。だれにも教えてないGメールのアカウントを。

そのあと一週間、ブルーがメールを送ってくるかどうかってことばかり、考えて過ごした。そして、ついに、メールがきた。あとになって、おれのコメントを読んで、ちょっと警戒したって話してくれた。ブルーはものすごく慎重なタイプなんだ。少なくとも、おれより慎重だってことは、間違いない。つまり、マーティンにおれたちのメールを撮られたってことをもしブルーが知ったら、かなり警戒するに違いないってことだ。しかも、ブルーの場合はただビビるだけじゃない。

メールをくれなくなるだろう。

初めて受信箱にブルーからのメールがあるのを見つけたときの気持ちは、今でもはっきり覚えてる。なんか現実じゃないような気がした。ブルーはおれのことを知りたがっていた。そのあとの数日、おれは学校にいっても、映画の登場人物になったような気がしてた。自分の顔がアップになってスクリーンに映し出されてるところが浮かぶっていうか。

おかしいのは、現実ではおれは主役タイプじゃないってこと。たぶん、主人公の親友くらいな感じ。自分のことを面白いなんて思ったこと、なかったと思う。ブルーが面白いって言ってくれるまで。だから、今回のことはブルーにはぜったい言えない。ブルーを失いたくないから。

おれはずっとマーティンを避けてた。マーティンのほうは、教室でもリハーサルでも、なんとかおれと目を合わせようとした。自分がビビりだってのはわかってる。でも、今回のことで、おれは完全にビビってた。だいたい、バカみたいだ。マーティンに手を貸すことは、もう決めてたんだから。まあ、別の言い方をすれば、やつの脅しに屈するってことだけど。なんとでも言ってくれ。正直、おれはそのせいで、軽く打ちのめされてたんだ。

食事のあいだじゅう、ぜんぜん話に集中できなかった。親はいつにも増して上機嫌だった。今夜は〈ザ・バチェロレッテ・ナイト〉だからだ。これって、冗談とかじゃないから。あの、二十五人の候補者の中から女の子が結婚相手を選ぶっていうリアリティ番組について家族みんなで議論するんだ。昨日はみんなで番組を見た。で、今夜は、ウェズリアン大学にいってる姉貴のアリスもスカイプで加わって話し合う。スピアー家の最近の流行《はやり》なんだ。もちろん、超くだらないってことはわかりすぎるくらいわかってる。

なんていうか、うちはむかしからそういう家族なんだ。

「で、レオとニコルはどうしてる?」父さんがきいた。フォークをくわえた唇がピクピクしてる。リアをレオ、ニックをニコルって呼んで、性別をひっくり返すのは、父さん的には最高のジョークらしい。

「元気だよ」おれは言った。

「パパ、それ、カッコ笑」妹のノラがそっけなく言った。最近、ノラはメール言葉を会話に入れてくる。本当のメールでは、(笑)なんて使ってないくせに。ちゃかしてんだ。ノラはおれのほうを見た。

「お兄ちゃん、ニックが学校の中庭でギターを弾いてるのを見た?」

「彼女を作ろうっていう魂胆ね?」母さんが言う。

あのさ、母さん、それ、笑えないから。なぜかって言うと、おれは今、マーティン・アディソンにゲイだってことをバラされないように、ニックと片思いの相手とのあいだを邪魔しようとしてるんだ。あ、そういや、おれがゲイだって、話したっけ？

こんな話、どう始めりゃいいんだ？

住んでるのが、ニューヨークだったら、違ったかもしれない。でも、ジョージア州じゃ、どうやってゲイになれるんだ？　それでも、ここはアトランタの郊外だから、少しはマシかもしれない。でも、シェイディ・クリークは、進歩主義者のパラダイスってわけじゃない。学校にも、ひとりか二人、カミングアウトしてるやつがいるけど、面倒な目に合ってる。暴力を振るわれるとかじゃないけど、「ホモやろう」くらいの言葉はしょっちゅう耳にする。レズビアンとかバイセクシャルの女の子も何人かいるらしいけど、女の子の場合はまた話が別だ。たぶん、女の子のほうが楽なんじゃないかな。タンブラーで学んだことがあるとしたら、レズビアンの女の子はカッコいいって思ってるやつがたくさんいるってことだ。

まあ、逆パターンもあるんだと思う。リアみたいに、「yaoi」〔女性向けのBL小説や漫画の俗称。日本語の「やおい」から〕ふうの鉛筆画をサイトに投稿してるような女子もいるし。

おれに言わせれば、すごくクールだ。リアのイラストは、マジでかなりのレベルだから。

リアはyaoiの二次創作にもハマってて、去年の夏、おれも興味を持って、ネットを探して、いくつか読んでみた。信じられないくらいたくさんあって、選びたい放題なんだ。ハリー・ポッターとドラコ・マルフォイは、ホグワーツじゅうのほうき入れっていうほうき入れで、千通りくらいの方法でいちゃついてた。中にはいくつか、ちゃんとまともな文法で書かれてるものもあって、毎晩読みふけった。あの二週間はヤバかった。あの夏に、おれは洗濯のやり方を覚えたんだ。母親に洗ってもらうわけにはいかない靴下があったから。

夕食が終わると、ノラがリビングのデスクトップでスカイプを立ちあげた。画面の中のアリスはなんだかいつもよりルーズな感じだったけど、髪のせいかもしれない。濃いめのブロンドがくしゃくしゃだ。うちは三人とも、ぜんぜん言うことをきかない髪をしてる。うしろに、アリスのベッドが映ってる。ベッドはぐしゃぐしゃのままで、枕がいくつも置かれ、床には、だれかが買った、毛足の長いまるいカーペットが敷いてある。アリスが、おれたちの知らないミネアポリスの女の子と暮らしてるなんて、ふしぎな気がした。アリスの部屋にスポーツに関係するものが置いてあるところなんて、だれも想像しなかったはずだ。ミネソタ・ツインズの野球グッズなんて。

「画質が変。直すから――あれ、ちゃんと映った。わあ、パパ、バラまで用意しちゃったわけ？」

父さんは本物の〈ザ・バチェロレッテ〉の番組と同じように赤いバラを持って、ウェブカメラに向かってカッカと笑った。これ、冗談とかじゃないから。うちの家族は、「バチェロレッテ」のこととなると、頭がおかしくなるんだ。

「サイモン、クリス・ハリソン〔ザ・バチェロレッテの司会〕の物まねしてよ」

ここでひとつ。おれのハリソンの物まねは、マジで天才レベルだ。少なくとも、いつもなら完璧に演じられる。でも、今日は絶好調ってわけにはいかなかった。

ほかのことで頭がいっぱいだったから。マーティンにメールを撮られたことだけじゃない。メールの内容のこともずっとひっかかってた。ブルーにきかれてから、彼女を作ったことについて軽い違和感を覚えるようになっていた。おれのことをインチキだと思ったかな。ブルーは、自分がゲイだって自覚してからは、女の子とデートしてないような気がする。単純に考えれば、ふつうそうする。

「番組で、マイケル・Dは、ファンタジー・スイートルーム〔番組でカップルが使えるプライベートな部屋〕を使ったのはおしゃべりのためだって言ったのよ。本当だと思う？」アリスが言ってる。

「うそに決まってるさ」と、父さん。

「みんな、口ではそう言うのよ」ノラが言った。ノラが首を傾《かし》げたひょうしに、片方の耳にずらりとピアスが五つ並んでいるのが見えた。

「そう思う？」と、アリス。「サイモン、あんたはなんか言うことないの？」

「ノラ、それ、いつやったの？」おれは自分の耳たぶに触ってみせた。

ノラはちょっと赤くなったみたいに見えた。「先週、かな？」

「見せて」アリスが言ったので、ノラは耳をウェブカメラのほうに向けた。

「なんで？」おれはきいた。

「開けたかったからよ」

「でも、つまり、どうしてそんなにたくさん？」

「今はファンタジー・スイートの話でしょ」ノラは自分に注目が集まると、落ち着かなくなる。

おれは言った。「だってさ、ファンタジー・スイートだよ。やったに決まってるよ。〝ファンタジー〟におしゃべりなんて、ないって」

「だけど、別にセックスしたとはかぎらないでしょ」

「ちょっと、ママ、カンベンして」

ひとを本気で好きになれば、ちょっとした恥をかくなんてしょっちゅうだけど、だからこそそんなことをいちいち気にせずにいられる関係は楽だ。つまり、おれは女の子とは楽に付き合える。で、キスくらいならかまわないし、デートも別に苦にならない。

「ダニエル・Fはどう?」ノラがきいて、髪を耳にかけた。マジかよ、あのピアス。ノラのやつ、どうしちゃったんだ?

「いいよね、ダニエル・Fはいちばんカッコいいかも」アリスが言った。母さんとアリスはそういう男のことを「目の保養」って言う。

「冗談だろ? あんなゲイみたいなやつが?」父さんが言った。

「ダニエルはゲイじゃないわよ」ノラが反論する。

「いいか、やつはゲイ・パレードのワンマン・ショーをやってるようなもんだ。テーマソングは『胸いっぱいの愛』だな」

からだが身構えるのがわかった。リアが前、女の子の体重について悪口を言ってる場にいるくらいなら、面と向かってデブって言われたほうがマシだって言ったことがある。たしかにその通りだ。間接的に侮辱《ぶじょく》されるのが、一番屈辱に感じる。

「パパ、やめなよ」アリスが言った。

すると父さんはバングルスの『胸いっぱいの愛』を歌いはじめた。

父さんはこういうことを本気で言ってるのか、ただアリスを怒らせようとしてるだけなのか、わからなかった。もし父さんが本気でそういう考えなら、知っといたほうがいい。まあ、どっちにしろ、もう知らなかったことにはできないけど。

次の問題は、ランチの席だった。脅迫《きょうはく》されてからまだ一週間も経っていない。なのに、ランチの列からいつものテーブルにいこうとしたとき、マーティンに捕まった。

「なんの用だよ?」

マーティンは、おれのテーブルのほうをちらっと見た。「あと、もうひとり、すわれる?」

「えっと」おれは下を見た。「無理じゃないかな」

妙な沈黙が流れた。

「もう八人、いるし」

「席が決まってるとは知らなかったよ」

なんて返事しろっていうんだ? だれでも、いつもすわってる席にすわる。そんなの宇宙の法則みたいにあたりまえだと思ってた。

十月に、ランチの席を急に変えるなんて、ありえない。

おれのグループはちょっと個性的だけど、うまくいってた。ニックとリアとおれ。リアの友だちのモーガンとアナ。二人とも漫画が好きで、真っ黒いアイラインを引いてて、基本、入れ替え可能。てか、アナとは一年のとき付き合ってたけど、そのおれだって区別できないレベル。

あとは、ニックのサッカー部の連中。無口でちょっと取っつきにくいブラムと、自分に酔ってる系のギャレットだ。で、あと、アビー。アビーは新学期の直前にワシントンDCから引っ越してきた。おれたちのあいだには妙な引力が働いていた。運命と、アルファベット順の席順との組み合わせってことだけど。

とにかく、ぜんぶで八人いる。で、要するにそれでもう、固まってんだ。そもそも今ですら、六人掛けのところにむりやり椅子を二つ、足してんだから。

「なるほどね」マーティンはすわったまま頭をそらすと、天井を見あげた。「アビーの件では、大筋で同じ意見かと思ってたけど……」

それから、おれに向かってくいっと眉《まゆ》をあげやがった。マジかよ。

つまり、はっきりと取り決めをしたわけじゃないけど、こういうことになってるらしい。マーティンは、自分の望みを言う。そして、おれはそれをかなえる。

マジで最高だよ。

「いいか、おまえに手を貸したいとは思ってる」おれは言った。

「へええ」

「聞けよ」おれは声を低くして、囁《ささや》くように言った。「アビーにはちゃんと話す。いいな？　その代わり、おれのやり方に任せろ」

マーティンは肩をすくめた。

テーブルにもどるまで、やつがおれをじっと見てるのがわかった。

ふつうに振る舞わないと。言い方を考えなきゃならない。こうなった以上、アビーにはなにかしらマーティンの話をするしかない。しかも、おれの本心とは真逆なことを。アビーがマーティンを気に入るように仕向けるのは、簡単じゃなさそうだ。だって、おれだって、あんなやつ、無理だから。

今や、そんなこと言ってられないけど。


そうはいっても、日々は着実に過ぎていって、おれはあいかわらずなにもできないでいた。アビーにもなにも言ってなかったし、ちょっとしたイベントにマーティンを誘ってみるとか、二人をだれもいない教室に閉じこめるとかもしなかった。そもそも、マーティンがなにをしてほしいのかも、はっきりとわからないのだ。

まあ、それを突き止めるのをできるだけ先延ばしにしようとしてたのも、たしかだ。なるべく姿をくらまし、ニックとリアにくっついて、マーティンが話しかけてこないようにした。火曜日に駐車場に車を停めたあとも、そのまま乗ってたら、先に降りたノラが車に頭を突っこんで、きいた。

「ねえ、降りないの？」

「すぐ降りるよ」

「そう」一瞬、間《ま》をあけてから、ノラは言った。「大丈夫？」

「え？　うん」

ノラはおれをじっと見た。

「ノラ、大丈夫だって」

「わかった」ノラはうしろに下がると、そっとドアを閉め、正面玄関へ向かって歩きはじめた。なんか、ノラはときどき妙に鋭いときがある。でも、ノラにいろんなことを話すのは、なんとなく気まずい。それに気づいたのは、アリスが大学にいってからだった。

結局、そのままスマホをいじって、メールを整理し、ユーチューブでミュージック・ビデオを見てた。そしたら、いきなり助手席の窓をコツンとたたかれ、心臓が飛び出しそうになった。最近、どこにいても、マーティンが現われるんじゃないかってビクついてるんだ。でも、ニックだった。おれは、車に乗るよう合図した。

ニックは車に乗ってきて、言った。「なにしてんの?」

マーティンを避けてるんだ。

「ビデオを見てる」おれは言った。

「お、いいじゃん。おれも見たいやつがあるんだ」

「ザ・フーとかデフ・スキナードとかそういう昔のバンドのだったら、お断りだから」

「今、デフ・スキナードって言ったのは聞かなかったことにしてやる」

もちろん、わざとだ。ニックはからかうと面白い。

おれたちは互いに譲歩して、アニメの『アドベンチャー・タイム』を見ることにし、おかげでそのあいだは、すっかりマーティンのことは忘れられた。でも、時計はちゃんとチェックしてた。別に英語の授業をさぼる気はない。マーティンに話しかけられないように、授業までの時間を潰せればいいんだ。

この状況ってけっこう面白い。っていうのも、ニックはおれのようすがおかしいことに気づいてるはずなのに、あれこれきいてきたり、しゃべらせようとしたりしないから。おれたちはそういう仲なんだ。ニックの声とか表情とかちょっとした癖なら知りつくしてる。脈絡《みゃくらく》なく哲学談義を始めるところとか、そわそわしてるときに、指先で親指をたたく癖とか。たぶん、ニックのほうも同じようにおれのことをわかってるんだと思う。つまり、おれたちは四歳からの仲なんだ。それでも、やつが頭の中でなにを考えてるのか、たいていはさっぱりわからない。

そんなことを考えてるうちに、ブルーのタンブラーの投稿を思い出した。

ニックはおれのスマホを取って、スクロールして動画を探しはじめた。「キリスト関連の何かが見つかったら、英語の授業はさぼっていいってルールにしよう」

「見つかったら、エッセイで『アドベンチャー・タイム』について書くよ」

ニックはおれを見て、笑った。

なにが言いたいかっていうと、ニックといると、孤独じゃないってことだ。とにかく楽なんだ。たぶん、それっていいことなんだと思う。

木曜のリハーサルは、ちょっと早く着いてしまったので、ホールの通用口からこっそり抜け出して、校舎の裏へ回った。ジョージア州にしてはかなり寒い日で、昼過ぎに雨が降ったみたいだ。っていったって、ジョージア州には天気は二種類しかない。パーカーを着なきゃいけない天気と、そうじゃないけどパーカーを着る天気だ。

ホールに置いてきたリュックにイヤホンを入れっぱなしにしてしまったらしい。スマホのスピーカーで聴くのは嫌いだけど、音楽がないよりはマシだ。学食のレンガの塀に寄りかかって、ライブラリに入れたレダの曲を探す。まだ一度も聴いてないけど、リアとアナがハマってるところを見ると、いい予感がする。

と思ったら、ここにいるのは、おれだけじゃなかった。

「さあ、スピアー、どういうことか教えてもらおうか?」マーティンはすっとこっちへくると、となりに寄りかかった。

「どういうことって?」

「おれのこと、避《さ》けてるだろ」

二人ともコンバース・オールスターを履《は》いてる。おれの足が小さいのか? それとも、やつの足がデカいのか? マーティンはおれより背が十五センチくらい高い。影が並ぶと、どっちも間が抜けて見えた。

「いや、そんなことないって」おれは壁から離れると、ホールのほうへもどりはじめた。だって、オルブライト先生を怒らせるわけにはいかないだろ?

マーティンは追いかけてきた。「おれ、本当にだれにもメールは見せるつもりはないから。な? だから、ビビるなよ」

そんなこと、話半分どころか、百万分の一だって信じられない。メールを消したとは、ひと言だって言ってないんだから。

マーティンはおれの顔を見た。なに考えてるのか、さっぱりわからない。笑える。ずっと同じクラスで、こいつのくだらない冗談をみんなといっしょに笑ってたのに。演劇部でやつが演じてるのもずっと見てきたし、教会の聖歌隊では一年間、となりにすわってた。なのに、こいつのことなんて、ろくに知らなかった。てか、ぜんぜん知らなかったんだ。

ここまで相手のことを見くびってたのは、生まれて初めてだった。

「アビーには話すって言ったろ」やっとおれは言った。「それでいいだろ?」

そして、ホールのドアに手をかけた。

「待てよ」マーティンが言った。顔をあげると、スマホを手にしてる。「番号を交換したほうが、なにかと楽じゃないか?」

「今のおれに断れると思う?」

「別にそういうんじゃ……」マーティンは肩をすくめた。

「じゃ、なんなんだよ」おれはやつのスマホを奪い取ると、冗談抜きで怒りで震える手で自分の番号を打ちこんだ。

「サンキュ! あとで一回かけるよ。そしたら、こっちの番号もわかるだろ」

「勝手にしろ」

クズやろう。ぜったい「猿のケツ」って名前で登録してやる。

ドアを押し開けて中に入ると、オルブライト先生に全員舞台にあがるように言われた。「はい、じゃあ、フェイギンとドジャーとオリバー〔ミュージカル『オリバー！』の登場人物。フェイギンはスリ集団のボス、ドジャーは少年スリ〕、第一幕の六場から始めて」

「サイモン！」アビーが抱きついてきて、頬《ほお》をつついた。「もう二度と、置いてかないで」

「いないあいだになんかあった？」むりやり笑みを浮かべる。

「別に」アビーは声を潜めて言った。「でも、ここは、テイラー地獄だから」

「地獄のブロンド集団か」

テイラー・メッテルニッヒは、最低ってくらい完璧だった。完璧っていうのは、悪い場合もあるんだ。ほかに説明する言葉がない。テイラーを見るといつも、夜に鏡の前にすわって、数を数えながら髪をブラッシングしてるところが思い浮かぶ。フェイスブック上で、歴史のテストの出来はどうだったとかきいちゃうような子なんだ。もちろん手を貸してくれるわけじゃない。ただ相手の成績を知りたいだけだ。

「さあ、男の子たち」オルブライト先生が言った。笑える。っていうのも、舞台の上にいる少年役でその言葉に当てはまるのは、厳密にはマーティンとカル・プライスとおれだけだからだ。「いい、今日はちょっと我慢して。演出をするから」先生は目にかかった髪をかきあげると、耳にかけた。オルブライト先生は教師としちゃ、かなり若くて、髪の色もかなり明るい。ショッキングレッドって感じ。

「第一幕の六場はスリの場面ですよね？」テイラーが言った。自分が知ってるってことをひけらかすためだけに質問するタイプなんだ。

「そうよ。じゃあ、始めて、カル」

カルは舞台監督助手《ステージ・マネージャー》だ。おれと同じ三年で、一行おきに印字された台本をデカい青のバインダーにはさんで持ち歩いてる。台本は鉛筆の書きこみだらけだ。おれたちにあれこれ命令してストレスを溜めるのがカルの仕事だと思うと、意外な気がする。っていうのも、カルはふだん人に命令するようなやつじゃない。ぜったいエラそうな態度を取ったりしないし、しゃべり方もどっちかっていうと穏やかで、なんと南部なまりがある。南部代表みたいに言われてるアトランタだけど、本物の南部なまりなんてめったに耳にしない。これはほんと。

軽くしたブラウンの前髪がいい感じでひたいにかかってて、瞳は濃い海の色をしてる。カルがゲイだってうわさは聞いたことがないけど、なんとなくそれっぽい感じがあるような気もする。

オルブライト先生が言った。「はい、じゃあ、オリバーと仲良くなったドジャーが、初めてオリバーを隠れ家に連れ帰って、親方のフェイギンと、スリの子どもたちに引き合わせる場面ね。さて、あなたたちの目的はなに？」

「オリバーにだれがボスかってことを知らしめることです」エミリー・ゴフが答えた。

「ちょっとオリバーをからかってやろう、とか？」と、ミラ・オドム。

「そうね。オリバーは新入りで、あなたたちはちょっといじわるをしてやろうと思ってる。オリバーはクソまじめだからね。いっちょビビらして、身ぐるみ剝《は》いでやろうってわけ」何人かが笑った。

オルブライト先生は、教師なのに「クソ」を連発したりする。

先生とカルは、みんなをそれぞれの位置に立たせた。先生は、「舞台上に絵を作る」って言い方をする。おれは寝っ転がったまま、両ひじをついてからだを起こし、小銭の入った袋を放り投げるように言われた。ドジャーとオリバーが入ってくると、おれたちはみんなぱっと立ちあがって、オリバーが肩にかけてるカバンをつかむことになった。おれはふと思いついて、カバンをシャツの下に突っこんで、妊婦みたいに腰に手をあてて舞台の上をよろよろ歩きまわってみた。

オルブライト先生はめちゃめちゃ気に入ってくれた。

みんなも大笑いして、正直、なんかこのうえない瞬間って感じだった。ホールは真っ暗で、舞台の上だけ照明がついていて、みんな目を輝かせ、酔っ払いみたいに笑ってる。その瞬間、おれはみんなにちょっとだけ恋した。そう、テイラーにさえ。

それどころか、マーティンにも。マーティンはおれと目が合うと、ニッと笑った。こっちも笑い返さないわけにはいかなくて、やつはマジでクソ最低のクズだけど、ひょろひょろしてて、落ち着きがなくて、なんかバカっぽいし、憎みつづけるエネルギーがちょっとそがれた気がした。

ま、そういうことだ。やつを称《たた》える詩を書くつもりはないし、そもそもおれになにを期待してるのかも、よくわからない。てか、ぜんぜんわからない。でも、たぶん——まあ、なんか思いつくだろう。

リハーサルは終わったけど、アビーとおれは舞台の上に置いてある台の上にすわって足をぶらぶらさせながら、オルブライト先生とカルがデカい青のバインダーにいろいろ書きこんでいるのを見ていた。南方面へいく深夜バスはまだ十五分はこないし、学校からアビーの家まで一時間かかる。アビーとか黒人の子たちはほとんど、おれの一週間分の通学時間よりも長い時間をかけて、学校に通ってた。アトランタは、ヘンだろってくらい人種によって住んでる場所がちがうけど、だれもそのことを話題にしない。

アビーはあくびをして、片方の腕を枕にしてあおむけに寝転がった。短い柄のワンピースにタイツをはいて、左手にはミサンガを何個もつけてる。

マーティンは舞台の向かいの、少し離れたところにすわって、リュックをゆっくりと閉じていた。もちろんわざとだ。あえてこっちを見ないようにしてる。

アビーは目を閉じていた。いつもうっすら笑みを浮かべてるように見える唇をしていて、ちょっとフレンチトーストみたいな香りがする。おれがストレートだったら。アビーと仲良くなりたいとしたら。よし、これでいこう。

「おい、マーティン」ヘンな声になってしまった。マーティンが顔をあげる。「明日、ギャレットんとこ、くる?」

「あ、えっと、それ、パーティ?」

「ハロウィーン・パーティ。こいよ。住所、送るから」

猿のケツ宛てに、ちょっとメッセージを送ればすむことだ。

「うん、たぶんいくよ」マーティンは前屈《まえかが》みになると、立ちあがり、いきなり自分の靴ひもに足を引っかけた。そして、いやこれはダンスのステップだからって感じでごまかした。それを見て、アビーが笑った。マーティンはニッて笑って、で、舞台の上で拍手に応えるときみたいにお辞儀をした。

いや、これマジだから。お辞儀って以外、形容する言葉がない。

だれかを笑うのと、だれかと笑うののあいだの境界線ははっきりしない。

そのはっきりしない境界線上にいるのが、マーティンなんだ。

アビーはおれのほうを見て、言った。「サイモンがマーティと仲がいいなんて知らなかった」

今日一日でいちばん笑えたセリフだった。

第4章

FROM hourtohour.notetonote@gmail.com
TO bluegreen118@gmail.com
DATE Oct 30 at 9:56 PM
SUBJECT Re：ハロウィーン

ブルーへ

今まで一回も、ホラー系の仮装はしたことがないと思う。うちの家族じゃ、衣装は笑えるかどうかってことがすべてなんだ。前はよく、だれの衣装がいちばん父親を笑わせられるかで競ってた。妹は一度、ゴミ箱になったんだ。〈セサミ・ストリート〉のオスカーじゃないよ。ゴミがいっぱい入った、ほんとのただのゴミ箱。おれはバカの一つ覚えってやつ。ドレスを着た男の子っていうのは、いつの時代もウケるからね（ま、年齢によるけど。四年生のとき、二十年代のフラッパー風のドレスを着たんだ。でも、鏡を見て、ショックで体に電流が走った。うわ、ヤバいって）。

今回は、シンプルかつワル路線でいく予定。ブルーは仮装しないなんて信じられないよ。ひと晩だけ、別の人間になれるチャンスをむだにするなんてさ。

がっかりのジャックより

FROM bluegreen118@gmail.com
TO hourtohour.notetonote@gmail.com
DATE Oct 31 at 8:11 AM
SUBJECT Re：ハロウィーン

ジャックへ

がっかりさせちゃったね。別に仮装にぜったい反対ってわけじゃないし、最後のジャックの決め文句にはやられた。たしかにひと晩(ずっとでもいいけど)別人になるっていうのは、魅力的だ。実際、ぼくも子どものころはバカの一つ覚えだった。いつもスーパーヒーローの仮装をしてたんだ。複雑な事情のある、だれにも知られていないもうひとりの自分がいるって設定に惹《ひ》かれてたんだろうな。もしかしたら、今もそうかも。こうやってメールをやりとりしてるのも、それなんじゃないかって。

それはとにかく、今年は仮装はしない。っていうのも、その日は出かけないんだ。母親が仕事関係のパーティで出かけるから、家にいて、やってくる子たちにお菓子を配らなきゃならない。十六歳の男子が、ハロウィーンの日にひとりで仮装して、玄関のドアを開けるんじゃ、悲しすぎるからね。

ジャックんちの家族の話は面白い。どうやってドレスを買うよう、親を説得したんだ？　ジャックのフラッパー、イケてたと思うよ。親に寒いとかなんとか言われて、衣装をだいなしにされたことない？　ぼくはむかし、グリーンランタンはスーパーヒーローなんだから、タートルネックのセーターなんて着ないってかんしゃく起こしたことあるよ。今から考えると、グリーンランタンはタートルネックみたいなのを着てたんだけどね。母親に悪いことしたかも！

とにかく、ジャックじゃない日を楽しんでこいよ。ニンジャの衣装がウケるよう、祈ってる(あたり？　シンプルかつワルっていえば、ニンジャだろ?:)。

ブルーより

FROM　hourtohour.notetonote@gmail.com
TO　bluegreen118@gmail.com
DATE　Oct 31 at 8:25 AM
SUBJECT　Re：ハロウィーン

ニンジャ？　ビンボーって言いたいところだけど、ハズレ。

ジャックより

FROM hourtohour.notetonote@gmail.com
TO bluegreen118@gmail.com
DATE Oct 31 at 8:26 AM
SUBJECT Re：ハロウィーン

マジか――スマホの予測変換機能で勝手に訂正されてる。ビキニ、だよ。

FROM hourtohour.notetonote@gmail.com
TO bluegreen118@gmail.com
DATE Oct 31 at 8:28 AM
SUBJECT Re：ハロウィーン

ウソだろ!!!!!!!!

ビンゴって、打ったんだよ。ビ、ン、ゴ。マジかよ信じられない。だから、スマホからメールを打つの、嫌なんだよ。

恥ずかしくて死にかけてるジャックより

第5章

ハロウィーンの日が金曜にあたるなんて、最高にツイてる。朝から徐々に気分が盛りあがっていくから、授業がいつもよりは退屈じゃない気がするし、先生たちまで面白く感じる。おれはパーカーのフードにフェルト製の猫の耳をテープで貼って、ジーンズのしりに尻尾をつけていった。廊下ですれ違った知らない子が、にっこり笑ってくれた。いいねって感じで。マジでハロウィーン最高。

アビーといっしょにうちまで帰って、そこから歩いてニックんちへいくことにした。で、リアが車で全員拾ってくれる。リアはもう十七歳だから。ジョージア州では、免許って点に関しては、十七かそうじゃないかですごい差がつく。現時点で、おれはノラ以外あと一人しか乗せることができない〔ジョージア州では十代の免許取得者に対して、同乗者の人数を段階的に制限している〕。これに関しては、問答無用。うちの親はそんなに厳しいほうじゃないけど、運転のことになると、史上最悪の独裁者なんだ。

アビーはキッチンに入ったとたん、床にぺたんとすわって、ビーバーをなで回した。アビーとリアはぜんぜん似てないけど、うちの犬に夢中ってところは共通してる。ビーバーはすっかりだらしなくなって、あおむけになって腹を上にむけ、うっとりとアビーを見あげてる。

ビーバーはゴールデンレトリーバーで、レトリーバー特有の大きくて茶色のうるうるした目をしてる。アリスはビーバーって名前を思いついたとき(もちろん、ジャスティン・ビーバー)、そこまでか？　ってくらい自画自賛してたけど、実際、たしかにぴったりだ。

「で、どこなの？」アビーは言って、おれのほうを見あげた。ビーバーと一生、離れないって感じで抱き合って、ヘッドバンドが目の上までずり下がってる。今日は、動物の耳とか、お面とか、学校用にちょっとトーンダウンした仮装をしてきてる子が多かったけど、アビーは頭のてっぺんから足の先まで完璧にクレオパトラの衣装できめてた。

「ギャレットの家のこと？　たしかロズウェル通りのほうだったと思うよ？　ニックが知ってる」

「じゃ、今日はサッカー部の子たちがほとんどってこと？」

「だと思う。どうだろうね」

猿のケツから今日くるってメールはもらってたけど、今ここで、やつの名前を出す気にはならなかった。

「まあ、なんでもいいか。楽しいに決まってるし」アビーはビーバーの脚から抜け出そうとして、衣装が腿《もも》のあたりまでめくれあがってた。まあ、タイツは履《は》いてたけど、それでもけっこうな露出度だ。なんか面白い。だって、おれの知ってるかぎり、みんなおれのことはストレートだと思ってるけど、アビーはもうすっかり、おれがいても意識しなくていいって思ってるみたいだから。もともとそういうタイプなのかもしれないけど。

「ねえ、お腹すいてない？」アビーがきいた。それで、なにか勧めるべきだったって気づいた。で、結局二人で、チーズトーストを作って、リビングでテレビを見ながら食べた。ノラはソファーの隅で丸まって、『マクベス』を読んでる。ま、たしかにハロウィーンぽい選択ではあるけど。ノラはめったに外出しない。おれたちがチーズトーストを食べてるのをちらっと見ると、立ちあがって、自分の分を作りにいった。チーズトーストがほしいなら、そう言えばいいのに。うちの母親はいつもノラに、もっと自己主張しろって言ってる。でも、おれのほうから、腹が減ってるかきいてやればよかったかも。おれは、ほかのひとがなにを考えてるのか、ぜんぜん気づかないところがある。おれのいちばんの欠点かも。

おれたちが、寝そべってるビーバーをはさんで、ケーブルテレビのブラボーチャンネルを適当に替えながら見てると、ノラがトーストを持ってもどってきて、また本を読みはじめた。アリスもノラもおれも、テレビを見たり音楽を聴いたりしながら勉強することが多いけど、全員成績は悪くない。

「ねえ、そろそろ着がえたほうがよくない？」アビーが言った。クレオパトラはもうみんなに見られてるからって、パーティ用に別の衣装を持ってきていた。

「別に八時までにニックんちに着かなくても、平気だよ」

「でも、お菓子をもらいに回ってくる子たちのために仮装しておいたほうがいいじゃない？　子どものころ、相手が仮装してないと、なんか嫌だったんだ」

「じゃあ、そうするか。でも、言っとくけど、ここいらの子はお菓子のことで頭がいっぱいで、どんな人がくれたかなんて、見ちゃいないよ」

「それって、ちょっと問題よね」

おれは笑った。「たしかに」

「じゃあ、洗面所を使わせてもらうね。変身タイム！」

「いいよ。じゃ、おれはここで着がえる」

ノラが本から顔をあげた。「お兄ちゃん、カンベン」

「服の上から吸魂鬼《きゅうこんき》のマントをかぶるだけだよ。なら、平気だろ？」

「吸魂鬼ってなに？」

な、信じられないだろ？「ノラ、もうおまえはおれの妹じゃない」

「ああ、ってことは、ハリー・ポッターのキャラってことね」ノラは言った。


おれたちが入っていくと、ギャレットはニックとこぶしをパシッと合わせた。「よう、アイズナー」音楽が爆音でかかってて、あちこちから笑い声があがり、コーラじゃない缶を持った連中がうろうろしてる。すでに、ちょっとおれにはむりって感じがしはじめた。つまり、こういうこと。おれが慣れてんのは、別のタイプのパーティ。相手の家にいくと、そこんちのお母さんが出てきて、地下室に案内してくれて、ジャンクフードや、アップルトゥアップルみたいなパーティゲームが置いてあって、何人かが適当に歌ったりしてるっていうやつ。テレビゲームをやってるってパターンもあり。

「なにか飲み物、持ってこようか？　ビールか、あとは、えっと、ウォッカとラム」

「うん、ありがとう。でも、いい。運転だから」リアが言った。

「ああ、そうか。コーラとかジュースもあるよ」

「わたしは、ウォッカをオレンジジュースで割ったのにする」アビーが言った。リアがやっぱりねって感じで首を振る。

「ワンダーウーマンにスクリュードライバーひとつ。ただいま、お持ちします。アイズナーとスピアーは？　なににする？　ビールでいい？」

「ああ」おれは言った。心臓がみんなに聞こえるくらいデカい音で打ってる。

「スピアーはビアーな」ギャレットが言って、笑った。たぶん、韻《いん》を踏んでるっていいたいんだろう。そして、飲み物を取りにいった。うちの母親に話したら、まあ、気が利いてるわねって言うだろう。もちろん、親にアルコールを飲んだなんて言う気はないけど。そんなこと言おうもんなら、また大騒ぎだ。

吸魂鬼のフードをかぶって、壁に寄りかかった。ニックは二階へギャレットの父親のギターを取りにいったので、アビーとリアと妙な沈黙の中に残された。アビーは音楽に合わせて歌を口ずさみながら、肩をゆらしてる。

自分がなんとなくリアのほうに身を縮《ちぢ》めていくのがわかった。たまにリアがまったく同じ気持ちでいるってわかるときがある。

リアはソファーのほうを見た。「うわ、『ハンガー・ゲーム』のカットニスがヨーダといちゃついてる」

「だれがだれと？」アビーがきいた。

一瞬、間《ま》があいた。「ああ……別にたいしたことじゃないから」リアは言った。

リアは緊張してると、よけいにいやみっぽくなる。でも、アビーはリアの言葉のとげに気づいてないみたいだ。

「ニックはどこにいっちゃったわけ？」アビーは言った。

アビーがニックの名前を口にしただけで、リアは唇をぎゅっと嚙んだ。

「ギターといちゃついてるとか？」おれは言ってみた。

「かも。なでまわしたら、とげが刺さりそうだけど」リアが言うと、アビーがクスクス笑った。リアは頰《ほお》を赤らめた。

なんかよくわからない。まんざらでもないみたいだ。

でも、そこへギャレットが腕いっぱいに飲み物を抱えてもどってきた。それを見たリアの顔は無表情になった。

「持ってきたよ。女の子たちには、スクリュードライバー……」ギャレットはアビーとリアそれぞれにコップを差しだした。

「あたしは……なんでもない」リアはどうでもいいって感じで目をくるっと回して、コップをうしろのテーブルに置いた。

「それからビールは——その仮装はなんだよ？」

「吸魂鬼」おれは言った。

「なんだよ、それ？」

「吸魂鬼？　ハリー・ポッターだよ」

「フードを脱げよ。で、そっちはだれ？」

「キム・カーダシアン〔モデル・女優。インスタグラムやツイッターで絶大なフォロワー数を持つお騒がせセレブ〕」リアは完全に無表情のまま答えた。

ギャレットは戸惑ったような顔をした。

「『フルーツバスケット』の透《とおる》」

「ええと……」

「日本のマンガのキャラ」リアは言った。

「なるほど」部屋の奥から、ジャーンとピアノの不協和音がして、ギャレットの視線はおれたちを通りすぎてそっちへ向けられた。何人かの女の子たちがピアノの椅子にすわってる。そのうちひとりが肘で鍵盤を押しちゃったらしい。酔っぱらった笑い声がどっと起こる。

一瞬、ノラと家で玄関のベルに耳を澄ましながら、ブラボーチャンネルを見て、食べきりサイズのキットカットを頬ばってりゃよかったと思った。ちなみに、「食べきり」っていうより、「食い足りない」サイズだけど。ま、とにかく、自分でもよくわからない。つまらないわけじゃない。でも、ここにいると、なんか落ち着かない。

ビールを啜《すす》った。マジで、驚くほどマズかった。アイスクリームみたいな味だと思ってたわけじゃないけど、ここまでひどいのか？　みんな、これのために、ウソついて、ニセの身分証明書を手に入れて、バーにもぐりこむのかよ？　正直、これだったら、ビーバーといちゃついてたほうがマシだ。犬のビーバーのことだよ。あ、ジャスティンのほうでもいいけど。

セックスについてもいろいろ聞かされてきたけど、ビールと同じパターンになるんじゃないかって心配になってきたよ。

ギャレットはニックの飲み物をおれたちに託すと、ピアノの女の子たちのところへいった。たぶん一年生だろう。衣装がやけにさえてる。ひとりは、黒いシルクのネグリジェの胸に、フロイトの顔写真を貼りつけてる。「フロイト的失言」ってことを表現してるつもりなんだろう。無意識の願望を思わず口にしちゃうってやつ。ニックが気に入りそうだ。でも、ノラくらいの年齢なのに、全員、酒を飲んでる。ギャレットがあわててピアノの蓋《ふた》を閉めた。心配なのはピアノのほうかよって思って、ギャレットってけっこういいやつじゃん、と思う。

「おかえり」アビーが言った。ニックが、命綱かなにかみたいにアコースティックギターを抱きかかえておりてきた。そして床にすわると、ソファーの側面によりかかって、チューニングを始めた。何人かがちらっとこっちを見たけど、また会話をつづける。なんか落ち着かない。ここにいるほとんどは知り合いだけど、全員、サッカー部かほかの運動部の連中だ。もちろん、だからどうってわけじゃない。ただ、顔見知りではあるけど、よく知らないんだ。ここで、カル・プライスに会うことは絶対ないし、マーティンのアホもいったいどこにいるのか、見当もつかない。

おれがすわると、リアもずるずると壁をすべるようにして腰を下ろし、ぎこちない感じで横ずわりした。スカートの衣装だったから、腿《もも》が見えないようにしてるんだろう。バカらしいし、リアらしい。おれがすっとリアのほうにからだを寄せると、リアはこっちは見ずに小さく笑みを浮かべた。アビーも、おれたちの正面にあぐらをかいてすわった。けっこういい感じだ。おれたちのスペースが確保できたから。

なんとなく楽しくてぼうっとしてきて、ビールもさっきほどマズくなくなった。ギャレットかだれかがステレオを消したらしく、何人かニックのギターを聴きにやってきた。話したっけ？　ニックの声はかなりいい感じにかすれてる。もちろん、父親世代みたいな古いロックにハマってるわけだけど、たまにはそういうのも悪くない。今はちょうど、ピンク・フロイドの『ウィッシュ・ユー・ワー・ヒア』(あなたにいてほしかった)を歌ってて、おれはブルーのことを考えてた。それから、カル・プライスのことを。

ってというのも、実はブルーはカル・プライスじゃないかって気がしてるんだ。ただの勘。たぶん、目のせいだと思う。カルは、海みたいな目をしてる。ブルーグリーンの波が次々押しよせるような瞳。それに、カルを見ると、たまにお互いわかり合えてるって感じがするんだ。それをカルのほうもわかってて、なんかこう、以心伝心って感じ。

「サイモン、どれくらい飲んだ?」リアがきいてきた。おれは、リアの髪の先をくるくる指に巻いていた。リアの髪はすごくきれいで、フレンチトーストそっくりのにおいがする。あ、それはアビーか。リアのはアーモンドの香りだ。

「ビール一杯」そう、世界一美味しい、すばらしいビール。

「ビール一杯、ね。あんたがどれだけバカみたいか説明する気も起きないけど」でも、リアはかすかにほほえんでる。

「リア、リアの顔ってマジでアイルランド人の顔だって知ってる?」

リアはおれを見た。「え?」

「おれの言ってる意味、わかるだろ。アイルランド人の顔ってこと。リアってアイルランド系?」

「えっと、自分で知ってるかぎりは、ちがうけど」

アビーが笑った。

「おれの先祖はスコットランド人なんだ」声がした。見あげると、ウサギの耳をつけたマーティン・アディソンがいた。

「ああ、だろうな」おれが言うと、マーティンはアビーの横に腰を下ろした。横だけど、近すぎはしない。「な、すごくふしぎじゃない？　おれたちの先祖は世界中に散らばってたけど、おれたちは今、こうしてギャレットのリビングにいる。マーティンの先祖はスコットランドからきたし、悪いけど、リアの先祖はぜったいにアイルランドからきたんだと思う」

「ま、別にそれでいいけど」

「で、ニックの先祖はイスラエルから」

「イスラエル？」ニックがまだギターのフレットの上で指をすべらせながら、ききかえした。「おれの先祖はロシア人だ」

おれは毎日新しいことを学んでるってわけだ。つまり、ユダヤ人はみんな、イスラエルからきたと思ってたから。

「そうか。で、おれの先祖はイギリス人とドイツ人で、アビーは、えっと……」どうしよう、おれはぜんぜんアフリカのことを知らない。それにこれって、人種差別的発言になるのか？

「西アフリカだと思う」

「そういうこと。つまりさ、みんなバラバラだってことだよ。なのに、どうしてか、みんなここに集まることになった」

「わたしの場合は、奴隷制《どれいせい》のせいね」アビーが言う。

おれはバカか?! これ以上、しゃべるな。っていうか、五分前にしゃべるのをやめときゃよかったんだ。

そのとき、また音楽がかかった。

「おれ、ちょっと飲み物取ってくるわ」マーティンが言って、どんくさい動きで立ちあがった。「だれか、なにかいる?」

「ありがとう、でも、あたしは運転だから」リアが言った。リアの場合、運転じゃなくたって飲まない。この世には目に見えない境界線があって、片側にはギャレットやアビーやニックやありとあらゆるミュージシャンが入る。パーティへいって、酒を飲んで、一杯のビールで酔っぱらったりしない人間が。セックスをして、それでいちいち騒ぎ立てないようなやつらが。

で、もう片側にいるのが、リアやおれみたいなやつ。

でも、それも悪くないって思えるのは、ブルーもおれたちの側だから。おれはメールの行間なんてたいして読めないけど、ブルーがだれかとキスしたことがあるとは思えない。でも、じゃあ、おれの経験は数に入るのか?

男とはキスしたことはない。ここんとこ、おれはずっとこのことを考えつづけてる。

「スピアー?」マーティンの声がした。

「ごめん、なに?」

「飲み物、いる?」

「ああ、ありがと。でも、もういいや」リアがフンと鼻を小さく鳴らした。

「わたしも、もうじゅうぶん。ありがとね」アビーはそう言って、おれの足を蹴った。「うちなら、地下鉄に乗って、こっそり裏口から入ればよかったから、問題なかったんだけど」アビーの言う「うち」っていうのは、未だにDCのことだ。「でも、サイモンのパパとママには、酔っぱらったところを見せないほうがよさそうだからね」

「うちの親は気にしないと思うけど」

アビーは前髪をかきあげると、おれのほうを見あげた。「開けてびっくりってことになるかもよ」

「妹がピアスの穴を百個あけても、なにも言わなかったけどな」

「へえ。ノラったら不良」リアが言う。

「ノラは不良の真逆だよ」おれは頭を振った。「ノラに比べれば、おれだって不良だ」

「そうだそうだ」マーティンが言って、またアビーの横にビールを持ってすわった。

アビーはのびをして、立ちあがると、おれのフードをつかんだ。「いこうよ。みんな、踊ってるよ」

「みんなはみんな」ニックが言う。

「わたしたちも踊るの」アビーはニックのほうへ両腕をさしのべた。

「マジかよー」そう言いながらも、ニックはギターを置いて、アビーに引っぱられて立ちあがった。

「あのさ、おれの華麗な動き、見たことある?」マーティンが言う。

「見せて見せて」

マーティンはすわったまま、泳いでるようなへなちょこなジェスチャーをして、肩をかくかくと動かし、腰をゆらしてみせた。

「わあ、いいじゃん。じゃ、いこ」アビーはマーティンの両手を引っぱった。マーティンが嬉しそうに立ちあがる。アビーはささやかなハーレムを引き連れて、ステレオのそばのカーペットが敷いてある場所に移動した。みんな、酒を飲んで、カニエの曲にあわせて腰を振ってる。アビーもいっしょになって踊りだしたけど、すぐに自分だけの世界に突入したので、ニックとマーティンは人目を気にしながら、ひたすら互いに相手を見ないようにしてからだをゆらすはめになった。

「うわー、とうとうやっちゃった。ついにニックのバル・ミツバー〔ユダヤ人の男子が十三歳になる時に行う成人式〕よりイタい光景を目撃することになったわあ」リアが言う。

「これで、イタいニックシリーズ、コンプリートかも」

「動画に撮っとく？」

「いや、目に焼きつけとこう」リアの肩に腕を回して、引きよせた。リアはハグされるのがあまり好きじゃないけど、今日はおれの肩に顔を埋《うず》めて、吸魂鬼のマントに向かってモゴモゴとなにか言った。

「なに？」おれはリアを軽く肘でつついた。

でも、リアは首を振っただけで、ため息をついた。

リアにニックのうちで降ろしてもらったのは、真夜中だった。うちまでは歩いて七分だ。帰ると、うちの電気はぜんぶ消えていたけど、近所はまだ、オレンジ色にライトアップされていた。つぶれたカボチャが二、三個転がっていて、木の枝には大量のトイレットペーパーが引っかかってる。おれの住んでるシェイディ・クリークは、ふだんは郊外にあるおとぎの国かもしれないけど、ハロウィーンの日のお菓子がなくなったあとは、隠れてた暗部が噴出するんだ。ま、少なくともうちの近所ではそう。

肌寒くて、不自然なほど静かだった。アビーがいなかったら、音楽で静けさをかき消さなきゃならなかっただろう。ゾンビの世界の最後の生き残りみたいな気がしてくる。ワンダーウーマンと、ゲイの吸魂鬼と。種の保存って点では、あまりいい組み合わせとは言えない。

ニックのうちのある通りを突き当たりまでいって、曲がる。この道は目をつぶっていても歩ける。

「えっと、サイモンにお願いがあるの」

「なに？」

「サイモンがトイレにいってるあいだに、マーティンが話しかけてきたの」

からだの内側から冷たいものがせりあがってきた。

「うん」

「で、もしかしたら、勘違いかもしれないけど、学園祭のパーティの話をされてね。三回もその話をしてた」

「誘われた？」

「ううん。たぶん――よくわからないけど、たぶん誘おうとしてた感じ？」

マーティン・アディソンのバカやろう。やつの辞書にさりげないって言葉はないのか？

でも、マーティンがバラしてないってわかって、心底ホッとした。

「今、聞いた感じだと、マーティンは望みゼロってことみたいだね」

アビーは唇を噛んで、ほほえんだ。「マーティンはいい人よ」

「まあね」

「だけど、もうタイ・アレンといくって約束しちゃったの。二週間前に誘われて」

「ほんと？　なんで話してくれなかったんだよ」

「ごめん。タンブラーでみんなに発表すべきだった？」アビーはにやっと笑った。「とにかくね、それをうまくマーティンに伝えてくれないかなって思って。マーティンと仲がいいんでしょ？　できれば、はっきり誘われて、断らなくちゃならなくなるのは、避《さ》けたいの」

「だね。やってみるよ」

「サイモンは？　今年もいかないの？」アビーはきいた。

「もちろん」リアとニックとおれは、学園祭なんてダサいからって、毎年パスしていた。

「リアを誘えばいいのに」アビーは探るような目つきでちらりとおれのほうを見た。

おれは今にも噴き出しそうになりながら言った。「おれがリアのことを好きだと思ってんだ？」

「わかんないけど」アビーは笑って、肩をすくめた。「今夜、二人がいい雰囲気だったから」

「おれとリアが？」でも、おれはゲイなんだよ。ゲイなんだよ！！！！！　今、アビーに言ったら？　アビーのリアクションが想像できる。目を見開いて、あんぐりと口を開けて。

だよな。今夜はやめといたほうがいいかも。

「あのさ」おれはアビーのほうを見ないで言った。「マーティンのこと、気に入る可能性ってありそう?」

「マーティン・アディソンのこと? うーん。どうして?」

「いや別に。なんとなく。悪くないやつだからさ」声がうわずってか細くなってしまった。ハリー・ポッターのヴォルデモートみたいだ。自分がこんなこと言ってることが信じられない。

「そっかー。マーティンのいい友だちなんだね」

返事できなかった。

二人でうちに入っていくと、母親がキッチンで待っていた。ここからが勝負だ。うちの母親は、児童心理学者なんだ。でもって、それだけのことはある。

「おかえりなさい! パーティはどうだった?」

さあ、ここだ。**最高だったよ、母さん。ギャレットんちは、酒がたくさんあってさ。**じゃないだろ。

アビーのほうが一枚上手だった。アビーはさっそくみんなの衣装を事細かに説明しはじめ、母親はカウンターからスナックの載った皿を持ってきた。うちの親はいつもは十時までにはベッドに入ってるから、本当はめちゃめちゃ疲れてるはずだ。でも、おれたちが帰るまでは、起きてるのはわかってた。なにしろ、「わたしは話のわかる母親なのよ」アピールの機会は逃さないんだ。

「それで、ニックがギターを弾いたんです」アビーは言った。

「ニックって、いろんなことができるのね」

「ええ、ほんとに。女の子たちにモテモテなんですよ」

「だから、サイモンにギターを習えって言ってるのよ。妹のノラは、前はギターを弾いてたのよ」

「もう寝るよ」おれは言った。「アビー、大丈夫？」母親は、アビーをアリスの部屋に泊まらせることにしていた。これってけっこう笑える。ニックは、この十年間、毎回おれの部屋の床で寝てるんだから。

自分の部屋にもどって、ようやくほっとした。ビーバーはすでにベッドの足元に転がってるジーンズとパーカーの巣でぐっすり眠ってる。吸魂鬼のマントは床にくしゃくしゃのまま捨て置かれることになった。ゴミ箱を狙ったつもりなんだけど、おれは、笑えるくらいスポーツが苦手だ。

ベッドの布団もめくらずに上に横になる。ちゃんと寝るときまでは、シーツはきれいにしておきたいタイプなんだ。ウソだろって言われそうだけど、おれは毎日欠かさずベッドメイキングをしてる。それ以外は、部屋じゅう、紙きれやら洗濯物やら本やらがらくたが転がってるのに。ベッドが救命ボートのような気がしてくるときもある。

イヤホンをつける。壁のむこうはノラの部屋だから、ノラがベッドに入ったあとは、スピーカーは使わないことにしてる。

なにか聴き慣れた曲がいい。エリオット・スミスにしよう。

目は完全にさえてて、まだパーティの余韻《よいん》に酔ってるような感じだった。パーティはよかったと思う。ま、比べられるほどたくさんいってないけど。ビールを飲んだと思うと、ちょっと興奮する。たった一杯のビールのことで騒ぐなんてダサいのはわかってる。ギャレットやサッカー部のやつらは、一杯でやめるほうが大騒ぎだろう。

親に言うつもりはない。言ったところで、たいして面倒なことにはならないと思うけど。でも、なんか、この新しいサイモンとしばらく自分の頭の中で暮らしてみる必要があるっていうか。うちの親は、こういうことをだいなしにする傾向があるんだ。なんでも興味津々で、おれはこれこれこういう子だっていうイメージを勝手に持ってて、おれがそこから踏みだすたびに、いちいち大騒ぎする。それって、なんかこう、恥ずかしい。

ちなみに、親に話すのがいちばん嫌だったのは、彼女ができたって言うときだった。三回ともそう。別れたって言うときよりもなんかずっと、ピリピリする。特に、八年生のときに彼女ができたって言ったときのことは、一生忘れない。そう、レイチェル・トーマス。ああ、もう最低だ。まず、父親と母親は卒業アルバムのレイチェルの写真を見たがった。父親なんて、ここじゃ暗いとか言って、アルバムをキッチンへ持っていったくらいだ。そして、まるまる一分間なにも言わなかった上で、こう言った。

「ずいぶんと眉毛《まゆげ》が濃いな」

正直、言われるまで、おれは気づいてもいなかった。けど、それからあとは、眉毛のことしか考えられなくなってしまった。

母親のほうは、付き合ったことのないおれに彼女ができたってことで頭がいっぱいになった。なにがそんなに驚きだったのかは、謎だ。だって、だれだって最初は、付き合ってたことはないってところからスタートするはずだろ？　だけど、とにかくそうだったんだ。母親はあらゆることを知りたがった。レイチェルとおれがどうやって付き合うことになったかとか、おれの気持ちはどうだとか、母親に車でどこかまで連れていってほしいかとか。とにかく異様なほどなんにでも興味を持った。アリスやノラが男の子の話とか彼氏の話を一切しないタイプだったことも、響いた。だから、おれにスポットライトが当たっちゃったわけ。

正直、いちばん違和感があったのは、親の反応のせいで、なんかカミングアウトしたような気にさせられたことだ。おれはストレートです、って。でも、そんなのヘンだ。だって、ストレートの子は、異性が好きですって宣言しなきゃなんて、いちいち悩まないんだから。

ここが、人にはわかってもらえないところなんだ。つまり、カミングアウトってこと。おれがゲイだってことは、関係ない。なぜなら、心の中では、うちの家族は受け入れてくれるってわかってるから。うちは信心深い家庭じゃないし、親は民主党員だ。父親はすぐにくだらないジョークを言うから、そのせいで気まずい感じになるのは間違いないけど、それでもたぶんおれはついてるほうなんだと思う。親に縁を切られることはないってわかってるし、学校にはちょっかい出してくるやつもいるだろうけど、仲のいい友だちは大丈夫だってわかってる。リアはゲイの男が好きだから、むしろ喜ぶかも。だけど、なんかカミングアウトってやつにうんざりなんだ。何かあるたびにカミングアウトがついてまわる。別に変わりたいわけじゃないけど、毎日どこかは少しずつ変わってる。彼女ができた。ビールを飲んだ。で、そのたびに、自分はこういう人間です、って世界に向けて宣言し直さなきゃいけないんだ。

第6章

FROM　bluegreen118@gmail.com
TO　hourtohour.notetonote@gmail.com
DATE　Nov 1 at 11:12 AM
SUBJECT　Re：ハロウィーン

ジャックへ
ハロウィーンは楽しんだ？　シンプルかつワルの仮装が成功したんだといいけど。うちのほうは、ものすごく静かだったよ。お菓子をもらいにきたのは、六人だけ。だから、契約通り、残ったリーズのチョコを食う義務が発生した。
もうすぐ学園祭なんて信じられない。すごく楽しみだ。勘違いしないでくれよ。アメフトは今も大嫌いだ。でも、学園祭の試合を観にいくのは、けっこう好きなんだ。照明とか、ドラムの音とか、空気のにおいみたいなものが好きなんだと思う。秋の空気ってなんか、可能性の香りがするだろ。チアリーダーを拝めるのが嬉しいだけかもしれないけど。もちろんだろ？

今週末はなにか面白い予定ある？　いい天気らしいよ。ビンボー、あ、ごめん、ビキニだったっけ。

☺

ブルーより

FROM　hourtohour.notetonote@gmail.com
TO　bluegreen118@gmail.com
DATE　Nov 1 at 5:30 PM
SUBJECT　Re：セックスよりもリーズのチョコ

ハイハイ、ナイスジョーク。

それはそうと、昨日の夜、たった六人のために家から出られなかったなんて、同情するよ。もったいない。来年は、皿かなんかを玄関に出しといて、ひとり二つずつお持ちくださいっていうメモをつけておけば？　ま、うちの近所のガキなら、邪悪な笑い声を響かせながら菓子をごっそり取って、ついでにメモにションベンをひっかけてくだろうけど。ブルーんちの近所の子どもはもっと上品なんだろうな。

リーズのチョコが残ってるってマジ？　最近じゃ、メールでチョコも送れたりしないのか？　送れるって言ってくれ！

　こっちのハロウィーンは悪くなかったよ。あんまり詳しく説明するわけにはいかないけど、結局、友だちのうちのパーティにいったんだ。おれがふだんからいくようなパーティじゃなかったんだけど、でも、面白かった。たまには自分のテリトリーから出るのも、悪くない（おっと、ジャックの正体はパーティ大好きニンジャだって可能性もつぶさないでおかないと）。

　で、あれからずっと、秘密にしてるもう一人の自分についてずっと考えてる。自分の中に閉じこめられてるって感じることはない？　うまく言えないけど、自分がだれかってことを知らないのは自分だけで、みんなに知られてるような気がすることがあるんだ。

　ま、それはそうと、学園祭の話を出してくれてよかった。っていうのも、スピリット・ウィーク〔愛校心を盛りあげるため、一週間それぞれのテーマに合わせて仮装して登校する〕が今週だっていうのをすっかり忘れてたんだ。月曜はディケイズ・デイ〔一九六〇～八〇年代頃の格好をしていく日〕だよね？　サイトでチェックしとかなきゃ。笑い者にならないようにね。にしても、マジな話、ハロウィーンのすぐ後がスピリット・ウィークってどういうことだよ。うちの学校、仮装の大盤ぶるまいしすぎだろ。月曜はなにを着てくつもり？　って、もちろん、この質問には答えられないのはわかってる。

　それに、金曜にはチアリーダーを拝むんだろ。頭ん中は女でいっぱいだからな。おれも同じだよ。もちろんね。

ジャックより

FROM bluegreen118@gmail.com
TO hourtohour.notetonote@gmail.com
DATE Nov 2 at 1:43 PM
SUBJECT Re：セックスよりもリーズのチョコ

セックスよりもリーズのチョコ？　先に認めとくけど、ぼくには本当のとこはわからない。でも、まちがってることを祈るよ。女の子とセックスなんかするからいけないんじゃない？　あ、これはあくまでぼくの意見。

ジャックんちの近所の子は、すごいな。うちのあたりじゃ、おしっこはあまり問題じゃないから、来年は、ジャックのアドバイスを受け入れるか。ま、そもそも考える必要もないかも。っていうのも、うちの母親はふだんはほとんど外出しないんだ。ジャックみたいにパーティ・ニンジャになるのは無理だと思う。☺

　自分の中に閉じこめられてるっていう気持ち、よくわかる。ぼくの場合、ほかのみんなに知られてるかどうかは関係ない気がする。もっと、なんていうか、思い切って飛びこんでいって、はっきりと言いたいことを口にして、やりたいことをやりたいって思ってるんだけど、いつも自分を抑えてしまう。たぶん、基本、ぼくは怖がってるんだと思う。そのことを考えるだけで、胃がむかむかしてもどしそうになるくらいだ。ぼくはもどしやすい体質だって言ったっけ？

もちろん、それがスピリット・ウィークの話をしたり、衣装を説明したりしたくない理由。ジャックがそれをぜんぶ照らし合わせて、ぼくの正体を突き止めてしまうのが嫌だから。ぼくたちがこうやってメール交換してるのにどういう意味があるにしろ、お互いの正体を知ってたら、うまくいかないような気がする。ジャックが、ネット上の匿名《とくめい》の人物じゃなくて、ぼくの日常とつながっている現実のだれかだって思うと、正直、落ち着かない気持ちになる。これまでジャックにしてきた話には、だれにも言ったことがない話がいくつもある。わからないけど、ジャックには、自分をさらけ出したくなるようななにかがあるんだ。そしてそのことがちょっと怖くもある。

こんな話、気まずいと思わないでくれるといいけど。ジャックがスピリット・ウィークになに着てくかってきいたのは、冗談だってわかってる。でも、書いときたかったんだ。だって、もしかしたら、百パーセント冗談でもなかったかもしれないだろ？　ぼくもジャックのことを知りたいって思うことがあるから。

ブルーより

P.S.このメールにリーズのチョコを添付しといたよ。これでOKだといいけど。

FROM　hourtohour.notetonote@gmail.com
TO　bluegreen118@gmail.com

DATE　Nov 3 at 6:37 PM
SUBJECT　Re：セックスよりもリーズのチョコ

ブルーへ
おれがよけいなこと書いたせいで不安にさせてたら、ほんとにごめん。おれは知りたがりなんだ。むかしから、そうでさ。ほんとにごめん。同じようなこと、何度も書いて。ちゃんと言ったことないかもしれないけど、ブルーとのメールのやりとりはおれにとってすごく大切なことなんだ。だから、もしダメにするなんてファックなことをしちまったら、自分のことが一生許せないと思う。つまり、バカなことしちまったら。ブルーは「ファック」なんて言葉使わないよな。

あと、メールの件名で誤解させちゃったかも。正直、おれもセックスよりもリーズのチョコのほうがいいかなんて、わからない。たしかに、リーズはめちゃくちゃうまいけど。あ、でも、女の子とのセックス(母親の言葉で言えば、性的関係)なら、それよりかチョコのほうがいいと思う。

でも、相手が女の子じゃなかったら？　想像だけど、リーズのチョコよりちょっぴりいいような気がする。って、書きながら赤くなってるって、ヤバいよね。

リーズって言えば、写真をありがとう。もちろんこれでOK。実際に食べたいなんてぜーんぜん思ってないし、写真のせいでますます想像が刺激されたなんて、言わないし。ちょっと塩気があって、チョコレートチョコレートしてて、めちゃめちゃおいしいだろうな、とか。いや、マジでOK。ちょうど自虐《じぎゃく》モードだったんだ。わざわざネットでリーズの画像を検索しないで済んだよ。

うちの残ったチョコレートももらうつもりだけど、週末すら持ちそうにないな。

ブルーのお母さんよりパーティ通いしてるジャックより

第7章

水曜日は、ジェンダーベンダー・デイだった。要するに、南部のストレートの連中が異性の服を着る日ってこと。もちろん、おれは好きじゃない。

一時間目は『十二夜』〔男装の令嬢が登場するシェイクスピアの喜劇〕を見た。英米文学の先生ってみんな、ユーモアのセンス抜群ってわけ。ワイズ先生は、教室にうっすらビールのにおいのする、真ん中がへこんだぼろぼろのソファーを持ちこんでた。ぜったい放課後にしのびこんで、ヤッてるやつらがいるに決まってる。確実にあやしい液がくっついてるだろって、そういう感じのソファー。だけど、授業となると、死にものぐるいの争奪戦が繰り広げられる。机のうしろにすわるよりは、百万倍耐えやすいってことなのかも。

今日は、うちの学校のチアリーダーのユニフォームを着たサッカー部のやつらが占領してた。ニックとギャレットとブラムだ。ジェンダーベンダーの日、体育会系のやつらはたいていこれだ。チアリーダーは全員で二十人くらいしかいないから、どうやって需要と供給が合ってるのかふしぎだけど。ひとり十枚ずつくらい持ってるとか？　うちの学校がなにに金を使ってるかなんて、わかりゃしない。

だけど、チアリーダーのプリーツスカートの下からサッカー部のふくらはぎとすり減ったテニスシューズが突き出てる光景は悪くないってことは認める。ブラム・グリーンフェルドがワンピースを着てるなんて信じられない。いつもいっしょにランチを食ってる、あのブラムが。ブラムは肌は黒くて、物静かなやつだ。頭はかなりいいらしいけど、しゃべらなきゃいけないとき以外、しゃべってるのを聞いたことがない。ソファーの端っこにからだを埋《うず》めるようにすわって、右足と左足のつま先をぶつけてる。これまで気づいたことなかったけど、かなりイケてる。

ワイズ先生が映画を流しはじめたとき、アビーが教室に飛びこんできた。チアリーダーと演劇部といろんな委員会とぜんぶ掛け持ちしてることを思えば、一時間目に遅刻するのもわかるけど、アビーは一度も呼び出しを食らったことがない。リアはそれが気に入らなくて、しかもソファーにすわってる連中がいつもかならず喜んでアビーのために席を詰めるもんだから、かなりムッとしてる。

アビーはソファーにすわってる男子たちをひと目見るなり、噴き出した。ニックは、バカみたいにうれしそうな顔をした。むかし、小学校の校庭で埋もれてる恐竜の骨を見つけたときと、まったく同じ顔。

ちなみに、もちろん、あとから鶏の骨だってわかったけど。にしてもだ。

「え、どうして!?」アビーは、おれのうしろの席にすべりこみながら言った。上下ともスーツで、ネクタイに、ダンブルドアみたいな偽ヒゲをつけてる。「仮装してないの?!」

「髪にピン留めつけてるよ」おれは指さした。

「なるほど、見えてないけどね」アビーはリアのほうを見た。「リアもワンピースなんだ?」

リアはアビーのほうを見たけど、なにも言わずに肩をすくめた。リアは、ジェンダーベンダーの日に、思いっきり女っぽい服装をする。それがリアなりの打倒ジェンダーベンダーの表現なんだ。

つまりこういうこと。うまいこと逃げ切れるなら、おれだって、こんな業務用みたいなヘアピンをアリスのひきだしから持ち出したりしなかったと思う。だけど、おれがいつもはこういうくだらないお祭り騒ぎに参加することは、みんな知ってる。もちろん、本気でじゃなくて、斜め目線で参加するってことだけど。だとしても、だ。もし今日、おれがまったく仮装してなければ、妙に目立つに決まってる。結局、一番喜んでジェンダーベンダーに参加するのは、ストレートで、いいとこの坊ちゃんふうで、体育会系のやつらのほうなんだ。自分の男性性になんの不安もないからこそ、できるってこと。

でも、同じことをほかのだれかに言われたら、おれはすごく腹が立つ。っていうのも、おれだって、自分が男性ってことについてはなんの不安もないから。男だってことに疑問がないことと、ストレートだってことは、同じじゃないんだ。

女の子のかっこうをするっていうのは、おれにしてみれば、めちゃくちゃ違和感があるんだ。だれも、そう、ブルーにすら言ってないけど、前は、女の子のかっこうをすることに、なんて言うか、独特のものを感じてた。どうやって説明すればわかってもらえるかわかんないけど、シルクの肌触りとか、足がスースーする感じとか、今でも覚えてる。自分が男だっていうことに疑問を感じたことはなかったし、女になりたいと思ったこともない。だけど、小さいころ、四月にハロウィーンの夢を見て目を覚ますことがよくあったし、十月にはかならず何度も衣装を着てみたし、十一月になっても、もう一度クローゼットから衣装を引っぱりだしたくてうずうずしてた。でも、決して一線は越えなかった。

自分でもよくわからない。あのときの気持ちが今でもくっきり思いだせることが、なんて言うか腹立たしいんだ。今でもはっきり覚えてる。今では、女装するって思うだけで耐えられない。考えることすら、嫌だ。あれが自分だったなんて信じられないって、しょっちゅう思う。

教室のドアが開いて、廊下の明るい光の中にマーティン・アディソンのシルエットが浮かびあがった。どうにかしてチアリーダーのユニフォームを手に入れたらしく、胸に妙にリアルな詰め物までしてる。マーティンはかなり背が高いので、肌の露出度が目を背けたいレベルに達してた。

後ろの列のやつが、ヒュウウッと口笛を吹いた。「色っぽいぜ、オタクやろう！」

「遅刻届をとってきなさい、アディソンくん」ワイズ先生が言った。リアのことが頭に浮かんだせいかもしれないけど、アビーに遅刻がつかなかったのは、やっぱり不公平かも。

マーティンは両腕でドアのフレームをつかんで、ジャングルジムみたいにぶらさがった。ユニフォームのトップスがますますずりあがる。女の子たちがクスクス笑い、マーティンは赤くなってにやっと笑った。ちょっとウケるためだけにからだを張るなんて、マジかよ。だけど、そういうことにかけては、やつは天才だ。スクールカーストの上にいる連中に愛されてるオタクなんて、やつしかいない。ウソをつくつもりはない。連中がマーティンをからかうのはおもしろくてしょうがないって思ってるのはたしかだ。でも、いじめとはちがう。なんていうか、マスコット的存在。

「今すぐだ」ワイズ先生が言った。

マーティンはトップスを引っぱり下ろして、胸の位置を直すと、教室から出ていった。

金曜日、理数系の教室のある廊下は干し草だらけになった。十センチくらい厚さがありそう。ロッカーの隙間からも、何本か突き出してる。校庭から土埃《つちぼこり》が舞いあがり、照明の光さえいつもと違って見える。

今年の学園祭のテーマは音楽だった。そして、世界にはありとあらゆるジャンルの音楽があるっていうのに、三年生はよりにもよってカントリーを選んだ。そんなのを選ぶなんて、ジョージア州だけだ。だから今日、おれはバンダナを巻いて、カウボーイハットをかぶってる。ファッキン愛校心！

ここでひとつ。学園祭なんてクズだし、カントリー・ミュージックなんて恥ずかしいもいいとこだけど、干し草はすっかり気に入った。アナやテイラー・メッテルニッヒみたいなぜんそくのアレルギーのある子たちが、理数系の科目は休まなきゃいけないのは、気の毒だけど。干し草があるだけで、あらゆることが一変する。廊下は別世界みたいだ。

で、ランチにいって、完全にぶっ飛んだ。一年生のせいだ。バカで、かわいくて、ウソだろって感じ。笑わずにはいられない。一年が選んだジャンルはエモで、基本、目までたらした前髪とリストバンドと涙のメイクの洪水って感じ。昨日の夜、ノラに、黒のウィッグと、アイラインと、せめてお願いだから〈マイ・ケミカル・ロマンス〉のバンドTシャツを着てってくれって頼んだら、まるで裸でステージに立てって言ったみたいな目で見られた。

学食の奥にいるノラを見ると、エモとは対極のブロンドのカーリーヘアだったけど、アライグマみたいなアイラインだけはしぶしぶ引いたらしかった。たぶん、みんなが引いてるのを見て、そうすることにしたんだろう。ノラはまわりに合わせるタイプなんだ。

むかし、ゴミ箱の仮装をするって言ってきかなかった子と同一人物とは思えない。

マーティンはすぐとなりのテーブルにいた。オーバーオールを着てる。てか、オーバーオールなんて持ってたのかよ。おれと目を合わせようとしてるのがわかって、ぱっと視線をそらした。今じゃ、マーティンを避《さ》けるのは、条件反射みたいになってる。

リアとギャレットのあいだの席にすわると、二人はおれ越しに話しつづけた。

「それ、だれの仮装?」

「マジでジェイソン・アルディーン〔カントリー・ミュージックの歌手〕のこと知らないのかよ?」ギャレットが言う。

「ええ、マジで知らないわよ」

ギャレットは両手でバンとテーブルをたたいた。そこでおれも真似してテーブルをたたくと、ギャレットは照れくさそうに笑った。

ニックが正面にすわって、ランチの袋を開いた。「あのさ、考えたんだけど、今夜、試合を見にいこうよ」

「冗談でしょ」と、リア。

ニックはリアを見た。

「ワッフルはどうするのよ?」リアが言った。おれたちはいつも、アメフトの試合のあいだはワッフルハウスにいく。

「そんなの、いいだろ?」ニックは言った。

うつむいたせいで、リアの目がおっかない感じになって、唇もキュッと結ばれた。みんな、一瞬、しんとなった。

で、たぶん最悪のタイミングだった。でも、そのときのおれは、リアのことは頭になかった。

「おれも試合にいく」おれは言った。なぜなら、ブルーがくると思ったから。ブルーと同じ観客席にすわれるなんて、考えるだけですてきだ。

「本気で言ってんの？」リアが言った。リアがこっちを見てるのがわかったけど、あえてそっちは見なかった。「『ブルータス、おまえもか？』」

「『たいへんだ、バットマン、「過剰反応」発生中……』」（アメリカンコミック『バットマン』に登場するロビンの口癖）ニックは言いかけた。

「黙って」リアがぴしゃりと言った。

ギャレットがおどおどと笑う。

「あれ、どうかした？」アビーがきて、場が妙な重苦しい沈黙に包まれているのに気づいた。アビーはニックのとなりにすわると、さらにきいた。「なにか問題？」

「ううん、問題なんてないよ」ニックはちらりとアビーを見て、頰《ほお》をうっすら赤くした。

「よかった」アビーはにっこりした。アビーは、ふつうにカウボーイハットをかぶるだけ、なんてハンパなことはしなかった。ものすごい数のカウボーイハットを頭の上に積みかさねてたんだ。「今夜のアメフトの試合、楽しみだよね！」

リアがぷいと立ちあがり、椅子をテーブルの下にもどすと、ひと言も言わずに去っていった。

試合が始まるのは七時だけど、六時からパレードがある。放課後、おれはニックんちへいって、それから車でまた学校にもどった。

「これで、おれたちもリアのクズやろうリストに載ったな」おれは言った。学校の前の道に入ると、すでに道路の両わきは縦列駐車の車でいっぱいで、ってことは、駐車場は満車にちがいない。みんなほんとにアメフトが好きらしい。

「そのうち忘れるだろ」ニックは言った。「そこ、空いてる？」

「いや、ここは消火栓」

「クソッ。なんだよ、混んでんだな」

ニックがアメフトの試合にきたのは初めてだと思う。もちろん、おれもだ。さらに十分たって、ようやくバックして車を入れられる場所を見つけた。ニックは縦列駐車が嫌いなんだ。おかげで、雨の中を学校まで百万キロも歩かなきゃならなかったけど、カウボーイハットも役立つことがあるってことを学んだ。

いってみて、スタジアムに照明があることに、初めて気づいた。もちろん、むかしからついてただろうけど、実際に使ってるところは、初めて見た気がする。こんなに明るいなんて知らなかった。ブルーはきっとこういうのが好きなんだ。ブルーもう、スタジアムのまわりをうろうろしてる連中の中にいるんだろうか。二ドル払って、チケットを買い、中に入る。楽隊がスタンドで、カクカクした振り付けで踊りながら、ビヨンセのマジかって曲を演奏してる。雨が降ってて、しかも、これって学園祭の行事だけど、ブルーが好きな理由がわかるような気がした。なんか、なんだって起こりそうな気になる。

「きたきた！」アビーがこっちに走ってきた。ニックとおれに大げさに抱きつく。「ちょうど二人にメッセージ送ったとこだったんだよ。パレードに参加する？」

ニックとおれは顔を見合わせた。

「いいよ」おれが答えると、ニックは肩をすくめた。

そこで、おれたちはアビーについていって、教師用の駐車場までいった。パレードに出す三年の台車《フロート》のまわりに、実行委員会の連中が集まってる。平台のトレーラーの上にフレームが組み立てられ、もろカントリー・ミュージックって感じの干し草の梱《こり》が、うしろにいくにつれ高くなるように積まれている。フレームを縁取るように赤いバンダナをつなげたものが結びつけられ、風にたなびいていた。あらゆるものに、クリスマスの電飾がついてる。だれかのｉＰｏｄのスピーカーから、カントリー・ポップのギターが大音量で流れていた。

アビーはもちろん中心にいて、何人かのチアリーダーの子たちとフロートに乗ることになっていた。デニムのミニスカートをはいて、フランネルのシャツを前で結んだ下からお腹がのぞいてる。オーバーオールの男子もいて、ひとりなんて、干し草の梱によりかかってアコースティックギターを弾いているふりをしてた。おれは思わずにやりとして、ニックのほうを見た。ニックは、ギターを弾くふりをしてるやつに我慢がならないんだ。しかも、指を動かすふりすらしないやつとか、許せないらしい。

生徒会長のマディって女子が、おれたちをフロートのうしろに並ばせ、麦わらを配って口にくわえるようにって言った。

「ちゃんと声を出してね」マディは真剣そのものって感じで言った。「向こうは、こっちのやる気を見てるから」

「ガンベンだな」ニックに向かってぼそりと言うと、ニックも鼻を鳴らした。口に麦わらをくわえてちゃ、まともにしゃべれるわけない。

マディは真っ青になった。「そうか！　みんな、計画変更よ。麦わらはなし。口から出して。うん、それでいいわ。大きな声でね。笑顔を忘れないで」

フロートが動きはじめ、二年の作ったロックンロールの怪物みたいなフロートのうしろに並んだ。おれたちもあとに続き、マディの合図とともに歓声をあげた。足りないと思えば、「イエーイ」とかなんとか適当にどなる。パレードは学校の敷地を出て、ぐるりと一周し、アメフトのグラウンドを囲んでる陸上用トラックに入っていった。照明がおれたちの上に降りそそぎ、みんなが歓声をあげる。ニックやおれがこんなところにいるなんて、信じられない。ハイスクール青春まっただ中、って感じだ。こんなのバカバカしいとか冷めたことを言わなきゃいけない気もしたけど、でも正直、たまにはひねくれたことを言わないっていうのも、悪くないかもしれない。

自分も一員なんだって気がしたんだと思う。

パレードが終わると、アビーとチアリーダーの子たちはユニフォームに着替えにトイレに走っていった。ニックとおれは観客席を見あげた。たくさんの顔がいっしょくたになって、知ってる顔が見つかりそうにない。軽く圧倒される。

「あそこにサッカー部の連中がいる」ようやくニックが見つけて、左側の、上から数段下あたりを指さした。ニックのあとについてコンクリートの階段をのぼっていって、人混みの中をむりやり通り抜け、そっちまでいく。マジか。もう気まずいことはすべて経験したって思った矢先に、いやまだあったって感じ。やっとそこまでいくと、今度はすわる場所を見つけるっていう問題にぶち当たった。ギャレットがブラムのほうに詰めてくれたけど、それでも、実質、ニックの膝の上にすわってる感じになって、おれはむずむずして照れくさくなって、これじゃ無理だと、またすぐに立ちあがった。

「いいよ、演劇部のやつらといっしょにすわるから」数列前の階段のとなりに、テイラーの完璧にブラッシングされた明るいブロンドが見えていた。エミリー・ゴフたちとすわってる。ゴフたちの中には、カル・プライスも含まれてる。心臓がドキドキしはじめる。カルが観にきてるのは知っていた。またすわってる人の前をむりやり通って、階段までもどった。スタジアムじゅうの視線が自分に注がれてるような気がする。それから、手すりをくぐって、カルの肩をたたいた。

「よう、サイモン」カルはおれのことをサイモンって呼ぶ。おれはけっこうそれが気に入ってる。たいていのやつはスピアーって呼ぶし、別にそれが嫌なわけじゃないから、よくわかんないけど。たぶんカル・プライスにになら、なんて呼ばれても嬉しいのかも。

「いっしょにすわっていい？」

「もちろん」カルはすっと横にずれた。「ぜんぜん余裕あるから」たしかに余裕はあった。カルの膝の上にすわらなくてすむくらい。残念だけど。

それからまるまる一分間、なんて話しかけようか考えた。頭がぜんぜん働かない。

「今までアメフトの試合で見かけたことなかった気がするけど」カルは言って、目にかかった前髪をかきあげた。

わ、マジか。おれは完全にやられてしまった。カルの前髪に。カルの目に。おれがふだんはアメフトの試合を見にきてないってことにカルが気づいてたことに。

「うん、今日が初めて」おれは言った。童貞のせりふかよ。

「そっか、いいね」カルは落ち着きはらってる。おれのほうを見もしない。そりゃ、試合を見ながらしゃべってるんだからあたりまえだけど。「おれはこられるときは、きてるんだ。少なくとも学園祭の試合にはなんとかくるようにしてる」

カルにききたくてもきけないことをうまくきく方法はないだろうか？　可能性の香りの話をして、カルの反応を見るとか？　でも、そんなことを言って、カルが本当にブルーだったら、おれがジャックだってすぐバレる。まだそこまでの心の準備はできてない。

だけど、バカみたいに、アホみたいに、知りたくてたまらない。

「よっ」いきなりとなりにだれかがきた。マーティンだ。おれは反射的に場所を空けてしまった。

「なんだよ、オタクやろう」うしろにすわってるやつがうめくように言って、マーティンの髪をぐしゃぐしゃっとやった。マーティンは振り向いて、そいつに笑いかけた。それから、髪をなでつけると(まあ、直らなかったけど)、一瞬、ぎゅっと唇を噛んだ。

「調子どう？」

「別に」おれはげんなりした。マーティンのからだは完全にこっちに向けられてて、会話する気満々だ。もうこれで、カルには話しかけられない。可能性の香りの空気の話も、もはやここまで。

「あのさ、アビーのことだけど」

「ああ、なに？」

「ダンスに誘ったんだよ。で、撃沈《げきちん》」マーティンは超小声で言った。

「そっか。えっと、残念だったな」

「もう相手が決まってるって知ってた？」

「うん、まあ。わかってたかも。ごめん」機会を見つけて、マーティンに言っといてやるべきだったかも。

「これからは先に言ってくれよな。おれが恥かかなくてすむように」マーティンは打ちひしがれていた。おれはひどく後ろめたい気分になった。脅迫《きょうはく》してたのはやつなのに、おれのほうが良心の呵責《かしゃく》を感じるって、どういうことだよ。

「でも、付き合ってるとか、そういうんじゃないと思うよ」

「どうでもいいよ」マーティンはぼそりと言った。マーティンのほうをちらりと見る。アビーのことをあきらめるつもりなんだろうか。もしあきらめるんだとしたら――メールの件はどうなるんだ？まさかそれで一生おれを脅しつづけるとか？

それじゃあ、最低なんだけど。

第8章

FROM hourtohour.notetonote@gmail.com
TO bluegreen118@gmail.com
DATE Nov 11 at 11:45 PM
SUBJECT Re：結論

ブルーへ

えっと、第一に、オレオクッキーはどう考えたって食品群のひとつに入る。第二に、大事なのはその食品群だけだ。姉貴と妹とおれは何年か前、おばさんちに泊まってたときに、ショレオ王国って架空の世界を考え出した。あらゆるものがオレオでできてて、オレオミルクシェイクの川を巨大なオレオクッキーに乗って、下っていくんだ。好きなときに、ミルクシェイクをすくって飲めるってわけ。『夢のチョコレート工場』のシーンを思い浮かべてもらえばいいかも。なんでそんなことを考えたのか、わからない。腹が減ってたのかも。おばさんは料理がクソ下手だったから。

ま、きみの無知は許してしんぜよう。おれがオレオ専門家だとは知らなかっただろうからね。

ジャックより

FROM bluegreen118@gmail.com
TO hourtohour.notetonote@gmail.com
DATE Nov 12 at 5:37 PM
SUBJECT Re：結論

ジャックへ
たしかに、まさかオレオ博士相手に話してるとは思ってもいなかったよ。ショレオ王国は魔法の国らしいな。じゃあ、オレオ博士、バランスの取れた食生活のために、オレオ食品群はどのくらい摂取《せっしゅ》が必要なんでしょうか？
ジャックはかなりの甘党みたいだね。

ブルーより

FROM hourtohour.notetonote@gmail.com

TO　bluegreen118@gmail.com
DATE　Nov 13 at 7:55 PM
SUBJECT　Re：甘党？

おれが甘党？

わかった、もしかしてブルーはまだオレオ食を百パーセント信じてないだろ。基本的な方針はごくごく簡単。つまり、例外は一切なし。朝食はもちろん、オレオ・グラノーラバーと、オレオ・ポップタルト〔ケロッグ社の出している子どもむけの朝食。オレオ生地の間にクリームがはさまっている〕。いや、気持ち悪くなんかないって。黙って聞いてろ。これが、めちゃくちゃ美味いんだから。ランチはオレオ・ピザとオレオ・ミルクシェイクとうちの母親の作ったオレオ・トリュフ（またの名を、宇宙一美味しいジャンクフード）。夕食はオレオに衣をつけてあげたフライドオレオのオレオ・アイスクリーム添え。飲み物は、オレオをミルクに溶かしたオレオミルク。水なんて飲まない。オレオミルクだけだ。デザートはオレオをそのままっていうのもいいな。納得だろ？　ブルーの健康のためだからね。

今、これを書いてるだけでも、腹が減ってくる。ウソじゃないよ。小さいころは、いつもそんなだった。子どものころのジャンクフードに対する妄想って、すごくない？　ほんとにこう、心を奪われるって感じだろ。人はセックスを知る前に、なにかに夢中になる必要があるんだと思うよ。

ジャック博士より

FROM　bluegreen118@gmail.com
TO　hourtohour.notetonote@gmail.com
DATE　Nov 14 at 10:57 PM
SUBJECT　Re：甘党？

ジャックへ
ぼくの健康まで心配してくれて、心から感謝してるよ。かなりきつそうだけど、体には感謝されることになるんだろうね。オレオがものすごく美味しいってことに異論はないし、ジャックが書いたメニューはなかなかすてきだ。けど、フライドオレオの夕食だけは無理かも。前に一度、移動遊園地でそいつを食べたあと、超高速回転のコーヒーカップに乗ったことがあるんだ。くわしい説明ははぶくけど、もどしやすい体質の場合、コーヒーカップだけは乗らないほうがいい。それ以来、前と同じ目ではフライドオレオを見られなくなった。こんな話を聞かせて悪い。ジャックは、オレオ命なのに。
子どものころのジャックが、ジャンクフードに憧れてたところを想像するのって、いいかも。今のジャックがセックスについて妄想してるところも。自分がこんなこと、書いてるなんて信じられない。送信ボタンを押そうとしてるなんて、信じられない。

ブルーより

第9章

おれがセックスについて妄想してるところを、ブルーが想像してる！

このメールを、寝る前に読んだのは失敗だったかも。今、おれは真っ暗な部屋のベッドの上で、スマホの画面に表示された最後の一行をくりかえし読んでいる。興奮状態で、目が冴《さ》えまくってる。たった一通のメールのせいで。しかも、かたくなってる。ヤバい。

だって、これじゃ、誤解するよ。っていっても、いい意味の誤解だけど。ブルーはふだん、メールの内容にはものすごく慎重なのに。

なのに、おれがセックスについて妄想してるところを想像してる！

おれたちの関係をそういうふうにとらえてるのは、おれのほうだけだと思ってた。

ブルーに直接会ったら、どんな感じだろう。これだけいろいろやりとりしたあとで、しゃべる必要すらないかも。すぐにベッドへ直行とか？　イメージできそう。ブルーがおれの部屋にくる。二人っきりだ。ブルーがとなりにすわって、ブルーグリーンの目でおれを見つめる。カル・プライスの目で。

そして、おれの顔を両手で挟んで、いきなりキスをする。

おれは両手で自分の顔を挟んだ。訂正。左手だけ。右手は忙しかったから。

イメージが浮かぶ。ブルーがおれにキスしてる。レイチェルやアナやカリスのときとはちがう。ぜんぜんちがう！　同じ成層圏にすらない。全身に電流が流れたみたいにビリビリして、脳がぼーっとして、自分の心臓が打つ音がはっきり聞こえるような気がする。

静かに、音を立てないようにしないと。壁を隔《へだ》てたむこうにはノラがいるんだから。

ブルーの舌がおれの口の中に入ってくる。ブルーの手がおれのシャツをまくりあげ、おれの胸を指でそっとなぞる。もうだめだ。これ以上がまんできない。ああ。ブルー。

全身がゼリーみたいにふにゃふにゃになった。


月曜日、学校に入ったところで、リアに捕まった。

「ごめん、ノラ。ちょっとサイモンを借りるね」

「どうしたんだよ?」坂をくだると、中庭があって、コンクリートの低い囲いがある。一部が低くなっているので、すわるのにちょうどいい。

リアはおれの目を見ずに言った。「CDを焼いといたよ」リアは透明のケースに入ったCDを差しだした。「家に帰ったら、iPodに入れていいよ。もちろん、入れなくてもいいけど」

おれはケースをひっくり返した。曲名のかわりに、リアが作った俳句っぽい詩が書いてあった。

あー残念　髪はまっしろ　首はしわしわ
サイモン、また年取ったね！

「リア、最高だよ」

「ま、いいから」リアはすっとさがって、両手を後ろについてからだを支えると、おれをじっと見た。「さてと。これで、あたしたち、いい感じ？」

おれはうなずいた。「それって……」

「学園祭であたしを見捨てたことについてよ」

「ほんとにごめん」

リアの唇の両端がキュッとあがった。「今日が誕生日で、超ツイてたわね」

リアはカバンからパーティ用の三角帽を出すと、おれの頭にかぶせた。

「ちょっと怒りすぎたかも。ごめん」リアは最後にぼそっと言った。

ランチにいくと、特大の長方形のケーキが用意されていた。テーブルのメンバーはみんな、パーティ用の三角帽をかぶってる。これは、おれたちのしきたりだ。帽子をかぶらないと、ケーキはもらえない。ギャレットは二切れもらう気満々らしい。帽子を二個、角みたいにつけてる。

「サァイモォーン」アビーが歌うように言った。オペラ歌手ふうのハスキーボイスで。「目をつぶって、両手を出して」手の上にほとんど重さのないものが置かれる。目を開けると、紙で作った蝶ネクタイで、金色のクレヨンで塗ってあった。

ほかのテーブルの子たちもこっちを見てる。自分がにやけて赤くなってるのがわかる。「つけなきゃだめ？」

「もちろん、つけなきゃだめよ。金の誕生日には、金色の蝶ネクタイをつけないとね」

「金？」

「そう、金の誕生日。だって、十七日に十七歳になったんだから」アビーは芝居がかった調子でくいっとあごをあげると、片手を伸ばした。「ニコラス、テープ、テープを」

ニックは、いつからか知らないけど、指先にセロテープを三枚つけてスタンバイしてた。マジで、ニックはアビーの言いなりだ。

アビーは蝶ネクタイをテープで貼りつけると、おれの頬《ほお》をつついた。しょっちゅうやるところを見ると、おれの頬は「かわいい」らしい。喜んでいいのか、わからないけど。

「じゃ、用意はいい？」リアがプラスチックのナイフとお皿を手に取った。ニックとアビーのほうは見ないようにしてる。

「完璧だよ」

リアは、ケーキをきれいな四角に切り分けはじめた。魔法みたいなゾクゾク感が大気中に発散される感じ。ふだんは目立たない特進コースのおれたちが、いちばん目立つグループみたいになってんだから。

「〈帽子なくては、ケーキなし〉」モーガンとアナがテーブルのむこう側から規則を暗唱する。何人かの子たちが、ルーズリーフの紙を丸めて三角帽を作りはじめた。ランチが入ってた茶色い袋をコック帽みたいに、むりやりかぶってるやつもいる。ケーキとなると、みんななりふりかまわなくなるんだ。それって、最高にすてきだ。

ケーキ自体も完璧だったから、リアが選んだってわかった。半分チョコで半分バニラ（おれがいつも、どっちが好きか決められないから）、スーパーで売ってるバタークリームのアイシングが飾られてる。これ、妙にうまいんだ。けど、赤色のアイシングはなし。赤いアイシングは味が赤すぎるっておれが思ってるのを、リアはちゃんと知ってるから。

誕生日にかけては、リアは天才なんだ。

残ったケーキをリハーサルに持っていくと、オルブライト先生は舞台の上でケーキ・ピクニックをさせてくれた。ま、ケーキ・ピクニックっていっても、演劇部の子たちがハゲタカみたいにケーキの箱に群がって、つかみ食いするってことだけど。

「やだー、これで二キロは太った気がする」エイミー・エヴェレットが言う。

「よかったー、わたし、新陳代謝がよくて」テイラーが言った。

うわ、テイラーらしい。こういうことを言って、悪気なく相手の息の根を止められるやつっているんだよね。

ほかに、ケーキ関連の惨劇って言えば、マーティン・アディソンがケーキの空箱をかぶって舞台の上で大の字になったことくらい。

オルブライト先生がマーティンをまたいで言った。「さあ、みんな、始めるわよ。鉛筆を出して。台本に書きこんでほしいから」

おれには、あまり関係ない。今、演出してるのは酒場のシーンで、おれは基本、酔っ払いの演技をするってことだけ書いておけばいいから。これが、期末テストに出りゃいいのに。そしたら、成績があがるやつがいるはず。

今日は通しでリハーサルをした。でも、おれはぜんぶのシーンに出てるわけじゃないから、けっこう休憩時間もあった。合唱団のコンサートで使った台が舞台の脇に寄せてあったので、下の段にすわると、膝に肘をのっけた。つい忘れがちだけど、たまにただすわって観る側に回るのも悪くない。マーティンが舞台の左袖に立って、ひきつったようなジェスチャー付きでアビーになにかしゃべってる。アビーは頭をふりながら、笑ってた。なんやかんやいって、マーティンはまだ諦めてないのかもしれない。

そのとき、ふいに目の前にカル・プライスが現われて、スニーカーの先でおれの足をつついた。

「ハッピーバースデー」

マジで、ハッピーなバースデーだ。

カルは、台の三十センチくらい離れたところにすわった。「今日はなにかお祝いするんだ?」

えっと。

うーん。ウソはつきたくない。でも、家族と出かけて、フェイスブックの誕生祝いのメッセージを読むだけだって思われるのも嫌だ。でも、今日は月曜だろ? 月曜からすごい計画を立ててるなんて無理だろ、ふつう。

「うん、まあね」おれはやっと答えた。「アイスクリーム・ケーキを食べるんだ。オレオの」

ここでオレオを出さずにはいられなかった。

「そっか、いいな。そのぶん、腹を空かせとかないとな」

目につくような反応はなかった。ま、オレオって言ったくらいじゃ、なにか意味があるなんて思わないよな。

「いい誕生日をな」カルは言って、すっとからだを前にすべらせた。立たないでくれと念じる。カルは立ちあがった。「じゃあ」

そして、ほんの一瞬、おれの肩にふれた。わ、マジ？　信じられない。

まじめな話、やっぱ誕生日って最高かも。

第10章

FROM hourtohour.notetonote@gmail.com
TO bluegreen118@gmail.com
DATE Nov 18 at 4:15 AM
SUBJECT なんでなんでなんで?

ブルーへ

最悪だよ、疲れすぎて、顔が痛い。たまに夜、からだはくたくたに疲れて二百キロ以上あるように思えるのに、脳が活動しつづけることってない? こんなふうにメールして、迷惑じゃないといいけど。たぶん、支離滅裂なメールになるけど、おれのことそういうやつだって思わないで。文法も微妙かも。ブルーは文章が最高にうまいから、おれはふだん送る前に三回はチェックしてるんだ。ブルーにがっかりされたくないからね。だから、今日は前もって謝っておく。頭痛が痛いとか的を得るとかやらかしてたらごめん。

マジでひどいよ。明日の朝は完全にゾンビになってるんじゃないかって思うと、もう考えたくない。これから二日のあいだにテストが五個もあって、そのうちひとつはおフランス語。こっちも文法はからきしダメ。ル・ファック！

むかし、真っ暗闇の中でデートするっていうリアリティ番組やってなかった？　おれたちもそれ、やろうよ。どっか真っ暗な部屋を探してさ、会うんだ。それなら間違いなく、身本不明のままだ。なにひとつ、ぶち壊したりしなくてすむ。どう？

ジャックより

FROM　bluegreen118@gmail.com
TO　hourtohour.notetonote@gmail.com
DATE　Nov 18 at 7:15 AM
SUBJECT　Re：なんでなんでなんで？

ゾンビのジャックへ

なんて言えばいいか、わからない。今日のことなら、ひどい一日になるのは間違いないから、少なくとも一、二時間はなんとか眠れてるよう祈ってる。あともうひとつ、くたくたのときのジャックは、すてきだ。あ、ちなみに、支離滅裂じゃないし、文法もOKだよ、朝の四時にしてはね。

今日のテストをなんとか切り抜けることを祈ってる。幸運《ボンシャン》を、ジャック。応援してるよ。

そのリアリティ番組のことだけど、聞いたことないな。ぼくはそういう番組にあまり詳しくないんだ。コンセプトは面白いと思うけど。でも、声で相手がわかっちゃうのは、どうする？

ブルーより

FROM hourtohour.notetonote@gmail.com
TO bluegreen118@gmail.com
DATE Nov 18 at 7:32 PM
SUBJECT Re：なんでなんでなんで？

さてと、昨日の夜、自分がなんて書いたか、読むのがちょっと怖いよ。おれはすてきで、文法もOKらしいから、とりあえずほっとしたけど。ブルーもすてきで文法もOKだと思う。とにかく自分でもなんだったのか、わからない。砂糖の取り過ぎかも。ほんと、ごめん。

だけど、あいかわらず脳はやられてる。テストができたかどうか、考えるのも嫌なくらい。

リアリティ番組には詳しくないんだ？　親にむりやり見せられたりしない？　っていうのも、うちの親はむりやり見せるんだ。冗談だと思うだろ？　マジだから。

声の件は、たしかに鋭いところをついてる。声がダース・ベイダーみたいになる特殊メガホンかなんかを使うしかないな。それか、しゃべるのはやめて、ほかのことをするとか。

あ、今の忘れて。

ゾンビのジャックより

第11章

感謝祭の次の日、大学が休みに入って、アリスがうちにもどってきた。夕食のあと、みんなでテラスに出た。パーカーとパジャマのズボンで残りのアイスクリームケーキを食べながらスキャタゴリース〔決まったカテゴリーに属する言葉を挙げていくゲーム〕をするにはちょうどいい暖かさだった。

「じゃあ、有名な二人組か三人組は？」

「アボットとコステロ〔アメリカのお笑いコンビ〕」母さんが言った。

ノラとおれは「アダムとイブ」。この答えがかぶるなんて、けっこう意外。南部で家に聖書がないなんてうちくらいなのに。

「枢軸国《すうじくこく》〔第二次世界大戦時に連合国と戦った、日本、ドイツ、イタリアを中心とした諸国〕」父さんが言った。得意がってるのがわかる。

「アリスと歌うシマリス〔アニメ番組。正確には『アルビンと歌うシマリス三兄弟』〕」アリスがさらりと言い放ち、その瞬間、ほかのみんなの負けが決まった。なんていうか、このアニメはうちの家族のツボなんだ。アリスもおれもノラも、声真似もテーマソングの振り付けも完璧で、暖炉の前の段になってるところでよくショーをしていた。けっこう何年間もやってたんだ。うちの親は幸せ者だろ。まあ、おれたちをアリス、サイモン、エレノラって名付けた時点で、期待してたってことかも〔シマリスたちの名前は、アルビン、サイモン、セオドア〕。

アリスは足でビーバーの背中をなでている。靴下が左右違うし。アリスがうちに帰ってくるのは三か月ぶりだなんて、信じられなかった。帰ってきて初めて、これまでアリスがいなかったほうが異常だったって気づかされた感じ。

ノラも同じことを考えてたんだと思う。こう言ったから。「お姉ちゃんがあと二日で帰っちゃうなんて、信じられない」

アリスは唇をすぼめたけど、結局なにも言わなかった。夜気《やき》がひんやりしてきたので、両手をパーカーの袖の中にひっこめる。すると、スマホが鳴った。

猿のケツからだ。**今週末どうしてる**

しばらくして、もう一つ。**もちろんアビーとなにかするかって意味**

マーティンの辞書には句読点って言葉がないらしい。ま、想定内だけど。

返信する。**悪い、家の用事があるんだ。姉貴が帰省してて。**

ソッコーで返事がくる。**いいじゃん。うちの兄貴も帰省中。よろしくだって;)**

ジョークなのか脅迫《きょうはく》なのかなんなのかさえ、わからないけど、ムカつく。この瞬間、マジで心底やつをウザいと思った。

「ねえ」アリスが両足を椅子の上にあげながら言った。親たちはもう寝にいった。かなり寒くなってきてる。「まだお腹すいてるかどうかわからないけど、手荷物の中に四分の三くらい残ってるチップスアホイがあるの。出して食べようよ」

アリスばんざい！

チップスアホイばんざい！

姉と妹と過ごす最高の夜にチョコチップクッキーを腹いっぱい食えば、猿のケツのことやうさんくさい顔文字のことも忘れられる。おれたちはリビングのソファーに移り、ビーバーはアリスのひざの上に上半身をのっけて、気を失ったみたいに横たわった。

「ニック・アイズナーしたい人？」ノラが言った。

「え、マジ？　したい。ピーナツバター取ってきて」アリスがエラそうに命令する。

ニック・アイズナーっていうのは、クッキーにピーナツバターを適当にのっけて食べることだ。ニックが五歳のとき、ピーナツバタークッキーっていうのはそのことだと勘違いしてたことから、ついた呼び名。ちなみに、かなりうまい。うちの家族では、そういうことはいつまでも忘れてもらえない。

「人間のほうの、チビニックは元気？」

「あいかわらずだよ。ギターに夢中」で、アリスにまだチビニックって呼ばれてるって知ったら、傷つくだろうな。中学のときから、ニックはずっとアリスに憧れてたから。

「やっぱりそうなんだ。かわいいー」

「姉貴がそう言ったって言っとくよ」

「言わないでよ」アリスはソファーのクッションに頭を埋《うず》めて、メガネのうしろの目をこすった。

「ごめん、朝早くの飛行機だったから。今週から、埋めあわせしないとならないし」アリスはあくびした。

「中間試験？」ノラがきく。

「まあね」ほかにもなにかありそうだってわかったけど、アリスはそれ以上説明しようとしなかった。

そのとき、ビーバーがふいにデカいあくびをして、ごろりと寝返りを打った。耳がひっくり返り、唇がヒクヒクふるえる。危ないやつだ。

「ニック・アイズナーか」アリスはもう一度言って、ニヤッと笑った。「ニックのバル・ミツバー、覚えてる？」

ノラもクスクス笑った。

「ブンブンブン」

おれはすかさずアリスを枕でぶったたく。

けど、足でブロックされた。「いいよ、サイモン。やりたければ、今すぐ床の上を片づけてあげるよ」

「サイモン・スピアーのダンス・タイムです！」ノラも言う。

「もう、わかったって」ニックは、うちの家族全員をバル・ミツバーに招待するっていう致命的ミスをやらかした。で、おれは、みんなの前で『ブンブン・パウ』〔ブラック・アイド・ピーズのヒット曲〕でブレイクダンスに挑戦したってわけ。七年生じゃ、それくらいしか思いつかないだろ？

「時間を遡《さかのぼ》って、自分を止められればって思わない？『ちょっと、中学生のアリス！それやめて！今やってること、ぜんぶやめて！』って」

「うわ」ノラが首を振った。「中学のことなんて、考えるのもいや」

へえっ、マジで？

っていうのも、アリスは一か月間、肘まであるシルクの手袋をつけて過ごすってわけのわからないことをやらかしたことがあるし、おれはおれで、六年生のときルネッサンスの仮装フェアでアイスのクッキーコーンを五個も食って、イベントでせっかく作った蝋《ろう》の手型の中に吐いた(ま、その価値があるくらいうまかったけど)。

でも、ノラが？　ノラの葬り去りたい過去なんて、思いつかない。遺伝的にも後天的にもありえないのに、ノラは中学のとき、どっちかっていうとクールな女子だった。レーダーにはひっかかんないタイプのクールだ。独学でギターを覚えて、ふつうの服を着て、間違っても「〈パッション・ピット〉〈アメリカのエレクトロ・ポップバンド〉に夢中」なんてタンブラーのアカウントを作ったりしなかったから。

そのノラですら、中学っていう幽霊に取憑《とりつ》かれてるんだ。

「わかる。だれかが中学生のおれに、カッコよくしろよって教えてくれてたらって思うもん。せめて努力するようにってさ」

「バブちゃんはカッコいいわよ」アリスがビーバー越しにからだを乗りだして、おれの足の先をひっぱった。

おれはバブちゃんで、ノラはバブバブちゃんだ。ただし、そう呼ぶのはアリスだけだけど。

「サイモンのダンスは最高にカッコよかったしねえ」

「もうやめてよ」

アリスがいると、いろんなことが完璧よりちょっとだけよくなる。

それから、アリスは大学にもどり、憂鬱《ゆううつ》な気分の中で学校が始まった。英米文学の授業へいくと、ワイズ先生が極悪人の笑みを浮かべていたので、ヘンリー・D・ソローについての小論文テストの点数をつけ終わったんだってわかった。

予想通りだった。先生がテストを返しはじめると、ほとんどの答案は真っ赤になってるのが見えた。リアは自分の答案をちらりと見ると、折りたたんで、下のところをやぶりとり、オリガミのツルを折りはじめた。今日は、いつにも増して機嫌が悪そうだ。アビーが遅れてきて、ソファーにすわってたリアとニックのあいだにむりやりすわったせいだってことは間違いない。

ワイズ先生は答案の束をパラパラとめくって、指を舐めてから、おれの答案を取った。悪いけど、先生の中にはマジでカンベンってやつがいる。あの指で目玉もごしごしこすってるかも。目に浮かぶ。

答案の一番上の丸で囲われた点を見て、ちょっと驚いた。満点だ。別に英米文学は苦手じゃないし、たしかに、ソローの『ウォールデン』はかなり好きだった。でも、前の晩、多くても二時間しか眠ってなかったのに、ありえない。

え？　やっぱり。だよな。これ、おれの答案じゃないし。名前くらい覚えてくれよ、先生。

「おい」通路に身を乗り出し、ブラムの肩をたたいた。ブラムはすわったまま、こっちを向いた。

「これ、おまえのみたい」

「え、ありがとう」ブラムは手を伸ばして、答案を受け取った。関節の目立つ長い指をしてる。セクシーな指。ブラムは答案を見て、またおれのほうを見ると、ちょっと赤くなった。おれに点数を見られて気まずいと思ってるらしい。

「いいって。っていうか、取れるならそんな点数取りたいよ」

ブラムはちょっと笑って、また自分の机のほうに視線をもどした。なに考えてるかわからないけど、ブラムって実は面白いやつなんじゃないかって気がする。どうしてそう思うのかは、よくわからないけど。

でも、マジな話、ブラムがひそかに考えてるジョークとか、知ってみたいかも。


その日の午後、リハーサルにいくと、アビーが観客席の前の列にすわってた。目を閉じて、唇を動かしてる。ひざの上に台本が開いておいてあって、片手で何行か隠していた。

「よっ」おれは声をかけた。

アビーはパッと目を開けた。「いつからそこにいた？」

「今、きたところ。セリフを覚えてるの？」

「うん」アビーは台本をひっくり返して、すわり直した。妙に早口だ。

「大丈夫？」

「うん、大丈夫」アビーはうなずいてから、しばらくして付け加えた。「ちょっとプレッシャーなだけ。休みが終わるまでに、暗記してなきゃいけないって知ってた？」

「休みってクリスマス休暇のことだよ」

「わかってる」

「まだ一か月以上先じゃないか。大丈夫だよ」

った。

「サイモンはいいわよ。セリフがないんだから」

それから、眉《まゆ》をくいっとあげておれのほうを見ると、口をまん丸くあけたので、思わず笑ってしま

「ビッチなこと言っちゃった。自分でも信じられない」

「ほんと、ひどいよ。アビーは隠れビッチだったんだな」

「今、アビーのこと、なんて言った？」マーティンの声がした。

なんなんだよ、いきなり現われて、会話っていう会話に割りこんできやがって。

「いいの、マーティ。ふざけてただけ」アビーが言った。

「へえ、そう。やつは今、ビッチって言ったけどな。おれはいいとは思わない」

は？　いきなり現われて、ジョークだってこともわからずに、いきなり説教かよ。やるじゃないか。おれを殴り倒して、アビーの前でいいかっこうしようってか？　よりにもよって、おれを脅迫してるマーティン・アディソンさんが、エラそうに道徳について語ろうっていうんだからな、マジでありがたくて涙がでるよ。

「マーティン、本当なのよ。冗談を言ってただけ。わたしが自分で自分のことをビッチだって言ったの」アビーは笑ったけど、ひきつったような感じになった。おれは自分の靴を見つめた。

「アビーがそう言うならいいけど」マーティンは顔を真っピンクにして、肘の皮膚をひっぱった。

あのさ、そんなにアビーの気を引きたいなら、そうやってそわそわしたりダサかったりウザかったりを、まずやめろよ。肘の皮膚をビヨンビヨン引っぱるのから、やめてみろっていうんだ。クソ気持ち

悪いから。そもそも自分がそれをやってることに気づいてるかどうかさえ、あやしい。でも、最悪なのは、ビッチだって言ってるのをアリスが聞いたら、やっぱりアウトを宣告しただろうってことだ。アリスはビッチ(bitch)って言葉の正しい使い方について、一家言持っている。

正しい使い方：雌の犬《ビッチ》がかわいらしい子犬を産みました。
間違った使い方：アビーはビッチだ。

たとえ「隠れビッチ」としか言ってなくて、ジョークだったとしても。いつものアリスのトンデモ論理かもしれないけど、それでもやっぱり、なんかそわそわして、嫌な気持ちになった。

結局、おれはもごもごと謝りの言葉を口にした。顔がカアッと熱くなる。マーティンはまだ動こうとしない。一刻も早くこの場を離れたくて、おれは階段をのぼって、舞台にあがった。

オルブライト先生は台のひとつに腰かけて、となりにすわってるテイラーの台本を指さしながらなにか話していた。舞台の手前では、ナンシー役の女子がビル・サイクス役の男子をおんぶしてる。左の舞台裏では、ローラって名前の二年の女子が重ねられた椅子のてっぺんにすわって、腕に顔を押し当てて泣いていた。ミラ・オドムが慰めてる。

「そんなこと、わからないじゃないの。こっちを見て。ほら、見て」ミラが言ってるのが聞こえる。

ローラは顔をあげた。

「タンブラーでしょ。あんなの半分はでっちあげよ」

ローラは鼻を啜《すす》りながらかすれ声で言った。「でも……どんなことにも……少しは……本当のことが……」

「バカバカしい。ちゃんと彼に話してみたほうがいいって」それから、おれが聞いてるのに気づいて、きっとにらみつけた。

つまりこういうことなんだ。サイモンって名前はヘブライ語からきていて、「聞く人」って意味がある。で、スピアーのほうは「見る人」。要は、おれはおせっかいに生まれついてるってこと。

カルが上級生の女子二人と、更衣室の壁に寄りかかってすわってるのが見えた。前に脚を投げだしてる。すると、こっちを見あげて、にこっとした。カルの笑顔って本当に自然で感じがいい。写真に映えるタイプの笑顔。まださっきのアビーとマーティンの件でもやもやしてたけど、少し立ち直ってきた。

「よっ」って声をかけると、女の子たちが笑みを浮かべた。サシャとブリアンナは、おれと同じフエイギンの手下の少年役だ。少年役の中で実際に男なのは、おれだけだ。よくわからないけど、女の子のほうが体が小さいから幼く見えるとか、たぶんそんな理由。でも、それはそれでけっこういいかも。っていうのも、このシーンではおれがいちばん背が高くなるから。一応言っとくと、そういう機会はめったにない。

「どうした?」カルが言った。

「いや、別に。今んとこ、おれたち、なにも予定ないよね?」そうきいたとたん、顔がほてってきた。なんかナンパしてるみたいだ。何も予定ないなら、カル、今からいちゃいちゃしない? 今から更衣室で頭がぶっ飛ぶようなセックスしない？

でも、考えすぎだったらしい。カルは別段、深い意味にとらずに答えた。「ないよ。オルブライト先生が今やってることが終われば、次の指示を出すと思うよ」

「了解」そう答えてから、三人の脚に気づいた。サシャの脚がほんの少しだけ、カルの脚と重なってる。足首のところだけだし、意味があるかなんてわからない。

あー、とっとと今日が終わってくれ。

オルブライト先生に解散って言われて外へ出ると、お約束通りの大雨だった。車の座席にすわると、尻の形にデカいしみができた。服がびしょ濡れで、眼鏡もろくに拭けない。おまけに帰り道を半分ほど走るまで、ヘッドライトをつけ忘れているのに気づかなかった。警察に捕まらなくて、ラッキーだった。

右折して、うちのある通りに入ると、リアの車が左折待ちの信号で止まってるのが見えた。ニックの家から帰るところだろう。手を振ったけど、こんなに雨が激しくちゃ、見えっこない。ワイパーが左右に動いている。そしたら、急に胸がぐっと締めつけられた。ニックとリアがおれ抜きで会ったって、おれがとやかく言うことじゃない。だけど、なんだか自分だけ蚊帳《かや》の外って気がした。

いつもそんなふうに思うわけじゃない。たまにだ。

だけど、認める。自分なんてだれにとっても意味がないって気がした。最低だった。

第12章

FROM bluegreen118@gmail.com
TO hourtohour.notetonote@gmail.com
DATE Dec 2 at 5:02 PM
SUBJECT ほんとは……

……英米文学の小論文を書かなきゃいけないんだ。だけど、ジャックにメールを書くほうがいい。今、部屋にいる。机の横には、窓が一つある。外はまだ明るくて、暖かそうに見える。夢を見てるみたいな気分だ。

実は、ジャックのメアドのこと、ずっと不思議に思ってた。hour to hour note to note. で、ついにがまんしきれなくなって、グーグル大先生にきいたんだ。それで、エリオット・スミスの曲の歌詞だってわかった。エリオット・スミスって名前は知ってたけど、音楽は聴いたことがなかったから、『ワルツ#2』って曲をダウンロードしてみた。こいつ気持ち悪いとか、思わないでくれよ。でもさ、かなり気に入ったんだ。びっくりした。なぜって、すごく悲しい曲だったから。ジャックがこういうのを好きだとは思ってなかったんだ。だけど、もう何度か聴いてて、そしたら、この曲を聴くとジャックを思い出すようになった。歌詞とか曲の全体的な雰囲気のせいじゃなくて、もっと漠然としたものなんだ。ジャックがじゅうたんの上に寝転がって、オレオを食べながらこの曲を聴いてるところが浮かんでくる。日記を書いてるところとか。

　もうひとつ告白しとくと、学校でみんなのTシャツをじろじろ見てしまった。エリオット・スミスのTシャツを着てるやつがいないかって。そんなので、見つかる確率は低いってことはわかってるし、そもそもずるいってわかってる。自分のほうは正体が割れるようなことを言わないようにしてるのに、ジャックがだれか突き止めようとするなんて、フェアじゃないからね。

　そういえば、今週末、父さんがサバンナ〔ジョージア州南東部の港湾都市〕からこっちにくるんだ。二人でいつもどおり、父さんの泊まってるホテルでハヌカ〔ハヌカはユダヤ教の祝祭〕をする。〈ホテル・ハヌカ〉はぼくと父さんと二人だけだから、気まずさのオンパレードみたいになるんだ。本当は灯しつづけるはずのメノーラー〔ハヌカに使う燭台〕はすぐに消すし。煙探知機が作動すると困るからね。それから、オーロラコーヒー〔アトランタ発の高級コーヒー〕とか英米文学の小論文の束みたいな冴《さ》えないものをプレゼントする（父さんは英米文学の教師だから、喜ぶんだ）。そのあと、今度はぼくが、八つのプレゼントをひとつずつ開けていく。そのせいで、新年まではもう会わないって事実が却《かえ》って強調されるんだけどさ〔一般的にハヌカは八日間つづき、一日一つずつプレゼントを贈る〕。

　で、なにかって言うと、実は、その気まずさを倍にしようとしてるんだ。つまり、そこでカミングアウトをしようって思ってる。もう一度、書く。カミングアウト、だ。イカレてるかな？

ブルーより

FROM　hourtohour.notetonote@gmail.com
TO　bluegreen118@gmail.com
DATE　Dec 2 at 9:13 PM
SUBJECT　Re：ほんとは……

ブルーへ

まず大切なことから。ブルーがユダヤ系なんて、ぜんぜん気づいてなかった。これって、おれにヒントをくれてるってことだよね？　学校の廊下でヤムルカ〔ユダヤ人の男性がかぶる縁なしの小さな帽子〕をかぶってる生徒を探すとか？　あたり。ヤムルカのスペル、覚えてなくて辞書で引いたんだ。音声学的に見て、ユダヤ系の人たちはすごくクリエイティブだよね。それはともかく、ホテル・ハヌカがうまくいくことを祈ってる。ちなみに、オーロラコーヒーは冴えなくないよ。そのアイデアもらうかも。ほら、父親ってみんな、コーヒーが好きじゃん。うちの父親なんて特に喜ぶよ。リトルファイブポインツ〔アトランタのサブカルの発信地〕的だからね。自分が流行に敏感だって信じてるんだ。笑えるよ。

で、いちばん大切なこと。カミングアウトだ。すごいよ、つまり、ちっともイカレてなんかいない。ブルーはすごいと思う。お父さんがどういう反応するか、心配？　お母さんにも話すつもり？

あと、グーグルでエリオット・スミスにたどり着いたって聞いて、嬉しいよ。エリオット・スミスは、ジョン・レノンとポール・マッカートニー以来、もっとも偉大な作詞家だからね。曲を聴いておれのことを思い出すって言ってくれて、すっかりいい気になったし、うれしくて言葉も出ないくらいだ。正直、ぐっときた。

あとはこれ。オレオとじゅうたんのところは、まさにその通り。でも、日記ははずれ。今までの人生で、おれにとっていちばん日記に近いのは、ブルーへのメールかも。

次はぜひ『オー・ウェル、オッケイ』と『ビトゥイーン・ザ・バース』をダウンロードしてみて。ま、もちろん気が向いたらってこと。

あと、これは言いたくないけど、Tシャツからおれを探そうとしても無駄かも。バンドのTシャツとかって、着てみたいような気もするけど、これまでほとんど着たことない。音楽を聴くのって、一人でやりたいことだと思うんだ。ライブにいく勇気のないやつの言い訳かもしれないけど。どっちにしろ、おれは基本、ｉＰｏｄにかじりついてて、ライブは一回もいったことがないから、ライブにもいってないのにバンドのTシャツを着るのは、なんかイカサマって感じがするんだ。言いたいこと、通じる？　ネットでバンドのTシャツを注文するっていうこと自体が、なぜか妙に気恥ずかしいっていうか。きっとアーティストのほうもそんなのは気に入らないんじゃないかな。わかんないけど。

とにかく、英米文学の小論文よりこのメールを書いてるほうがはるかにいいっていうのは、ブルーに賛成。ほんと、ブルーのせいで気が散ってしょうがないよ。

ジャックより

FROM　bluegreen118@gmail.com
TO　hourtohour.notetonote@gmail.com
DATE　Dec 3 at 5:20 PM
SUBJECT　Re：ほんとは……

ジャックへ

ぼくがユダヤ系だってジャックが知らなかった件だけど、ぼくは一度も話したことはなかったからとうぜんだよ。厳密には、ユダヤ人とは言えないんだ。ユダヤ教って基本、母系なんだけど、うちの母親は米国聖公会だから。それはとにかく、まだ本当にやるかどうか、決意はできてない。話す覚悟はできてると思ってたわけでもない。ただ、よくわからないけど、最近、このことを公表したくてしょうがないんだ。さっさと済ませてしまいたいだけなのかもしれない。ジャックは？　カミングアウトのこと、考えたことある？

ここに宗教の問題を持ちこむと、ますます複雑になる。建前上は、ユダヤ教と米国聖公会は、ゲイには好意的ってことになってる。でも、それを自分の親に当てはめるとなると、どうかはわからない。厳格なカトリックの親を持つゲイの子どもの話を読むとさ、それがわかったとたん、親が〈レズビアンとゲイの親・家族・友人の会《PFLAG》〉とか〈ゲイ・パレード〉に参加しはじめるとかってあるだろ。

逆に同性愛にまったく偏見がなかったのに、自分の子どもがそうとわかると、どうしていいかわからない親の話とか。どうなるかなんて、わからないんだ。

ジャックが教えてくれたエリオット・スミスの曲をダウンロードする代わりに、父さんにエリオット・スミスのアルバムがほしいってさりげなく言ってみようかな。たぶんプレゼントのうち六個はすでに選んでて、ほかになにを買えばいいか、必死になってヒントを探してるはずだから。

現実の世界で、ジャックとプレゼントを交換できないのはわかってるけど、もしできるとしたら、ネットであらゆるバンドのTシャツを買ってプレゼントすると思う。あらゆるところでアーティストの不興《ふきょう》を買うとしてもね(ま、そうなるよね)。じゃなきゃ、いっしょにライブにいってもいいな。ぼくは音楽のことはなにも知らないけど、ジャックとだったら楽しいと思う。いつかいけたら。

ぼくのせいで気が散ってるなんて、嬉しいよ。こっちばっかりじゃ、不公平だし。

ブルーより

第13章

今日は木曜で、今は歴史の時間だ。どうやらディリンジャー先生がおれに質問したらしい。っていうのも、みんなが、まるでおれに貸しがあるって顔でこっちを見てるから。おれは顔が赤くなるのを感じながら、なんとか切り抜ける方法はないか考えるけど、ディリンジャーの教師然としたひん曲がった笑みを見るかぎり、切り抜けられそうもない。

てか、よくよく考えてみると、教師がおれたちに考えてることを言わせるなんて、ヘンだろ。こっちがおとなしくすわって、教えさせてやってるだけじゃ、足りないってか？　おれたちの心まで支配する権利があると思ってるわけ？

今は、十九世紀の米英戦争のことなんて、考えたくないんだ。水兵だか水平だか知らないけど、どうだっていい。

おれはただここにすわって、ブルーのことだけを考えていたい。自分でもブルーに夢中になりつつあるのがわかる。ブルーはものすごく慎重で、自分の情報を明かさないようにしてる。そのくせ、いきなりすごくプライベートなことを話したりするんだ。おれが本気でそうしたいと思えば、ブルーの正体を探るのに使えそうなことまで。でもって、おれは本気でそうしたい。でも、そうしたくなくもある。なにがなんだか、ぜんぜんわからない。ブルーのことがぜんぜんわからない。

「サイモン！」アビーがうしろから一生懸命おれをたたいてるのに気づいた。「ペン、返して」

ペンを返すと、アビーが小声でアリガト、と言った。まわりを見て、みんながなにか書いてることに気づく。ディリンジャー先生が黒板にウェブサイトのアドレスを書いていた。なんのアドレスだか見当もつかないけど、とりあえずノートの余白に書き写す。それから、マンガの「ドカン！」ってときみたいなジグザグの吹き出しで囲んだ。

ブルーの両親が信心深いってことに、ちょっとひっかかってた。正直、自分がすごくひどいやつみたいに思えてくる。おれは基本、世界一罰当たりな人間だ。すぐにオーマイゴッドとかジーザス！とか、軽々しく神の名前を口にするし。でも、そんなことはどうでもいいかもしれない。神にとってじゃなくて、ブルーにとってはってこと。ブルーはあいかわらずメールをくれるし、ムッとしてるってことはないと思う。

ディリンジャー先生が休憩時間にします、って言ったけど、どこかへいけるような雰囲気じゃなかったので、おれはすわったままぼんやりと宙を見ていた。そしたら、アビーがきて、おれの横にしゃがんで机の上にあごをのせた。「サイモン、今日はどこにいるの？」

「どういうこと？」

「百万キロくらい、遠くにいるみたいだから」

マーティンがだれかの椅子にまたがって、会話に参加しようとしてるのが、視界の端に見えた。毎回これだ。かんべんしてくれ。

「なに話してんの？」

「わあ、そのシャツ、笑えるね」アビーは言った。マーティンのTシャツを見ると、〈オタクみたいに熱く語って〉って書いてある。

「今日、リハーサルにいく?」マーティンは言った。

「いかないって選択肢もあるわけ?」おれは言って、リアから学んだしぐさをした。ちらりと横を見て、目をぐっと細める。目をぐるりと回すより目立たなくて、はるかに効き目がある。

マーティンはおれのほうをじろりと見た。

「うん、いくよ」ちょっと間《ま》が空いてから、アビーが答えた。

「そういやさ、スピアー。おまえに話さなきゃって思ってたんだよ」マーティンがいきなり言った。頰《ほお》がピンク色になって、Tシャツから出てる首のあたりが赤く斑《まだら》に染まりはじめてる。「思ったんだけどさ、マジでおまえのこと、おれの兄貴に紹介したいんだよ。共通点がいっぱいあると思うんだよね」

一気に頭に血がのぼった。しかも、頭にくることに、目の奥がチクチクしはじめる。また脅迫《きょうはく》かよ。

「へえ、そうなんだ、いいね」アビーが言って、マーティンとおれを交互に見た。

「ほんと、最高だな」おれは言って、マーティンをにらみつけた。マーティンはみじめたらしい表情を浮かべて、さっと顔をそむけた。はっ? このクズやろう。せいぜいみじめになってろ!

「だな」マーティンはおれの肩のむこうを見たまま、足をずるずると動かした。「じゃあ、おれ……」

じゃあ、おれ、今からおまえの性的指向をみんなに話しにいくよ。そうするしかないみたいだから

な。今、ここで、学校じゅうのやつに話すよ、おれはクズやろうだし、クズやろうってのは、そういうことをするもんだろ。てか？

「おい、待てよ」おれは言った。「まだちゃんとは考えてはないんだけどさ、明日の放課後、ワッフルハウスにいくのはどうかと思ってるんだ。セリフを覚えてるか、チェックしてやるよ」

おれは最低だ。おれは最低だ。

「もちろん、用事があるなら、またの機会――」

「え、ほんとに、サイモン？　めちゃめちゃ助かる。明日の放課後ね？　ママの車を借りてこられると思う」アビーはにっこり笑って、おれの頰をつついた。

「ああ、いいね。ありがとう」マーティンは小さな声で言った。「恩に切るよ」

「よかった」おれは言った。

これで、正式になったわけだ。マーティン・アディソンにおれを脅迫する許可を与えたのも同然だ。自分が嫌でたまらなかったし、ほっとしてもいた。あー、もうよくわからない。

「サイモンってほんと、最高だね」アビーが言った。

そうじゃない。ぜんぜんそうじゃないんだ。

そして、金曜の夜、おれは二つ目のハッシュドポテトを食べ、マーティンはアビーを質問攻めにしていた。やつ的には口説いてるつもりらしい。

「ワッフルは好き？」

「大好きよ。だから、食べてるんだもん」

「だよね」マーティンはむだに大きく、何度もうなずいた。操り人形かよ。

マーティンとアビーがとなりで、おれは向かいにすわってた。奥のトイレに近い席を確保できたから、邪魔も入らないし、金曜の夜にしては、そんなに混んでない。うしろの席に機嫌が悪そうな中年のカップルと、カウンターにいい感じにきめてる男が二人、あと、私立校の制服を着た女子が二人、トーストを食べていた。

「アビーってDCにいたんだよね？」

「うん」

「いいよね。どのへん？」

「タコマパーク。DCにくわしいの？」

「いや、それほどでもないけど、兄貴がジョージタウン大学の二年生なんだよ」

例のクソ兄貴ね。思わずむせる。

「サイモン、大丈夫？　水を飲んだら?!」アビーが言う。

マーティンが水を寄こした。コップをこっちへ押しやったんだ。こいつにはマジでムカつく。完全に冷静ぶりやがって。

マーティンはまたアビーのほうを見た。「じゃあ、今はお母さんと暮らしてるんだ？」

アビーはうなずいた。

「お父さんは？」

「まだDCにいる」

「あ、ごめん」

「別にいいわよ」アビーは短く笑った。「パパがアトランタにいたら、今もサイモンたちとこんなふうに出かけられてないもん」

「お父さん、そんなに厳しいの？」マーティンはきいた。

「うん」アビーは答えて、ぱっとおれのほうを見た。「じゃ、そろそろ第二幕から始めない？」

マーティンはあくびをしながら妙に垂直方向に両腕を伸ばすと、テーブルの上のアビーの腕の横に置こうとした。アビーはすばやく腕を引っこめて、肩をポリポリと掻《か》いた。

イタくて、見てられない。イタいけど、面白いことはたしかだ。

そして、ざっと二幕をやってみた。はっきりいって、悲惨だった。おれはセリフがないからとやかく言える立場じゃないし、二人ががんばってるのもわかる。でも、ほとんど一行ごとに止めなきゃならなくて、やってて、だんだんバカバカしくなってきた。

「連れていかれちゃったんだ」アビーが片手で台本を隠しながらセリフを言う。

おれはうなずいた。「連れていかれちゃったんだ、ほら、そのあと……？」

アビーはぎゅっと目をつぶった。「ええと、馬車で？」

「あたり！」

アビーは目を開けた。唇を動かしている。（馬車で、馬車で、馬車で）

マーティンは宙を見つめて、げんこつを頬にぐいぐい押しあてている。指の関節が妙に目立つ。やつはどこもいちいち目立つんだ。デカい目も、長い鼻も、ぼてっとした唇も。なんか見てるだけで、疲れる。

「マーティン」

「あ、ごめん、おれのセリフの番？」

「ドジャーが、連れていかれちゃったんだ、馬車でって言ったろ」

「馬車？　どの馬車？　どこへ？」

惜しい。でも、ちがう。いつもあと一歩なんだけど。おれたちはまたそのシーンの最初から始めた。

あーあ、今日は金曜日なのに。いこうと思えば(ま、本当にいくかどうかは別として)、飲みにもいけるし、ライブにだっていける。

ブルーといっしょにだって。

なのに、オリバーが馬車で連れていかれるだけ。何度も何度も。

「わたし、一生覚えられない」アビーが言う。

「クリスマス休暇が終わるまででいいんだよね？」と、マーティン。

「まあ、そうだけど。テイラーはもうぜんぶ覚えてたの」

アビーもマーティンも出番はかなり多い。でも、テイラーは主役だ。つまり、『オリバー！』っていう芝居で、オリバーを演じるんだから。

「テイラーは、見たものをそのまま記憶できるんだってさ。フォトグラフィック・メモリーってやつ」マーティンは言った。「ま、本人が自分で言ってるだけだけど」

アビーはかすかな笑みを浮かべた。

「それに、新陳代謝が超いいらしいし」おれも言ってみる。「おまけにもともと肌が小麦色なんだよ。ぜったいに日なたには出ないんだ。生まれつき、あの色なんだよ」

「そうそう、テイラーの肌ね。うらやましいわあ」アビーが言い、マーティンとおれは爆笑した。メラニン色素の量じゃ、どう見たってアビーの勝ちだ。

「おれがワッフルをもう一枚頼んだら、ヤバい?」マーティンがきいた。

「頼まないほうが、ヤバいよ」おれは答えた。

どうしてだかぜんぜんわからないけど、おれはマーティンのことをいいやつだと思いはじめていた。

第14章

FROM　hourtohour.notetonote@gmail.com
TO　bluegreen118@gmail.com
DATE　Dec 6 at 6:19 PM
SUBJECT　カミングアウトのこと

した？　した？　した？

ジャックより

FROM　bluegreen118@gmail.com
TO　hourtohour.notetonote@gmail.com
DATE　Dec 6 at 10:21 PM
SUBJECT　Re：カミングアウトのこと

そのことなんだけど、しなかった。

ホテル・ハヌカはしたんだ。父さんはぜんぶ用意してくれてた。メノーラーもあったし、ナイトテーブルにはラッピングされたプレゼントが並べてあって、ラートケ〔すりつぶしたジャガイモで作るホットケーキ〕とチョコレートミルクのコップもちゃんと二つ置いてあった。とにかく、父さんがかなりがんばって用意してくれたのはわかったし、それはそれで、ありがたいと思ってる。でも、そのあいだずっと、ぼくはもどしそうだった。本気で父さんに話すつもりだったから。でも、いきなり言いたくはなかったから、プレゼントを開けるまでは待つことにした。

よくさ、意を決して両親に打ち明けたら、とっくに知ってたって言われたって話、あるだろ？　でも、うちの父さんの場合、それはあり得ない。ぼくがゲイだなんて夢にも思ってないのは、まちがいない。だって、今回、父さんがどんな本をプレゼントに選んだと思う？　『カサノヴァ回想録』〔カサノヴァは女性遍歴で有名なイタリアの冒険家〕だよ？　（ジャックふうに言えば、ファック！　ってとこ？）

今から考えると、それってチャンスだったのかもな。オスカー・ワイルドの本と交換してくれって言えばよかったとか？　わからないよ。とにかくカサノヴァの本のせいで、なんか固まっちゃったんだ。でも、今から考えると、災いを転じて福となすってやつだったかも。っていうのも、ヘンかもしれないけど、先に父さんに話したら、母さんを傷つけてしまったかもしれないと思うんだ。親が離婚してると、ちょっと面倒なんだよね。とにかく、ほんと打ちのめされたよ。

いずれにしても先に母さんに話すっていう計画に変更になった。明日は無理だけど。明日は日曜日だからね、教会にいった直後に話すのは、あんまりうまくないと思うんだ。
ジャックとなら、こんなに楽にしゃべれるのに。

ブルーより

FROM hourtohour.notetonote@gmail.com
TO bluegreen118@gmail.com
DATE Dec 7 at 4:46 PM
SUBJECT Re：カミングアウトのこと

ブルーへ
カサノヴァの本をプレゼントされたなんて、マジ、ファックだ。親はぜんぜん気づいてないだろうって思った矢先だもんな。言えなかったのはあたりまえだよ。ブルーが今回のことを、ある意味楽しみにしてたのはわかってる。それとも、緊張のあまりもどしそうになってただけ？　だとしたら、そんな思いをしたのが無駄に終わったんだから、やっぱ気の毒だ。離婚した親にどういうふうにカミングアウトするかなんて、おれには想像すらできない。おれは、どこかの時点で両親をソファーかなんかにすわらせて、いっぺんにすませちまおうって考えてたから。でも、ブルーはそれができないんだもんな。そう思うと、胸が痛む。ただでさえ大変なのに、さらに嫌な思いをしなくちゃいけないなんて。

こういうことについて、おれになら楽にしゃべれるって件だけど——もしかしてそれって、おれがカッコよくて、文法も完璧だからとか？　ワイズ先生にはいつも主語とか述語の抜けてる文の断片の使い方が独特だって言われてるんだ。

ジャックより

FROM　bluegreen118@gmail.com
TO　hourtohour.notetonote@gmail.com
DATE　Dec 9 at 4:52 PM
SUBJECT　Re：カミングアウトのこと

ジャックへ

言っとくと、ジャックがカッコいいから話しやすいわけじゃない。本当はむしろ、その反対のはずなんだ。つまり、現実の生活では、ぼくはイケてる男子のそばだと完全に無口になる。あがっちゃうんだ。どうしようもない。でも、ジャックがああいうふうに書いてきた理由はわかってる。ぼくにもう一度、言ってほしいからだろ、だから、言うよ、ジャックはカッコいい。それに、たしかに文の断片の使い方は独特だと思う。ぼくはけっこう好きだけど。

だから、英米文学の先生の名前を書いたのが、わざとなのかどうか、悩んでる。ジャックはかなりいろいろとヒントをくれちゃってるよ。そのつもりはないのに、書いちゃってるんじゃないかってときもある。

とにかく聞いてくれて、ありがとう。ほかのことも、感謝してる。なんだか現実じゃないみたいな、おかしな週末だったけど、ジャックに聞いてもらえて、かなりマシになった気がしてる。

ブルーより

FROM　hourtohour.notetonote@gmail.com
TO　bluegreen118@gmail.com
DATE　Dec 10 at 7:11 PM
SUBJECT　Re：カミングアウトのこと

ブルーへ
あーーー、ほんとだ。ワイズ先生のことは、気づいてなかった。これで、ブルーがおれの正体を突き止めようって気になったら、かなり狭《せば》められるな。なんかヘンな気持ちだ。ほんと、ごめん、おれってほんとバカだな。

ブルーをあがらせるようなカッコいいやつらってだれなんだ？　そんなにカッコいいはずないよ。そいつらの文の断片は好きにならないほうがいい。

お母さんと話したら、どんなだったか知らせてほしい。メールを待ってる。

ジャックより

第15章

どうやら習慣になりつつあるらしい。つまり、金曜のワッフルハウスでの『オリバー！』の読み合わせのこと。今夜は、アビーが車を使えなかったから、放課後、アビーはおれんちにきて、一泊することになった。アビーにしてみれば、家が遠いのは不便だろうけど、お互いに泊まったり泊まりにきたりは、おれはけっこう好きだ。

予想通り、おれたちはマーティンより先に着いた。今夜はいつにも増して混んでる。席は取れたけど、入り口に近かったので、今からスポットライトの下にいるような気がしてきた。アビーはおれの向かいにすわって、ジャムと砂糖の袋で小さい家を作ってる。

マーティンが店に飛びこんできた。六十秒もしないうちに、飲み物の注文を二回変更し、ゲップをし、アビーの砂糖袋の家をありえないくらい大げさに指さして、倒してしまった。「うわ。ごめん、ほんとごめん」

アビーはおれに向かってちらっと笑った。

「しかも、台本を忘れた。クソッ」

今日は、最初から飛ばしまくってる。

「わたしのをいっしょに見ればいいよ」アビーが言って、すっとマーティンのほうに移動した。そのときのマーティンの顔ときたら。もう少しで噴き出すところだった。

今日もいきなり第二幕から始めることにした。先週よりは、ちょっとはマシになってる。少なくとも、今日はセリフごとにヒントを出さなくてもすんだ。そのせいもあって、おれの思考はさまよいだした。

もちろん、頭に浮かぶのはブルーのことだった。最近いつもそうだ。今のおれの思考は、そっちにしかいかない。今朝、またメールをもらった。最近じゃ、ほとんど毎日メールしてる。ちょっとどうかしてるってくらい、ブルーのことばかり考えてる。今日ももう少しで化学実験でミスするところだった。頭の中でブルーへのメールを書いてて、硝酸《しょうさん》を入れるのを忘れかけたんだ。

これってかなりヤバい。前までは、ブルーのメールは現実の生活から切り離された特別なものだった。でも、今じゃ、メールのほうが現実の生活になってる。ほかのことはぜんぶ、夢の中にいるみたいにのろのろ進んでいく感じなんだ。

「ウソでしょ、マーティ、やめて。お願いだから」アビーの声がした。

マーティンがいきなりひざまずいて頭をのけぞらせ、胸をつかんで歌いはじめた。第二幕の山場の歌だ。フェイギンの役に完全に入りこんで、低い震え声で、しかも、アクセントまでなんちゃってイギリス人ふう。すっかりあっちの世界へいっちまってる。

まわりの人もあぜんとしてこっちを見てる。おれは開いた口がふさがらなかった。あまりのことに呆然として、言葉を失ったまま、アビーと顔を見合わせる。

マーティンは一曲まるまる歌いきった。たぶん、めちゃめちゃ練習したんだろう。で、冗談みたいな本当の話、そのままなにもなかったみたいにすっと席にもどると、ワッフルにシロップをかけはじめた。

「もうマーティにはなにも言えないわ」アビーは言うと、ため息をついた。それから、マーティンをハグした。

その瞬間のマーティンは、まさにアニメのキャラクターそのものだった。目からハートが飛び出してくるんじゃないかと思ったくらい。おれと目が合うと、口をデカいバナナみたいにして笑った。それを見て、こっちもつい笑い返してしまった。

たしかにやつはおれをゆすってる。だけど、友だちにもなりつつある。それって、ありなのか？


ま、単におれのテンションが上がりまくってるだけかもしれない。うまく説明できないけど、なにもかもが笑えるんだ。マーティンも笑える。ワッフルハウスで歌を歌うなんて、わけわかんないけど、クソ笑える。

二時間後、駐車場でマーティンと別れ、アビーはおれの車の助手席に乗りこんだ。空は晴れていたけど、すっかり暗くなってる。ヒーターが効きはじめるまで、一分くらいブルブル震えてた。それから車を駐車場から出して、ロズウェル通りを走りはじめた。

「だれの曲？」アビーがきいた。

「ライロ・カイリー」

「初めて聴いた」アビーはあくびした。

聴いてたのは、リアが誕生日に作ってくれたCDだった。ライロ・カイリーのデビューアルバムとセカンドアルバムの曲が入ってる。リアは女性ボーカルのジェニー・ルイスに惚れこんでた。ジェニー・ルイスに惚れないなんて無理だ。おれはジェニーより二十歳くらい年下だし、正真正銘のゲイだけど、でも、まちがいない。ジェニーとなら、いちゃつける。

「今夜のマーティン、信じられない」アビーは首を振った。

「完全にやられてるな」

「キュートな変人ね」

左に曲がって、シェイディ・クリークの環状道路に入る。車内はすっかり温まって、道路にはほかにほとんど車はいなかったし、なにもかもが静かで、安心で、居心地がよかった。

「うん、キュートよ」アビーは繰り返した。「残念ながら、わたしのタイプじゃないけど」

「おれのタイプでもない」おれが言うと、アビーは笑った。胸がぐっと締めつけられるような気がした。

アビーに言わなきゃ。

今夜、ブルーはお母さんにカミングアウトする。少なくとも、そのつもりだ。二人で家で食事をして、お母さんにはワインを少し飲ませるつもりだと言っていた。そしたら、あとはグダグダ言わずに実行する。ブルーのことを考えると、おれまでドキドキする。なんだか少し、羨《うらや》ましいような気もする。

「アビー、話があるんだ」

「うん、なに？」

音楽が小さくなったような気がした。赤信号で止まって、左折を待ってるところだ。ウィンカーがどうかなったみたいにカチカチいってる音だけが響いてる。

その音に合わせて、自分の心臓も打ってるような気がする。

「だれにも言わないでよ。アビーのほかは、だれも知らないから」

アビーはなにも言わない。でも、アビーが体をこっちに向けたのを感じた。助手席に足をひっぱりあげ、あぐらをかくと、黙っておれが話し出すのを待つ。

今夜、話す予定なんかなかったのに。

「つまりさ。おれはゲイなんだ」

この言葉を口に出していったのは、初めてだった。ハンドルに手をかけたまま、特別な感情が湧きあがってくるのを待つ。信号が青になった。

「そうなんだ」アビーはそれだけ言った。重苦しい沈黙が立ちこめる。

おれは左に曲がった。

「サイモン、車を止めて」

右側に小さなパン屋があった。おれはそこに車を入れた。もう閉店してる。そのまま駐車場に車を止めた。

「手が震えてるよ」アビーは静かに言った。それから、おれの腕を自分のほうへ引っぱると、袖をめくりあげ、両手でおれの手を包みこんだ。助手席であぐらをかいたまま、完全に体をこっちへ向けてる。おれはアビーの顔が見られなかった。

「今まで、だれにも言ったことないの?」しばらくして、アビーはきいた。

おれはうなずいた。

「ほんとに?」アビーが息を吸う音が聞こえる。「サイモン、すごく光栄よ」

おれは背もたれに寄りかかって、ため息をつくと、アビーのほうへ体を向けた。シートベルトがきつく感じる。アビーに握られていた手を引っこめて、ベルトを外し、それからまたアビーのほうへ手を差しだすと、アビーはおれの指に自分の指を絡《から》めた。

「びっくりした?」おれはきいた。

「ううん」アビーはまっすぐおれを見た。街灯の光だけだと、アビーの目はブラウンに縁取られた黒目だけみたいに見える。

「知ってたの?」

「ううん、それはない」

「だけど、驚かないんだ?」

「驚いてほしかった?」アビーは不安そうな顔をした。

「どうかな、わからない」

アビーはおれの手をぎゅっと握った。

ブルーはどうしてるだろう。ブルーも、今のおれみたいに胃がひっくりかえりそうな思いをしてるんだろうか。いやきっと、ひっくりかえりそうなんてレベルじゃない。吐きそうになってて、ろくに言葉も出てこない状態かも。

おれのブルー。

こんなのヘンだ。ブルーのためにやったような気がしてる。

「これからどうするの？　みんなに言うの？」

おれは言葉に詰まった。「よくわからない」本当に考えてなかったから。「いずれは言うことになると思うけど」

「そうか。愛してるよ、サイモン」

アビーはおれの頬《ほお》をつついた。それから、おれたちは家へ帰った。

第16章

FROM bluegreen118@gmail.com
TO hourtohour.notetonote@gmail.com
DATE Dec 13 at 12:09 AM
SUBJECT カミングアウトなど

ジャック、話したよ。自分でも信じられないくらいだ。今もまだ興奮して、なんか大胆な気持ちになってる。自分が自分じゃないみたいだ。今夜は眠れそうにない。

母親はたぶん、ちゃんと受け止めてくれたと思う。信仰のことを持ち出したりもしなかった。完全に冷静だったよ。うちの母親が合理的かつ分析的になれる人間だってことを、ときどき忘れちゃうんだ（うちの母親は疫学者《えきがくしゃ》なんだよ）。一番気になるのは、毎回欠かさず安全な性行為への備えを忘れないってことをぼくがわかってるかってことみたいだった。含むオーラルセックス。（冗談だと思うだろ？　でも、ちがうんだ。ぼくがセックスはしてないって言っても、信じてないみたいだった。ぼくをかいかぶってるよね。

とにかく、ジャックにお礼を言いたいんだ。言ってなかったけど、今回、カミングアウトできたのは、ジャックのおかげなんだ。それまでは、そんな勇気を持てるか、自信がなかった。本当に信じられないよ。壁を壊したみたいな感じだ。どうしてそんなふうに感じるのかわからないし、これからどうなるかもわからない。わかってるのは、今回のことはジャックのおかげってことだけだ。だから、ほんとにありがとう。

ブルーより

FROM　hourtohour.notetonote@gmail.com
TO　bluegreen118@gmail.com
DATE　Dec 13 at 11:54 AM
SUBJECT　Re：カミングアウトなど

ブルーへ
ほんとかよ。やったじゃないか。できるなら、今すぐハグしたい。
にしても、すごいな。「毎回っていうのはオーラルセックスのときもってことよ」ってお母さんと、「カサノヴァの本を読め」ってお父さんか。二人とも、ブルーのセックスライフについて真剣に考えてるんだな。親がさ、そういう気まずいことを言ったりやったりするのって、やめてほしいよな。あ、でも、セックスのことなんて考えなくていいから。ほんとに最高の相手が現われるまではね。近所のイカレたガキがここの家の前でだけは立ちションしないって思ってるようなワルがいいよ。文の断片の使い方にちょっと問題があって、うっかり自分の正体をバラしかけちゃうようなやつがいいと思うよ。だろ？

実は、ブルーのおかげでおれもその気になったんだ。昨日の夜、おれはおれでカミングアウトしたんだよ。親にじゃないけど。親友の一人に話したんだ。始めからそのつもりだったわけでもないし、気まずくて、妙な感じだったけど、なんかよかった。すごくほっとして、ちょっと恥ずかしかった。っていうのも、必要以上に大げさな感じになっちゃった気もしたんだ。なんかヘンなんだ。とうとう一線を越えたって感じてる自分もいる。もうおれは線のこっち側にいて、もう向こうへはもどれないんだって感じ。それって、悪くない気分だ。少なくとも、胸が躍る感じがある。だけど、少しあやふやな気持ちもある。おれ、意味不明なこと言ってる？

壁を壊したって書いてたろ？　おれのおかげだって書いてくれたけど、そうじゃない。今夜のヒーローはブルーだ。ブルーが自分で壁を壊したんだよ。そして、たぶんおれの壁も。

ジャックより

FROM　bluegreen118@gmail.com

TO hourtohour.notetonote@gmail.com
DATE Dec 14 at 12:12 PM
SUBJECT Re：カミングアウトなど

ジャックへ
うまい言葉が見つからない。とにかく、ジャックもすごいよ。記念碑的瞬間だ。だろ？　一生忘れられない日になるだろうな。

一線を越えるって感じ、すごくよくわかる。これって、言ってみれば、一方通行のプロセスだと思うんだ。一度、カミングアウトしたら、取り消すことはできない。それって、ちょっと怖いと思わない？　カミングアウトしたのが二十年前じゃなくて今の時代だっただけでも、ついてるって思わなきゃならないのはわかってる。だけど、信頼に基づく賭けだっていうのは、昔も今も変わらない。思ってたよりも簡単だったけど、同時に思ってたよりずっと大変だった。

大丈夫だよ、ジャック。ぼくは、バレンタインの日に八年生のガールフレンドから逃げるためにトイレに隠れたことがあって、オレオ中毒で、暗くて最高の音楽を聴いてるけど、バンドのTシャツはぜったい着ないってやつのことしか、相手として考えたことないから。

ぼくの好みは、かなり具体的なんだ。

（これ、冗談じゃないよ）

ブルーより

第17章

どうしてもブルーに会いたい。

これ以上、これを続けていける気がしない。それでぜんぶ台無しになったって、かまいやしない。このままじゃ、ラップトップの画面といちゃつきかねない。

ブルーブルーブルーブルーブルーブルーブルー。

マジな話、今にもいきなりボッと火がついて、燃えだしそうだ。

学校にいっても、一日じゅう胃がねじれるような思いをしてた。そんな思いをしたって、無駄なのに。なにひとつ現実とは結びついてないんだから。ぜんぶ画面上の文字でしかないんだから。ブルーの本名さえ、知らないんだから。

おれはブルーを好きになりはじめてる。

リハーサルのあいだじゅう、カルを見ていた。なにかしくじって、手がかりになるようなことを言ったりやったりしてくれないかって。ちょっとでいい。なんだっていい。カルが本を取り出したので、すぐに表紙の作者の名前に目をやった。もしかしたら、カサノヴァの本じゃないかって。カサノヴァの本を持ってるやつなんて、学校中に一人しかいない。

でも、ちがった。『華氏451度』だ。たぶん、英米文学の授業の課題だろう。

つまりさ、まわりの壁を壊した人間って、どんなふうに見えるもんなんだよ？ その意味では、今日は、集中力を欠いてるやつがいっぱいいた。っていうのも、化学実験室に忍びこんで、ビーカーの中にアレを突っこんで抜けなくなった二年生の話でもちきりだったんだ。そんなことがあったなんて、知りもしなかった。どうせタンブラーにアップされてたんだろう。オルブライト先生はうんざりしてたみたいで、リハーサルはいつもより早く解散になった。

そんなわけで、うちに帰ったとき、まだ家の電気はついてなかった。ビーバーはおれを見ると、めちゃめちゃうれしそうに飛び跳ねた。どうやらおれが一番に帰ったらしい。ノラはどこにいるんだろうって、ちょっと気になった。ノラが出かけてるなんて、かなり珍しい。

気分が落ち着かなくて、おやつすら食べたくない。オレオすら。でも、ただぼーっともしてられなくて、ニックにメールして、予定をきいた。どうせ地下室でテレビゲームだってわかってたけど。サッカーのシーズンになるまでは、放課後はゲームばっかしてるんだ。リアが遊びにくるところだって返信がきたから、さっそくビーバーにリードをつけて、表へ出た。

ニックの家に着いたとき、ちょうどリアが車で入ってきた。リアが窓をあけて呼ぶと、ビーバーは当然のようにおれを見捨てて、リアの車に飛びついた。「ハロー、ビーバー、今日もかわいいわね」ビーバーは車のドアのフレームに前脚をかけ、礼儀正しくリアをひと舐めした。

「リハーサルは終わったの？」地下室に直接おりられるドアのほうへ回りながら、リアがきいてきた。

「うん」ノブをまわして、ドアを開ける。「おい、ビーバー、だめだって。追いかけるんじゃない！」

生まれて初めてリスを見たわけじゃないだろうに。カンベンしてくれよ。

「そうなんだ。リハーサルって、えっと、一日二時間、週三日って感じ？」

「今は週四日。金曜以外は毎日あるんだ。おまけに今週の土曜は、丸一日リハーサル」

「大変だね」

おれたちが入っていくと、ニックはテレビを消した。

「アサシンクリード〔アサシン教団の一員となってテンプル騎士団と闘うゲーム〕？」リアは消えた画面のほうへあごをしゃくった。

「まあね」ニックが言う。

「うわー」リアは言った。おれはとりあえず肩をすくめてみせた。テレビゲームには、一ミリも興味はない。

おれは、バカみたいに唇をめくりあげて腹を上に向けてるビーバーの横に寝っ転がった。ニックとリアは『ドクター・フー』〔イギリスのSFドラマ〕の話をしてる。リアはテレビゲーム用の椅子にすっぽりはまりこんで、ジーンズのほつれたすそをひっぱりながら、そばかすのある頰《ほお》をほんのりピンク色にして熱心に説明してる。すっかり夢中だ。二人とも、タイムトラベルの原理のことで頭がいっぱいらしい。

おれは、そっと目を閉じた。ブルーのことを考える。

認める。おれはブルーが好きだ。ミュージシャンとか俳優とかハリー・ポッターとかを好きになったのとは、わけがちがう。今回のはマジだ。そうに決まってる。こんなに消耗しかけてるんだから。

つまり、パワーレンジャー〔日本の「スーパー戦隊シリーズ」の英語版〕の変身ごっことか、ライトセーバーの戦いとか、ジュースをひっくり返したりとか、いろんな騒ぎの舞台になってきたニックんちの地下室で、カーペットに寝っ転がりながら、おれがなによりも求めてたのは、ブルーからのメールだった。ニックとリアはあいかわらず、ターディス〔『ドクター・フー』に登場する次元超越時空移動装置〕のことを話してる。おれがなに考えてるかなんて、見当すらつかないだろうな。おれがゲイだってことも知らないんだから。

　だけど、どう話せばいいんだろう。金曜日にアビーに話して以来、リアとニックに話すのも楽になったような気もしてる。少なくとも、口がその言葉を言うのに慣れた感じはする。

　でも、そんな簡単じゃない。無理だ。アビーのことはずっと前から知ってるような気がするけど、実際はまだ会ってから四か月しかたってない。アビーのほうも、まだおれって人間に対して確固としたイメージは持ってないだろう。だけど、リアのことは六年生から知ってるし、ニックとは四歳からの仲だ。で、いきなりゲイだって言うのか？　それって、青天の霹靂《へきれき》だよな？　越えられない壁っていうか。そんなこと、どうやって伝えればいいんだ？　言った後も、同じサイモンでいられるのか？　リアとニックがおれって人間を認識できなくなったら、おれ自身もおれのことがわからなくなりそうだから。

　スマホに着信がきた。猿のケツからだ。**近いうちにまたワッフルハウスはどう？**

　無視した。

　ニックとリアと距離があるように感じる。だれかを好きになったことをフツーに内緒にしてるのとは違う。おれたちはもともとそういうことについては話さないし、それでうまくいってる。そう、リアのニックへの想いさえも。おれはわかってるし、ニックもわかってると思うけど、そのことについてはロにしないっていうのが暗黙の了解みたいになってる。

どうしてゲイだってことはそれと違うのか、よくわからない。どうしてニックとリアに内緒にしてるだけで、隠し事のある人生を送ってるような気になるんだ？

またスマホが震えてる。父さんからの電話だ。たぶん、夕食の時間だから帰ってこいってとこだろう。

すごくほっとして、ほっとしたことに腹が立った。

ニックとリアに言わなきゃ。


クリスマス休暇の最初の土曜日は、学校で過ごすことになった。みんなでパジャマデーみたいにパジャマを着て舞台の上に輪になってすわり、ミニドーナツを食べ、発泡スチロールのカップでコーヒーを飲んだ。おれはアビーのとなりで、舞台の端っこにいたから、オーケストラ・ピットに足を垂らして、アビーはおれのひざの上に足をのっけてた。

ドーナツの砂糖で指がべとべとしてる。おれは完全にぼーっとして、ぼんやりとレンガを見つめた。観客席の後ろの壁のレンガには、ほかのより濃い、ほとんど茶色って言ってもいいものが混じっていて、二重らせんの模様を形作ってる。規則性はないのに、妙に意図的にも見える。

二重らせんは面白い。よし、デ《D》オキシリ《N》ボ核《A》酸について考えよう。

なにかについて考えないようにするのは、モグラたたきゲームに似てる。ひとつを退治したところで、また別のがにゅっと顔を出す。

どうやらモグラは二匹いるらしい、一匹は、今週は三日もリハーサルのあとニックとリアと会ってたのに――つまり、ゲイのことを話すチャンスが三回もあったのに、三回ともビビって話せなかったってこと。そして、もう一匹は、ブルーのことだった。文法が完璧で、おれがメールを何度も校正してるなんて夢にも思ってないブルー。めちゃくちゃガードが固いのに、ときどきびっくりするほどどぎまぎするようなことを言ってくるブルー。セックスのことを考えてて、おれとすることを考えてるブルー。

だめだ。二重らせんのことを考えろ。ねじれて、ループを描く、二重らせん。二重らせんのことを考えろ。

観客席の後ろのドアからマーティンが入ってきた。むかしふうの長いナイトガウンを着て、髪にカーラーを巻いてる。

「え、ウソ。マーティンってほんとに――やるよね」アビーが笑いながらマーティンを見あげて、うなずいた。マーティンはバレリーナみたいにくるっと回って、たちまち自分のガウンにからまった。けど、椅子のひじかけにつかまってなんとか持ち直し、勝ち誇った笑みを浮かべた。これが、マーティンなんだよな。やつにかかると、すべてがザ・マーティン・ショーの一部になる。

オルブライト先生が舞台の上の輪に加わり、ミーティングを始めますと言ったので、アビーとおれはみんなのほうに近づいた。マーティンがとなりだったので、ニッと笑ってみせると、マーティンは軽く腕にパンチしてきたけど、わが子のTボール〔幼い子向けの野球〕のプレイぶりを一心に見つめるパパみたいに、ひたすら前を見ている。ま、かっこうはTボール・パパっていうより、うちのおばあちゃんだけど。

「さてと、パジャマ軍団くんたち、これからの予定よ。午前はまず、ミュージカルの曲の微調整をします。主な合唱曲を先にやってから、グループに分かれて練習して。昼休みはピザね。そのあと、通しで稽古よ」

先生の向こうに、台にすわってるカルが見える。台本の余白になにか書きこんでる。

「質問のある人？」先生が言った。

「もう台本がいらない人も、メモを取るために持ってたほうがいいですか？」テイラーがきいた。もちろん、わたしはもうセリフ覚えてますアピールだ。

「午前中は持ってて。でも、午後はいらないわ。稽古が終わってから、一通り注意点を確認しましょ。一度、中断なしで最後までやりたいのよ。もちろん、ひどいことになるでしょうけど、かまわないから」先生はあくびをした。「じゃあ、五分休憩して。そのあと、『フード・グローリアス・フード』の場面をやりましょう」

おれは立ちあがり、自制心が働いてしまうまえに、カルのところへいって横にすわった。そして、膝を軽く押した。

「その水玉模様、いいじゃん」おれは言った。

カルはにっこりした。「ラブラドールもなかなかだよ」

カルは最高だから許してあげるけど、おれのパジャマの犬はゴールデンレトリーバーだ。

カルの台本をちらりとのぞきこむ。「なに、描いてんの？」

「ああ、これ。たいしたもんじゃないよ」カルは前髪をうしろにかきあげた。うわ、マジでめちゃカッコいいんだけど。

「カルが絵を描けるなんて知らなかった」

「描けるってほどでもないけどね」カルは肩をすくめて、バインダーをおれのほうに傾けてみせた。

動きがあって、アングルがシャープで、大胆なラインの絵だ。悪くない。リアの絵のほうがうまいけど。でも、そんなことどうだっていい。大事なのは、カルが描いてたのがアメコミのスーパーヒーローだってことだ。

そう、スーパーヒーロー。心臓がぎゅっと締めつけられて、止まるかと思った。ブルーはスーパーヒーロー好きだ。

ブルー。

ほんの少し間を詰めて、足が触れあうくらいまで近づく。っていっても、触れるか触れないかってくらいだけど。

カルが気づいてるかどうかは、わからない。

どうして自分が今日は大胆なのかも、わからない。

カルがブルーだって、九十九・九パーセント確信してた。だけど、そうじゃない可能性もゼロじゃない。なぜか思い切ってきく気にはなれなかった。

だから、代わりにきいた。「コーヒー、どうだった?」

「おいしかったよ、すごくおいしかった」

顔をあげると、アビーが興味津々って感じでおれを見てた。じろって見返してやると、目をそらしたけど、なあるほどねって感じでちらっと笑みを浮かべた。それを見て、おれは息絶えた。

オルブライト先生はおれたちに音楽室へいくように言って、カルを責任者にした。これはどう見たって、完璧なシチュエーションだ。

音楽室にいくには、数学室と理科室の前を通って、裏階段を降りなきゃならない。土曜の学校はどこも暗くて、お化けでも出そうな感じだ。人っ子一人いない。音楽室は一階の廊下の突き当たりのひっこんだところにあった。前は合唱部にいたから、ここにはずいぶん出入りしてた。そのころとなにも変わらない。二十年くらい、変わってないんじゃないかって感じだ。

教室の壁に沿って六角形の半分みたいな形に台が置かれ、椅子が三列に並べてある。教室の真ん中には、おおきな木のアップライト・ピアノがあった。正面に、ラミネート加工した注意書きが貼ってあった。「ほうら、姿勢よく、お腹をひっこめて!」的な。カルはピアノの椅子の端っこにすわると、片腕を頭のうしろにぐっとのばした。

「さてと、じゃあ、『オリバーのマーチ』か『ピック・ア・ポケット・オア・ツー』からやろうか」

カルはピアノの椅子の脚を足でたたいた。途方に暮れてるみたいだ。マーティンは髪のカーラーをアビーのポニーテールにくっつけようとしてる。アビーがお返しにドラムスティックでマーティンの腹をつついた。ギターを出してきて、ポップスをつま弾き始めてるやつもいる。

だれもカルの話を聞いてない。おれ以外は。ま、テイラーも聞いてるけど。

「おれたちで譜面台を片づけようか?」おれは言った。

「え、ああ。助かるよ。ありがとう」

譜面台に載ってる紙切れに目が留まった。蛍光オレンジの紙に黒いペンで〈曲目リスト〉って書いてある。その下に、いい感じのオールディーズの曲名が並んでた。クイーンの『愛にすべてを』とかマイケル・ジャクソンの『ビリー・ジーン』とか。

「なにそれ?」テイラーがきいた。おれは肩をすくめて、テイラーに渡した。

「なんでこんなものがここに置いてあるのよ?」テイラーは言って、放り投げた。そりゃ、テイラーならそう言うだろう。テイラーは、イケてるものはぜんぶ嫌いなんだから。

カルはオルブライト先生のラップトップを持っていた。その中に、全曲のピアノの伴奏が入ってる。みんな、極めて協力的に一回通しで歌い、結果もそんなにひどくなかった。認めたくないけど、テイラーはニックを除けば学校でいちばんの声の持ち主だし、アビーのダンスはすごくよくて、全体を引っぱる力がある。そして、マーティンはやることなすことおかしくて、バカバカしくて、笑えた。しかも、今日はヘンなパジャマ姿なんだから。

ホールにもどる時間までまだ一時間近くあったから、本当ならもう一度、通しでやれたと思う。だけど、まじめな話、今日は土曜だし、おれたちはだれもいない真っ暗な学校にいて、みんな演劇部で、パジャマを着てて、ドーナツ・ハイになってるんだ!

ってなわけで、気がつくと、みんなで階段のところでディズニーの歌を歌ってた。アビーはなぜか『ポカホンタス』の曲を一字一句違わずに歌えたし、『ライオン・キング』と『アラジン』と『美女と野獣』はみんな、知っていて、テイラーは即興でハモった。『オリバー！』の曲がいいウォーミングアップになったんだと思う。みんなの歌声は最高だったから。しかも、階段はマジで音響効果バッグンだった。

それから上の階にもどって、ミラ・オドムとイヴ・ミラーがコンピューター室から車輪つきの椅子をいくつか出してきた。都合がいいことに、学校には長くてまっすぐな廊下がある。

最高の幸せって、こういうことだ。つまり、車輪つきの椅子に乗って、脚のところに両手でつかまって、カル・プライスに全速力で押してもらうってこと。それで、二年の女子二人と競走した。カルはのんびりしたタイプだから、むこうの圧勝だったけど、そんなことどうでもよかった。カルがおれの両肩を押し、二人でゲラゲラ笑いながら並んでるロッカーの横を走っていく。ロッカーがかすんで、歯みがき粉みたいなブルーに見えた。足を下ろしてブレーキをかけ、横すべりしながら椅子を止める。立たなきゃって思って、カルとハイタッチをしようと思って両手をあげたら、カルはおれの指に指をからめた。ほんの一秒だけ。それから、にっこり笑った。目の上に前髪がぱらりと落ちる。手が離れた。心臓がバクバクしてる。カルのほうを見ていられない。

そしたら、よりにもよってテイラーが椅子にすわった。アビーが押すと、テイラーのブロンドがさあっとうしろになびく。二人は文句なしのチャンピオンだった。アビーの脚の筋肉のおかげだ。アビーがこんなに速く走れるなんて、知らなかった。

アビーは息を切らして笑いながら、おれのほうに倒れこんできた。おれたちは床の上をすべってロッカーにぶつかった。アビーはおれの肩に頭をもたせかけ、おれはアビーの背中に腕を回した。リアは体が触れあうことについて妙に過敏だし、ニックに触れないっていうのは、いちいち口にするほどでもなくあたりまえって感じだ。だけど、アビーはすぐにハグしてきたし、おれもそういうところがあったから、問題なかった。それに、ワッフルハウスのあと、車で話してから、アビーといるのはものすごく自然で気楽だった。アビーのとなりにすわってうっとりするようなフレンチトーストの香りをかいでると、最高になごめたし、だからおれはそうやって、一年生がかわりばんこに椅子で競走しているのを眺めていた。

ずっとそうやってたから、腕がしびれてピリピリしてきた。だけど、二人の人物がおれたちを見てることに気づいたのは、ようやくみんなでホールへもどりはじめてからだった。

ひとり目はカル。

もうひとりは、怒り狂った顔をしてるマーティンだった。

「スピアー、話がある」マーティンはおれを階段のほうに引っぱりこんだ。

「え、今？　でも、オルブライト先生が――」

「オルブライトなら、ちょっとくらい待たせときゃいい」

「わかったよ。なんだよ？」おれは手すりに寄りかかって、マーティンを見あげた。階段はうす暗かったけど、目はすっかり慣れてたから、マーティンのあごに力が入ってるのがわかる。マーティンは足を止めて、みんなが降りていって声が届かなくなるのを待ってから言った。

「どうやら今回のことはとんだお笑いだと思ってるみたいだな」マーティンは声を潜めて言った。

にらみつけた。

「ああ、そうだろうな」マーティンは胸の前で腕を組むと、ぐっとひじを引きよせ、おれのことを
「なんの話だか、さっぱりわかんないんだけど」しょうがないから、おれは言った。

マーティンはそれ以上言おうとしなかった。

「なにが？」

聞く。だけど、そうじゃないなら、こっちだって返事のしようがない」
「マーティ、マジだって。なんで怒ってんのか、さっぱりわからないよ。話すつもりがあるなら、
マーティンは大きく息を吸うと、手すりによりかかった。「おれに恥をかかせようとしてるんだろ。
いいか、もうわかったんだ。おれたちの取り決めに協力する気なんて、最初からさらさらなかったん
だろ――」
「おれたちの取り決め？　それって、おまえがおれを脅迫《きょうはく》してたことを言ってんのかよ？　ああ、
それなら、おまえの脅迫に乗る気なんてないよ、おまえが言ってんのが、そのことならな」
「おれが脅迫してると思ってんのか？」
「そうじゃないなら、なんなんだよ？」おれは言った。けど、ヘンって言えばヘンだ。っていうの
も、その件ではもう本気で怒ってはいなかったから。今この瞬間だって、途方に暮れてはいたけど、
怒ってはいなかった。
「いいか、もう終わりだ。アビーの件はこれで終わり。いいな？　だからおまえもこれまでのこと
はぜんぶ忘れろよ」

おれは一瞬、言葉を失った。「アビーとなにかあったのか?」

「ああ、あったさ。アビーにふられたんだ」

「え? いつ?」

マーティンは顔を真っ赤にして、からだを起こした。「約五分前だよ、彼女がおまえにもたれかかってたときさ」

「え?! あれはそんなんじゃ――」

「は? 黙れ、スピアー。おまえにできることはこれだよ。オルブライト先生に、一月にお会いしましょうって伝えとけ」

「帰るのかよ?」

マジでどういうことか、わからなかった。マーティンは中指を立てて、歩き去った。振りかえりすらしなかった。

「おい、マーティン――」

「メリー・クソ・クリスマス、サイモン」マーティンは言った。「幸せにな」

第18章

FROM bluegreen118@gmail.com
TO hourtohour.notetonote@gmail.com
DATE Dec 20 at 1:45 PM
SUBJECT おお、ベイビー

ジャックへ
きっと信じないと思うよ。
昨日、学校から帰ってきたら、うちの親が二人ともいたんだ。だからなんだって思うかもしれないけど、うちの母親はめったなことじゃ、仕事を早退したりしないし、父親は前もって連絡もしないでいきなりうちにくるなんて、文字通り一度もなかったんだ。しかも、二週間前にきたばかりなのに。二人はリビングのソファーにすわってなにかの話題で笑ってたけど、ぼくが入っていったとたん、ぴたりと口を閉じた。
胃がおかしくなりそうだったよ、ジャック。母親が父親に、ぼくがゲイだって話したとしたって別に怒りはしないけど、もっと――いや、よくわからない。とにかく、三十分くらい息苦しくなるような世間話をしたあと、ようやく母親が立ちあがって、お父さんと二人で話しなさい、って言って、寝室に引っこんだ。かなり不自然な感じだった。

でもって、父親は父親で相当落ち着かないようすだったし、それはぼくも同じ。とりあえず二人でしゃべったけど、父親がなんて言ったか、まったく覚えてない。だけど、母親がまだなにも話してないってことがわかった。そしたら急に、父親にも知ってほしくなった。今すぐに、話さなきゃって。だから、父親がしゃべってるのを聞きながら、話すチャンスがくるのを待った。だけど、父親はとにかくずっとしゃべり続けてるんだ。しかも脱線しまくって、退屈で、変な話ばっかり。

そしたら、なんの前触れもなくいきなり言ったんだよ、新しい奥さんが妊娠したって。ほんといきなり。六月に産まれる予定だって。

これは完全に予想外だった。生まれてからずっと一人っ子だったから。

っていうわけ。この話のユーモアをわかってくれる人がいるとすれば、ジャックだからさ。笑ってくれよ。じゃなきゃ、なにか別の話で気を紛らわせてくれるんでもいい。ジャックは得意だもんな。

愛をこめて

ブルー

FROM　hourtohour.notetonote@gmail.com

TO bluegreen118@gmail.com
DATE Dec 20 at 6:16 PM
SUBJECT Re：おお、ベイビー

ブルー

すごいな。ほんと――すごい。まずはおめでとうってとこ？　じゃないか。ブルーがどう思ってるのか、ぜんぜんわからないけど、喜んでわくわくしてるってわけじゃないみたいだね。おれだとしても、同じだと思う。特にずっと一人っ子だったら。おまけに、自分の父親がセックスしてるって現実もあるし。それって、かなり気持ち悪いかも（しかも、カサノヴァの本をプレゼントしたって？）。かなりヤバい。

しかも、せっかくまたカミングアウトする覚悟をし直したっていうのに、話すチャンスもなかったんじゃな。マジでひどいよ。

だから、なんとか笑える要素を探そうとしてる。やっぱ下ネタかな？　クソってのは、笑えるものってことになってるだろ？　これからいっぱい見ることになるだろうしさ。でも、今はぜんぜん面白くないな。なんでだろ？　クソ！！！！！！　いやさ、これでも、がんばってるわけ。

ブルーの両親はなんでそんなヘンな方法でブルーに話したんだろうね。まるでお母さんも関係してるみたいじゃないか。お父さんは先にお母さんに言っておきたかったとか？　しかも、お父さんはブルーに話そうとしておろおろしてたんだろ。まるでおれたちくらいの年齢のやつが、女の子をはらませたって親に告白するときみたいじゃない？　それって、ストレートのやつにとっちゃ、カミングアウトと同じくらいすごいことなのかもな。

　それでついでに言っとくと、みんな全員、カミングアウトするべきだと思わない？　どうしてストレートが初期設定《デフォルト》なんだよ？　全員がちゃんと宣言するべきじゃないか。ストレートかゲイかバイかそれ以外かって。だれにとっても、同じくらい気まずくなくちゃ、フェアじゃないよ。ま、おれの勝手な意見だけどね。

　こんな話、どれも役に立ちそうにないね。たぶんちょっと調子が悪いんだ(おれも今日はちょっとヘンなことがあったんだよ)。だけど、ブルーが青天の霹靂《へきれき》の目にあったことは、ひどいと思ってるよ。いつもブルーのこと、考えてる。

愛をこめて
ジャック

FROM　bluegreen118@gmail.com
TO　hourtohour.notetonote@gmail.com
DATE　Dec 21 at 9:37 AM
SUBJECT　クソ

ジャックへ

最初に言っとくと、ジャックのメールは役立ったよ。どうしてかな――たぶん、クソとカサノヴァとぼくの父親の話で「はらませた」って言葉を使ったことと。ほんと、悲惨だよ。でも、笑えるところもあると思う。胎児の兄弟ができるっていうのもそう悪くはないし、男の子か女の子かってことにはかなり興味がある。それに、一晩寝たら、かなり気分も良くなった。たぶんジャックに話したからだと思う。

ジャックのほうも、冴《さ》えない日だったんだね。話、聞こうか？

ストレートが（ついでに言えば、白人も）初期設定だっていうのは、たしかにイラッとくる。その枠組にはまらない人間だけが、自分のアイデンティティについて考えなきゃならないんだ。ストレートのやつらだってカミングアウトするべきだ。それも、気まずければ気まずいほど、いい。気まずい思いをするのが、条件だ。これって、ぼくたちバージョンの〈ゲイ平等化計画《ホモセクシャル・アジェンダ》〉（「同性愛的な価値観を広めるための運動」のこと。一部の保守派がそうした運動があると主張している）だと思わない？

愛をこめて
ブルーより

P．S．ところで、今、ぼくがなに食べてると思う？

FROM　hourtohour.notetonote@gmail.com
TO　bluegreen118@gmail.com
DATE　Dec 21 at 10:11 AM
SUBJECT　Re：クソ

ブルーへ
ブルーのためにも、チビ胎児くんが男の子であることを祈ってる。っていうのも、姉妹っていうのは、ほんとめんどくさいんだよ。ブルーが少し気が晴れたって知って、おれも嬉しい。なにが役に立ったのかわからないけど、とりあえず力になれてよかった。
ああ、おれのサエない日については、忘れてくれ。あるやつにマジできれられたんだけど、説明するのがむずかしいんだ。そもそもバカバカしい誤解だし。どうだっていい。
ゲイ平等化計画？　なるほどね。でも、それを言うなら、〈人類平等化計画《ホモサピエンス・アジェンダ》〉のほうがよくない？　ゲイだけじゃなくて、人間はみんな、平等にカミングアウトしろって話だから。ゲイの権利って別に特別なもんじゃなくて、つまりは人間の権利となにも変わらないってところが、この話のポイントなんだから。

愛をこめて
ジャックより

P. S. なんだろう？　バナナ？　ホットドッグ？　キュウリとか？　☺

FROM bluegreen118@gmail.com
TO hourtohour.notetonote@gmail.com
DATE Dec 21 at 10:24 AM
SUBJECT 人類平等化計画

ジャックへ
これ、いいね。

愛をこめて
ブルーより

P. S. エロいこと考えてるだろ。
P. P. S. どっちかっていうと、巨大なフランスパン。
P. P. P. S. ほんとは、はずれ。オレオだよ。ジャックに敬意を表してね。

FROM　hourtohour.notetonote@gmail.com
TO　bluegreen118@gmail.com
DATE　Dec 21 at 10:30 AM
SUBJECT　Re：人類平等化計画

ブルーへ
ブルーが朝食にオレオを食べてるなんて、嬉しいよ。巨大なフランスパンも、めちゃ惹《ひ》かれるけど。
だから、どうかな。さっきから書いては消しを繰り返して、もっといい言い方はないかって考えてるんだけど。でも、だめだ。だから、ただそのまま言うことにする。きみがだれだか、知りたい。
おれたち、直接会うべきだと思う。

愛をこめて
ジャック

第19章

クリスマスイブだけど、なんかいまひとつ、気分がのらない。つまらないわけじゃない、ただのれないんだ。どう説明すればいいか、わからない。スピアー家の伝統は一つ残らずクリアしてる。母さんがトナカイのフン、またの名をオレオ・トラッフル〔オレオクッキーを砕いて丸め、チョコレートコーティングしたもの〕を作り、クリスマスツリーは飾りつけして、電飾もつけた。いつもの『アルビンとシマリス三兄弟』の歌も歌った。

もう昼だったけど、家族全員パジャマで、みんなリビングのそれぞれの場所でラップトップを開いてる。パソコンが五台あるっていうのは、ちょっとヤバいと思う。シェイディ・クリークはたしかにそういう郊外の町だけど、それにしてもだ。みんなで、フェイスブックのどうでもいいコメントを片っ端からさらってるところ。

「パパ、お題は？」アリスが言う。

「よし。じゃあ、『どこか南国にいってる人』」

「見つけた」母さんがラップトップをこっちへ向けて、その人の写真を見せた。「成立ね。じゃあ、次は、『破局』」

数分のあいだ、だれもひと言も言わずにニュースフィードをスクロールしつづける。ついに、ノラが言った。「アンバー・ワッセルマン」続いて、読みあげる。「あなたのこと、わかってると思ってた。でも違ったみたいね。いつか振りかえって、自分が捨てたものの大切さに気づくわ」

「異議あり。それは、破局のニュアンスがあるってだけだと思う」おれは言った。

「ううん、正式な破局よ」

「だけど、文字通りに解釈することだってできるだろ。その『あなた』がｉＰｈｏｎｅを捨てちゃって、それを責めてるとかさ」

「それは、サイモン論理よ」と、アリス。「却下。はい、じゃ、バブバブちゃんの番」

サイモン論理っていうのは、父さんが言いだしたことで、おれはいまだにそこから脱却できないでいる。つまりは、根拠のない希望的観測のこと。

「じゃあね、逆。『安っぽいオエッって感じのカップル』」ノラは言った。

ノラがこんなことを言うなんて珍しい。ふだんは恋愛関連のことはぜったい口にしないのに。

「よし、あった」おれが言う。「カリス・スワード。『あたしの人生にジャクソン・ステインが現われたことに感謝。昨日の夜は最高だった。めちゃめちゃ愛してる』で、ウィンクの顔文字」

「オエッ」と、ノラ。

「バブちゃん、あんたのカリス？」

「おれの友だちにカリスはいないよ」だけど、本当はアリスがなんの話をしてるか、わかってた。カリスとは去年の春、四か月近く付き合ってたから。ま、おれたちの「夜」はぜんぜん「最高」なんかじゃなかったけど。

だけど、ヤバいのは、生まれて初めて、そんなふうに盛り上がっちゃう気持ちが、なんかわかるような気がしたってことだ。そんなの、やられてるし、気持ち悪いし、顔文字のせいで想像したくないことまで想像しちまうし、だけど、そういうこと。自分でもやられかけてるかもって思うけど、頭の中がブルーの最近のメールの最後に書いてある「愛をこめて」って言葉でいっぱいになる。

いつか二人で最高の夜を過ごしたらって想像する。もしかすると、おれも屋根のてっぺんから叫びたい気持ちに駆られるかも。

ブラウザを更新する。「おれの番ね。えっと、『ユダヤ系のクリスマス』」

ユダヤ系聖公会のおれのメル友——今ごろ、なにしてんだろう?

「ニックってどうしてなにもフェイスブックにあげないの?」ノラがきく。

それは、フェイスブックは「社会的な会話の中の最小共通項だ」と思ってるからだ。ニックは、「ソーシャル・メディアはアイデンティティを築いたり演じたりするための手段だ」って話を、いつもうれしそうに語る。意味わかんないけど。

「見つけた。ヤナ・ゴールドステイン。片手に映画館のリスト、もう片方の手にテイクアウトのメニュー。明日の用意完了。ユダヤ人たちへメリークリスマス!」

「ヤナ・ゴールドステインってだれ?」母さんがきく。

「ウェズリアン大学の子」アリスは言った。「じゃ、わたしね。『弁護士』」なにかに気を取られてるみたいだ。それで、アリスのスマホに電話がかかってきてることに気づいた。「ごめん、すぐもどる」

「弁護士? どういうこと? それってどう考えたってパパが有利じゃない」ノラが言う。

「わかってる。パパがかわいそうかなと思って」アリスは肩越しにさけぶと、階段をあがっていった。「もしもし」スマホに向かって言ってるのが聞こえる。そして、アリスの部屋のドアが閉まる音がした。

「見つけたぞ！」父さんがうれしそうに言った。父さんはこのゲームじゃぜんぜん勝てない。フェイスブックの友だちがぜんぶで十二人しかいないから。「ボブ・リピンスキー。みなさんがよい休暇を過ごされますように。リピンスキー&ウィルス法律事務所」

「パパ、お見事」ノラは言って、おれを見た。「アリスはだれと話してるの？」

「知るわけないだろ」

アリスは結局二時間、電話で話してた。こんなこと、今までなかった。

コメント拾いゲームは尻すぼみになった。ノラはラップトップをソファーに置いたまま丸くなり、親たちは自分の部屋に引っこんでしまった。そこでなにしてるかなんて、考えたくもない。ブルーのお父さんと新しい奥さんのことを聞いたあとじゃ、なおさらだ。そしたら、ビーバーが玄関のほうで鼻をクンクン鳴らしはじめた。

スマホに着信がきた。リアからだ。**家の前まできてる。**リアはなぜかノックするのが苦手だ。たぶん親がいると、なんとなく気恥ずかしいんだと思う。

玄関までいくと、ビーバーが後ろ足で立って、窓越しにリアといちゃつこうとしてた。

「ほら、おすわり、さがれ、ビーバー」ビーバーの首輪をつかんで、ドアを開けた。寒いけど、外は晴れてる。リアは、猫の耳のついた黒い毛糸の帽子をかぶってた。うしろにニックがなんとなく気まずそうな感じで立っている。

「よう」二人を通そうとして、ビーバーをわきへひっぱった。

「散歩にいこうかなと思ったんだけど？」リアが言う。

リアを見た。声のトーンがどこかおかしい。「わかった。着がえてくる」まだゴールデンレトリーバーのパジャマのズボンだったのだ。

五分後、ジーンズとパーカーに着がえて、ビーバーにリードをつけると、外に出た。

「ほんとにただ散歩したかったわけ？」二人がなにも言わないので、おれは言った。

リアとニックは顔を見あわせた。「まあ、そう」ニックが答える。

おれはニックに向かって片方の眉《まゆ》をくいっとあげて見せたけど、やつはそれ以上言わずに目をそらした。

「いろいろ調子はどう、サイモン？」リアが、さっきと同じ妙にやさしげな声で言った。

おれは足を止めた。うちの門を出たところだった。「なんなわけ？」

「別に」リアは帽子からぶら下がっている毛糸のポンポンをいじくった。ニックはじっと道路を見つめている。「おまえが話がしたいんじゃないかと思ってさ」

「なんの？」ビーバーはリアのところへいって、おすわりすると、物欲しげな目でリアを見あげた。

「どうしてそんな目であたしを見るの、ワンコ？　クッキーは持ってないわよ」リアはビーバーの耳をくすぐった。

「なんの話？」おれはもう一度きいた。だれ一人、歩きだそうとしない。縁石のところに立って、落ち着かなげに右足から左足へ体重移動させてる。

リアとニックはまた目を見あわせた。それを見て、ピンときた。

「マジか。おまえら、付き合ったのか！」

「え？」リアは真っ赤になった。「ちがうわよ！」

おれはリアからニックを見て、またリアを見た。「そうじゃないのか……」

「ちがうから。カンベンして」リアはニックのほうを見ていなかった。っていうか、しゃがみこんで、ビーバーの鼻面に顔を押しつけてる。

「わかったよ、じゃあ、なんの話をしにきたんだ？　なんなんだよ？」

「ああ」ニックは口ごもった。

リアが立ちあがった。「わかったわ、あたしはいくから。メリークリスマスでもハッピーハヌカでもいいけど、とにかくおめでとう」リアはおれに向かってそっけなくうなずき、迫ってくるビーバーにしゃがんでキスをすると、いってしまった。

ニックとおれは黙って立ち尽くしてた。ニックは親指でほかの指先を順番にたたいてる。

「ハヌカは終わってるけどね」ようやくニックはそれだけ言った。

「どういうことなんだよ、ニック？」

「あのさ――やっぱりいい」ニックはため息をついて、リアのうしろ姿を見やった。「リアはうちに車を止めてんだ、リアに少し時間をやったほうがいいかなって。だから、ついていかなかった」

「入れよ。うちの親なら平気だから。アリスが帰ってきてるんだ」

「そうなんだ？」ニックはうちのほうを振りかえった。「どうしようかな。おれ、用事が……」そして、おれのほうに向き直った。思いつめたような顔をしてる。ニックとは四歳のときからの仲だけど、こんな表情は見たことがない。

「あのさ」ニックはおれの腕に手を置いた。おれは思わずその手を見た。これまでこんなふうにおれに触れたことはなかったから。「いいクリスマスを過ごせよ、サイモン」

そして、ニックは手を引っこめると、じゃって感じで振って、のろのろとリアのあとを追いかけていった。

スピアー家の伝統では、クリスマスイブの食事はフレンチトーストと決まっている。おばあちゃん特製のレシピだ。一日経ったカラ（ユダヤの正月の食卓に欠かせないパン）に限界まで卵液を染みこませ、たっぷりのバターを溶かしたフライパンに入れて半分ふたをして蒸し焼きにする。おばあちゃんはしょっちゅうふたを動かしたり、パンをひっくり返したり、あれこれうるさい（うちのおばあちゃんは筋金入り《ハードコア》のおばあちゃんなのだ）。父さんが作ると、おばあちゃんのみたいにカスタードっぽくはならないけど、それでもかなりうまい。

それを親の結婚祝いの食器に盛って、ちゃんとダイニングテーブルで食べる。母さんがキリストの誕生の場面を模した馬小屋のオーナメントを出してきた。下のろうそくに火をつけると、くるくる回転するやつだ。催眠術《さいみんじゅつ》をかけられそうになる。アリスが照明を落とし、母さんが布のナプキンをセットすると、かなりおしゃれな感じになった。けど、なんか違う。クリスマスイブって感じがしない。なにか活気みたいなものが欠けてる気がするけど、それがなんだか、わからない。

今週はずっとそんな気がしていた。よくわからない。どうして今年はなにもかもが違うように思えるんだろう。アリスがいなくなったからかもしれない。それとも、直接おれに会いたがらないやつのことばかり考えてるから？　「まだ心の準備ができてない」ってことらしいけど。そのわりにメールの最後に「愛をこめて」って書いてきたりするんだ。わからない。ぜんぜんわからない。

今、この瞬間、望むのは、いつもみたいにクリスマス気分になりたいってことだけだった。去年までと同じように。

食事のあと、親は『ラブ・アクチュアリー』のDVDをセットして、二人がけのソファーにすわった。ビーバーがむりやりそのあいだに入りこむ。アリスはまた電話で、部屋へいってしまった。ノラとおれはしばらくソファーの端と端にすわって、ぼんやりとツリーのライトを見ていた。目を細めると、あらゆるものがぼうっと明るく見える。もう少しで、記憶にあるクリスマスの気持ちにもどれそうな気がする。でも、こんなことをしててもむだだって思って、自分の部屋にもどり、ベッドに横になると、音楽をシャッフルで聴きはじめた。

三曲目が流れてるとき、ドアをノックする音がした。

「お兄ちゃん？」

「なに？」今、気分じゃないのに。

「入るよ」

体を起こして枕に寄りかかると、軽くウザそうな顔を作ってノラを見た。けど、ノラはずかずか入ってきて、椅子の上に置いてあったリュックをどけると、すわって、両膝を抱えこんだ。

「なんの用？」

ノラはメガネ越しにおれを見た。もうコンタクトは外したんだろう。髪はぐちゃぐちゃのままうしろでまとめ、ウェズリアン大学のTシャツに着替えてる。最近、マジでアリスに似てきてる。

「見せるものがあるの」ノラは椅子をくるりと回して机のほうを向くと、おれのラップトップを開いた。

「おい、やめろよ」おれは飛び起きた。なんなんだよ。勝手にパソコンに触らせるわけないだろーが。

「じゃ、お兄ちゃんがやって」ノラはコンセントを抜くと、椅子をベッドのほうへすべらせ、ラップトップをこっちに寄こした。

「なにを探せばいいわけ？」

ノラは唇をすぼめて、またおれの顔をじっと見た。「タンブラーを開いてみて」

「タンブラーって……クリーク・シークレッツ？」

ノラはうなずいた。

クリーク・シークレッツはブックマークに入ってる。「今、読みこんでる。できた。開いたけど？なんなの？」

「そっちにすわっていい？」

おれはノラを見あげた。「ベッドに？」

「そう」

「ま、いいけど」

ノラはおれのとなりにすわると、画面をのぞきこんだ。「スクロールして」

スクロールする。そして、手を止めた。

ノラはおれを見た。

ウソだろ。

「大丈夫？」ノラはそっと言った。「ごめん、でも、知っときたいだろうって思って。お兄ちゃんが書いたんじゃないだろうから」

おれはのろのろとうなずいた。「ああ、おれじゃない」

12/24　10:15 AM
おれはサイモン・スピアー。おまえら全員、招待するぜ！
クリークウッド全校生徒へ
これをもって、自分がめちゃゲイであり、今後、活動を開始することを宣言します。アナル肛門セックスについては、関係者は直接コンタクトを。フェラ《ブルージョブ》も歓迎、でも、途中でやめるの《ブルーボール》はナシでよろしく。女性お断り。以上。

「もう違反報告したから。すぐに削除されるよ」ノラは言った。

「だけど、もうみんな、見ただろうな」

「どうかな」ノラはしばらく黙ってから、言った。「だれが投稿したんだと思う?」

「アナル肛門セックスじゃ、意味が重複してるってことを知らないやつだろ」

「ひどすぎる」

もちろん、だれが投稿したかはわかってる。やつがメールの画面をアップしなかっただけでも、ありがたいと思わなきゃならないんだろう。でも、信じられない。ブルーって言葉をわざと何度も使いやがって。世界最大級のクズやろうだ。

ブルーが見たらどうしよう?

ラップトップを乱暴に閉じると、押しやるように椅子の上に置いた。ベッドに頭をもたせかける。ノラもいっしょになって寄りかかった。時計の音だけがやたらに響く。

「あのさ、本当なんだよ」しばらくして、おれは言った。ノラのほうは見なかった。おれたちは二人で天井をにらみつけた。「おれはゲイなんだ」

「かなと思った」

思わずノラを見た。「ほんとに?」

「今のお兄ちゃんの反応を見たからかな。よくわからない」ノラは目をしばたたいた。「で、どうするつもり?」

「削除されるのを待つしかないだろ。ほかになにができる？」

「みんなに話すの？」

「ニックとリアはもう読んだと思う」おれはのろのろと言った。

ノラは肩をすくめた。「否定しようと思えば、できるよ」

「いや、否定する気はない。別に恥じてるわけじゃないから」

「ならいいけど。知らなかったから。これまでそんなこと、ひと言も言わなかったじゃない」

は？　マジかよ？

おれは体を起こした。「あのさ、自分がなにを言ってるか、ぜんぜんわかってないだろ」

「ごめん！　ほんとに。わたしはただ……」ノラはおれを見た。「もちろん、恥ずかしいことなんかじゃないよ。わたしがそんなふうに思うはずないのは、わかってるでしょ。それに、ほとんどの人はいちいち騒いだりしないと思う」

「どうかな。みんなの反応なんて、わからない」

ノラはしばらく考えた。「ママとパパには言うつもり？　お姉ちゃんには？」

「さあな」おれはため息をついた。「わからない」

「スマホになんか連絡きてるよ」ノラがおれのスマホをとって、差しだした。

アビーから五通、メッセージがきてた。

サイモン、大丈夫？

電話して。ＯＫ？

えっと、どう言えばいいのかわからないけど、タンブラーをチェックしてみて。大好きだよ、サイモン

わたしがだれにも言ってないのは、わかってるよね。ぜったい言ってないから。わかってるよね？

大好きだよ

電話くれる？

で、クリスマスがきた。去年までは毎年、物欲にまみれて四時には目を覚ましてた。どんなに周到に探りを入れたところで、無駄だった。そう、おれは徹底的に調べまくったんだ。だけど、サンタクロースはまるでニンジャのごとく、毎年必ずおれの意表を突いてきた。

ま、今年も完全に意表を突かれたわけだけど、サプライズはサプライズでも、地獄のクリスマス・サプライズだったってわけだ。クソマーティンめ、せいぜい喜ぶんだな。

♪ジングルベル　ジングルベル　鈴が鳴る　きょうは地獄のクリスマス、ヘイ！

七時半におれは一階へ降りていった。内臓っていう内臓がねじれて、ぐいぐい締めつけられてる。電気は消してあったけど、リビングの窓からさんさんと朝日が差しこみ、クリスマスツリーのライトはピカピカ輝いてた。ソファーのクッションに、ぱんぱんに膨らんだ靴下が五足立てかけてある。重くて、暖炉にはぶら下げられないからだ。ほかに起きているのは、ビーバーだけだった。用を足すのに外へ出してやったあと、朝食を食べさせ、それからいっしょにソファーにごろりと横になった。

今ごろブルーはお母さんとおじさんといとこたちと教会へいってるはずだ。昨日の夜もいってるのに。この二日間で、ブルーは、おれがこれまでの人生で教会にいった分を合わせたよりも長い時間を教会で過ごしてる。

九時には全員、起きてきて、コーヒーを淹《い》れ、朝食のクッキーを食べた。アリスとノラはスマホでなにか読んでいる。おれはコーヒーをマグに注ぐと、ざざーっと砂糖を入れた。おれがかき混ぜているのを、母さんはじっと見てた。

「コーヒー、飲むようになったの？」

ほら、またこれだ。母さんは毎回こうなんだ。いや、父さんも同じだ。二人ともおれを箱にしまって、おれが蓋《ふた》をそっと持ちあげようとするたびに、上からバタンと閉めるんだ。まるでおれはなにひとつ、変わっちゃいけないってみたいに。

「ああ、飲むけど？」

「別に文句を言ってるんじゃないわよ」母さんは落ち着いてって感じで両手をあげてみせた。「かまわないってば。ただ今まではそうじゃなかったから。息子の変化にちゃんと追いつこうとしてるだけよ」

コーヒーを飲むようになったのがビッグニュースだって言うなら、今朝、これからどういうことになるか見ものだ。

おれたちはプレゼントの山にとりかかった。ブルーの家族はプレゼントを一つずつ開け、そのあいだ、ほかのいとこたちは全員すわってそれを眺めてるらしい。そうやって、一人ずつ順番に開けていき、途中しばらく休憩にして、ランチを食べたりする、と言っていた。上品なことこのうえない。それから午後いっぱい使って、クリスマスツリーを片づける。

スピアー家では違った。アリスがかがんでツリーの下に潜りこんでいく。そして、プレゼントの袋や箱をどんどんこっちへ回しはじめた。しかも、みんないっせいにしゃべりはじめる。

「キンドルのケース？　キンドルなんて持って――」

「そっちのも開けてごらんなさい」

「うそ、オーロラコーヒーだ！」

「ちがうわよ、バブバブちゃん。逆さにしてごらん。今、ウェズリアンではみんな、それを着てるんだから」

二十分後、リビングはプリンタの給紙トレイが爆発したみたいにビリビリの包装紙だらけになっていた。おれはソファーに寄りかかって、新しいイヤホンのコードを指に巻きつけ、ビーバーは前足のあいだにはさんだ蝶ネクタイを嚙んだりひっぱったりしている。みんな、家具にかけられてる布みたいにだらだらしてた。

今しかない。

だけど、いつ話すかを選べるなら、今じゃなかったのに。いずれ話しただろうけど。でも、今じゃなかったはずなのに。

「あのさ、みんなに話しておきたいことがあるんだ」なにげない感じを装おうとしたけど、カエルみたいな声になってしまった。ノラがこっちを見て、小さくほほえむのを見て、胃がギュッとなる。

「なに？」母さんが体を起こした。

みんな、どうやってるんだろう？　ブルーはどうやったんだ？　たった二言。たった二言で、おれは今までのサイモンではなくなる。おれは口に手を当て、じっと前を見つめた。どうして簡単だなんて思ったんだ？

「わかったぞ」父さんが言った。「あててやる。おれ、ゲイなんだ。じゃなきゃ、おれ、彼女を妊娠させたんだ。いや、おまえが妊娠したんだな」

「パパ、やめなよ」アリスが言う。

おれは目を閉じた。

「妊娠したんだ」おれは言った。

「だと思ったよ」父さんは言った。「血色がいいからな」

おれは父さんの目を見た。「で、マジな話、おれはゲイなんだ」

おれはゲイ。たった二言。

一瞬、しんと静まりかえった。

それから、母さんが言った。「サイモン。そう……驚いたわ……話してくれてありがとう」

それから、アリスが言った。「そうなの、バブちゃん。よかったね」

次に父さんが言った。「ゲイ？」

それから、母さんが言った。「じゃあ、ぜんぶあらいざらい話してちょうだい」母さんお気に入りの精神分析医フレーズだ。おれは肩をすくめた。

「あなたは自慢の息子よ」母さんは付け加えた。

すると、父さんがにやっと笑って言った。「で、どいつのせいなんだ？」

「せいって？」

「おまえが女嫌いになった理由だよ。まゆげがゲジゲジのやつか？　化粧が濃かった子？　それとも出っ歯の子か？」

「パパ、それって超ムカつくんだけど」アリスが言った。

「なんでだ？　おれはムードを軽くしようとしてるだけじゃないか。おれたちがサイモンのことを愛してることは、サイモンもわかってる」

「そんなヘテロセクシャル的なコメントじゃ、ムードが軽くならないのよ」

つまり、たぶん予想通りだったってことだと思う。母さんはおれの気持ちをたずね、父さんはジョークをかまそうとし、アリスは政治的になり、ノラは口を閉ざす。予想通りっていうのは、それなりにほっとできるものだし、うちの家族はあきれるほど予想可能なんだ。

だけど、今、この瞬間はどっと疲れたし、最低の気分だった。言ったら、気分が軽くなると思ってた。だけど、今週、いろいろあったときの気分とほぼ同じ。妙な気分だし、萎《な》えるし、現実感ゼロだった。


「とにかく、大ニュースよね、バブちゃん」アリスはいっしょにおれの部屋まで入ってきた。そして、ドアを閉めると、ベッドの端にあぐらをかいてすわった。

「あああー」おれは枕に突っ伏した。

「ねえ」アリスはあぐらをかいたままからだを横に傾け、おれの顔をのぞきこんだ。「ぜんぜん問題ないじゃない。落ちこむことないわよ」

おれは無視した。

「わたしは出ていかないわよ、バブちゃん。だって、これから部屋でうだうだ落ちこむんでしょ。あのプレイリストをかけて。なんて呼んでたっけ？」

「大いなる憂鬱」おれはぼそりと言った。つまり、エリオット・スミスとニック・ドレイクとザ・スミスの曲ばっかり入ってるってこと。すでにかける用意もしてある。

「そうそう、大いなる憂鬱。あんなテンポ早いのに。信じらんない」

「なんでここにいるわけ？」

「あんたの姉で、あんたはわたしを必要としてるからよ」

「おれはひとりにしといてほしいんだよ」

「だめよ。いいから、話しなさい！」アリスは、おれと壁のあいだにむりやり入りこんだ。「最高じゃない、これからお互い男のことについてしゃべれるし」

「じゃあさ」おれは勢いをつけて体を起こすと、ベッドの上にすわった。「姉ちゃんの彼氏の話をしてよ」

「ほら、落ち着いて。え、なに？」

おれはアリスを見た。「電話だよ。何時間も自分の部屋に引っこんでたろ。言えよ」

「あんたの恋愛の話をしてるんじゃなかったわけ？」アリスは赤くなった。

「おれはこんなことになってさ、カミングアウトして、みんながぎこちなくあれこれ言うのをおとなしく聞いてたんだぞ。しかも、クリスマスの日に。なのに、姉ちゃんは彼氏ができたことすら言わないつもりかよ？」

アリスはしばらく黙っていた。痛いところを突かれたってことだ。それから、はあっとため息をついた。「どうしてできたのが彼女じゃないってわかるわけ？」

「彼女なの？」

「ちがうけど」アリスは言うと、壁に寄りかかった。「彼氏」

「名前は？」

「テオ」

「フェイスブックのアカウント、ある？」

「うん」

おれはスマホのアプリを開いて、アリスの友だちのリストをスクロールしはじめた。

「ちょっと。やめてよ。サイモン、マジで、やめて」

「どうして？」

「だから、家族に言いたくなかったのよ。みんながそれをやるに決まってるから」

「それって？」

「あれこれ質問したり、ネットで探したり。で、パイが好きじゃないとか、顔に毛が生えてるとかって理由で、アウトだって言うのよ」

「顔に毛が生えてるの？」

「サイモン、カンベン」

「ごめん」おれはスマホを枕元のテーブルに置いた。アリスの言いたいことはわかった。っていうか、痛いほどわかった。

おれたちは黙りこんだ。

しばらくして、やっとアリスが口を開いた。「みんなにも話す」

「姉ちゃんの好きにすればいいよ」

「ううん、サイモンの言う通りよ。わたし、きっと——よくわからない」アリスはまたため息をついた。「サイモンにゲイだって告白する勇気があったんだから、わたしだって言わないと……」

「ストレートだってカミングアウトする勇気を持たないとね」

アリスはちらりと笑みを浮かべた。「ま、そんなところ。あんたは面白いやつよ、バブちゃん」

「努力はしてるよ」

第20章

FROM　hourtohour.notetonote@gmail.com
TO　bluegreen118@gmail.com
DATE　Dec 25 at 5:12 PM
SUBJECT　メリー・悪夢

ブルーへ
おれはこれ以上ないってくらい最低でヘンなクリスマスを過ごしたよ。しかも、ほとんどのことは、ブルーには話せない。マジでクソだった。で、そう、とある状況によって、おれは家族全員にカミングアウトした。しかも、近いうちに、全世界に知れわたることになる。おれに今、言えるのは、そこまで。

だから、今度はブルーがおれの気を紛らわせてくれる番だ。最近どう？　話してよ、チビ胎児とか、親のエロ・ライフについてとか、おれのどこをキュートだと思ってるかとか。七面鳥を食べすぎて、胃がもたれてもどしそうだとか。「ゲロ吐きそう」とかじゃなくて「もどしそう」っていうのは、ブルーだけだって知ってた？

それはとにかく、明日からサバンナにいくんだよね？　ブルーのお父さんがネット接続手段を持ってることを祈るよ。一週間まるまるブルーからのメールを待ちつづけるなんて、耐えられそうにない。電話番号を教えてくれれば、ショートメールが送れるのに。なるべく文法ミスがないようにするからさ。

えっと、メリークリスマス、ブルー。心からいいクリスマスであるように願ってる。それから、みんなにほっといてもらえるよう、祈ってる。かなり家族行事の縛りがきつそうだから。来年は二人でぬけだして、どこか遠くでクリスマスを祝うっていうのはどう？　ぜったい家族には見つからないところで。

愛をこめて
ジャックより

FROM　bluegreen118@gmail.com
TO　hourtohour.notetonote@gmail.com
DATE　Dec 25 at 8:41 PM
SUBJECT　Re：メリー・悪夢

ジャック、さんざんだったね。全世界にカミングアウトするはめになるなんて、どういう状況か想像もつかないけど、楽しい状況じゃないってことはわかるし、ジャックがしたくてしたわけじゃないこともわかる。ぼくがなんとかしてあげられればいいんだけど。

チビ胎児については、近況はなし。うちの親の「エロ・ライフ」ってところを読んで、もどしそうになったどころじゃないってことだけ、言っとく。あと、キュートってところだけど、もちろん、ジャックのことキュートだって思ってる。自分でもどうかしてるんじゃないかって思うほどね。メールのジャックがめちゃくちゃ魅力的だってことばかり考えてる。で、そこからジャックの姿をむりやり想像して、白昼夢とかにふけってる。

だけど、ショートメールの件は……んー、どうかな。だいたい、ぼくが町を離れるからっていちいち心配するほどのことじゃないんだ。サバンナにはいくらでもネット接続できる場所がある。ぼくがどこかへいってるってことすら、わからないくらいだと思うよ。

愛をこめて
ブルーより

FROM hourtohour.notetonote@gmail.com
TO bluegreen118@gmail.com

DATE　Dec 26 at 1:12 PM
SUBJECT　白昼夢……とか

この「とか」ってところをもっと具体的に書いてよ。

愛をこめて
ジャックより

P. S. いや、マジで。「とか」って？

FROM　bluegreen118@gmail.com
TO　hourtohour.notetonote@gmail.com
DATE　Dec 26 at 10:42 PM
SUBJECT　Re：白昼夢……とか

白昼夢と、それから……これ以上は口を閉じてたほうがよさそう。

愛をこめて
ブルー

第21章

クリスマス後の土曜のワッフルハウスは、お年寄りと、子どもと、カウンターで紙に印刷された本物の新聞を読んでる連中で混み合っていた。みんな、ここで朝食をとるのが好きなんだ。っていうか、ここは正確には朝食用の食堂なんだと思う。うちの親は休日で寝坊してたから、アリスとノラとおれと三人だけで、壁際に寄って席が空くのを待っていた。

もう二十分待ってるけど、そのあいだみんな、ずっとスマホの画面に見いってた。そしたら、急にアリスが言った。「ああ、ひさしぶり」アリスが見ているほうを見ると、奥の席に男がすわっていた。男はこっちを見あげて、にっこり笑うと、手を振った。どこか見覚えのある気がする。やせ気味で、カールしたブラウンの髪をしていた。

「もしかして……？」

「ちがうわよ。あの人はカーター・アディソン。わたしの一個上だったの、すごくいい人よ。そうだ、バブちゃん、カーターとおしゃべりしたらいいかも。っていうのも、彼は――」

「あ、そう。おれ、帰るわ」カーター・アディソンの顔にどうして見覚えがあるか、わかったからだ。

「え？　なんで？」

「帰るから帰る」おれは手を出して、車のキーをもらい、すぐに店の外に出た。

運転席にすわって、ｉＰｏｄを接続し、ヒーターを強に設定する。〈ティーガン＆サラ〉と〈フリート・フォクシーズ〉とどっちにしようか悩んでたら、助手席のドアが開いてノラが乗ってきた。

「なに、どうしたのよ？」

「別に」

「知り合い？」

「だれが？」

「アリスがしゃべってた人」

「ちがう」

ノラはおれを見た。「じゃあ、どうしてあの人のことを見たとたん、逃げ出したわけ？」

おれは背もたれに寄りかかると、目を閉じた。「あいつの弟を知ってるんだよ」

「だれなの？」

「あのさ、クリーク・シークレッツっていうものがこの世にあるの、知ってる？」

ノラの目が見開かれた。「例の……」

「そういうこと」

「その人、どうしてあんなこと書いたの？」

おれは肩をすくめた。「なぜなら、そいつはアビーのことが好きで、超ド級の大バカやろうだから。たぶん、アビーがおれのことを好きだと思ったんだろ。わからないよ。話せば長いんだ」

「クズだね、そいつ」

「その通り」思わずノラを見た。ノラはふだん悪い言葉を使わない。

そのとき、ドンドンってデカい音がして、飛びあがった。振りかえると、窓ガラスにアリスのムッとした顔が押しつけられていた。

「降りて」アリスは言った。「わたしが運転するから」

おれはうしろの座席に移った。好きにしろ。

「で、いったいどういうことなわけ？」アリスは車をバックさせながら、怒りに燃えた目でバックミラーをのぞきこんだ。

「そのことは話したくない」

「わかったわよ。だけど、カーターにどう説明すればいいか、気まずかったわよ。妹と弟が彼を見たとたん、いきなり店から出ていったんだから」車はロズウェル通りを走りだした。「彼の弟もいたのよ。あなたと同じ学年だって。マーティって子。感じのいい子だったわ」

おれは黙ってた。

「それに、今日はめちゃくちゃワッフル気分だったのに」アリスはぼやいた。

「もうやめなよ、お姉ちゃん」ノラが言った。

そのセリフは宙を漂った。ノラはふだん、アリスに刃向かわない。

それから家まで、車の中は静まりかえっていた。

「サイモン、地下室の冷蔵庫にいってきて。『あとで』とか『すぐいく』はなしだからね。今いって。じゃないと、パーティはなしよ」

「母さん、わかってるって。今、いこうとしてるだろ」いや、マジで、カンベンしてくれ。いつから今日の集まりがパーティだなんてことになったんだ？「ニックとリアとアビーなら、うちに五千万回はきてるだろ」

「わかってるわよ。でも、今回は、地下室を片づけないかぎり、そのソファーでパパとママにはさまれて新年を迎えることになるわよ」

「ニックんちって選択肢もあるけどね」おれはぼそりと言った。

母さんは階段をのぼりかけてたくせに、くるりと振りかえって、おれの目を見た。「いいえ、だめです。あと、ニックって言えば、パパと話し合ったんだけど、近いうちにニックがうちに泊まるときの扱いについて話し合いましょう。今夜は女の子たちもくるから心配してないけど、これからのことを考えると――」

「カンベンしてくれよ。今はそんな話、したくない」マジかよ。ニックとおれが同じ部屋で寝たら、激しいセックスに溺れるってか？

みんな、六時ごろにはそろい、地下室のでこぼこしたソファーに追いやられて、ピザを食べながら、『ザ・ズープ』の再放送を見た。うちの地下室はタイムカプセルっぽくて、キャメル色のけば立ったカーペットが敷かれ、棚にはバービー人形とかパワーレンジャーとかポケモンが並んでる。トイレと狭い洗濯室がついてて、冷蔵庫もあるから、けっこう居心地が良くて、ここでグダグダするのは最高だった。

ソファーの端からリア、おれ、アビーの順にすわってた。ニックは反対側に腰かけて、ノラの古いギターをつま弾いてる。ビーバーが階段の上でクンクン鳴いて、一階を歩きまわる足音が聞こえた。アビーがテイラーの話をしている。またウザいことを言ったらしい。おれは、笑うところでちゃんと笑おうとした。ちょっとやり過ぎたかも。リアはテレビを凝視してた。

食べ終わると、おれは階段を駆けあがって、ビーバーが入れるようにドアを開けてやった。ビーバーは転がるように降りていって、大砲の弾みたいに部屋に飛びこんだ。

ニックはテレビの音を消して、『茶色の眼をした女の子』のアコースティック・バージョンをゆっくりと弾いた。すると、上から聞こえていた足音がぴたりとやみ、声がした。「わあ、すてきな声」ノラの友だちだ。ニックの歌声は、一年女子に神わざ的効果をもたらすらしい。

ニックはアビーと超接近してすわっていた。リアからパニック波が放射されてるのが、肌にびしびし感じられる。リアとおれは床の上に移って、ビーバーの腹をなでてやっていた。リアはさっきからひと言もしゃべってない。

「ビーバーのやつ、恥ずかしくないのかよ。これじゃ、触ってくれって身をよじってるみたいだよ」

なぜか、必要以上に明るくしゃべりまくらなきゃならないようなプレッシャーを感じる。

リアはビーバーの腹の毛を指でなぞってるだけで、答えない。

「この口、コークの瓶みたいだよな」おれは指さした。

リアはおれを見た。「ぜんぜん」

「そう？」ときどき、どれがスピアー家独自の言い回しで、どれがふつうの言い方なのか、わかんなくなるときがある。

するといきなり、口調も変えずに、リアは言った。「例の投稿、削除されてた」

「知ってる」腹が不安でしめつけられる。タンブラーのことは、ニックもリアも見たのはわかってたけど、まだそのことについて話はしてなかった。

「まあ、そのことについて話さなきゃいけないわけじゃないけど」リアは言った。

「だね」ソファーのほうを見あげると、アビーはクッションによりかかって目を閉じ、唇に笑みを浮かべている。そして、頭をニックのほうに傾けた。

「だれが書いたかわかってるの？」リアがきいた。

「まあね」

リアはつづきを期待するようにおれを見た。

「別にどうでもいいんだ」おれは言った。

二人とも、黙りこくった。ニックはギターを弾くのをやめたけど、ハミングしながら、ギターを軽くたたいてリズムを取っている。リアは髪をくるくるとねじって上へ持ちあげ、パッと離した。髪は胸の下まであった。おれは目を合わせないように気をつけながらリアのほうに顔を向けた。

「なにを質問しないようにしてるか、わかってるよ」しばらく考えてから、おれはそう言った。

リアは肩をすくめて、ちらりと笑みを浮かべた。

「おれはゲイなんだ。そこんところは、ウソじゃない」

「そっか」リアは言った。

ニックがハミングをやめていた。

「だけど、それを今夜のメインイベントにするつもりはない。いいな？　えっと、アイスクリームをほしいやつ、いる？」おれは立ちあがった。

「今、おまえ、ゲイって言った？」ニックがたずねた。

「ああ」

「そうか」ニックは言った。アビーがニックをひっぱたいた。「なんだよ？」

「言うこと、それしかないの？　そうか、だけ？」

「サイモンがそのことで大騒ぎしたくないって言ったから。ほかになんて言えばいいんだよ？」

「なにか力になるようなこととか？　わかんないけど。ぎこちなく手を握るとか。わたしがやったみたいに。なんだっていいわよ」

ニックとおれは顔を見あわせた。

「おれはおまえの手は握らないけど」おれは言って、にやりと笑った。

「わかった」ニックはうなずいた。「ま、おれは握るけど」

アビーが言った。「うん、ちょっとマシ」

リアはずっと黙ってたけど、ふいにアビーのほうを見た。「サイモンから聞いてたの？」

「え、あ、うん」アビーはちらりとおれのほうを見た。

「へぇ」リアが言う。

そして、しんとなった。

「じゃ、アイスとってくる」おれは階段へ向かった。ビーバーがついてこようとしておれの足に突進してきた。

数時間後、アイスは食べつくされ、アンダーグラウンド・アトランタ〔ショッピングモール〕では大晦日恒例のピーチの飾りが落とされ、近所のひとたちもようやく花火を使い果たした。おれはぼーっと天井を見あげてた。うちの地下室は、よくポップコーンって呼ばれてるぼこぼこした天井で、暗いところだと、影が絵や顔に見える。全員、寝袋を持ってきてたけど、使わないで、カーペットの上に毛布とシーツと枕で巣を作った。

アビーはおれのとなりで眠ってた。すこし先でニックがいびきをかいてる。リアの目は閉じてたけど、寝息が眠ってないような感じだった。でも、つついてたしかめるのは、違うって気がした。そしたら、いきなりリアがごろりと寝返りを打ってため息をつき、パッと目を開けた。

「よう」おれはささやいて、リアのほうに寝返りを打った。

「うん」

「怒ってる?」

「なんのこと?」

「おれが先にアビーに話したこと」

リアはしばらく黙ってたけど、それから言った。「怒る権利はないから」

「どういう意味？」

「だって、これはサイモンの問題でしょ」

「でも、リアにはリアが感じるように感じる権利はあるだろ」心理学者の母親がいる場合、それなりに学ぶこともあるわけ。

「でも、あたしの問題ではないから」リアはあおむけになると、片腕を枕にした。

なんて答えたらいいいか、わからなかった。おれたちはしばらく黙ってた。

「怒るなよ」しばらくたって、おれは言った。

「あたしに言ったら、ひどいこと言われたりすると思ったわけ？　受け入れられないとか？」

「もちろん、そんなふうに思ってなかったよ。あたりまえじゃないか。そんなんじゃない。むしろリアはいちばん――つまり、ハリーやドラコをおれに教えてくれたのは、リアじゃないか。ちがうよ、そんなこと、一瞬たりとも思ってない」

「なら、いい」リアはもう片方の手を毛布の上から腹のあたりにのせた。呼吸するたびに上下してるのがわかる。「で、ほかにだれに話したの？」

「うちの家族。つまりさ、ノラがタンブラーの投稿を見つけたんだよ。だから、話すしかなかった」

「なるほどね。だけど、あたしがききたいのは、アビー以外にはだれか知ってるのかってこと」

「だれも知らない」そう答えてから、おれは目を閉じて、ブルーのことを考えた。

「じゃあどうしてタンブラーにあんな投稿がアップされることになったわけ？」

「ああ、そうか」おれは顔をゆがめた。「話せば長いんだ」そして、再び目を開けた。

リアはおれのほうに顔を向けたけど、なにも言わなかった。おれのことをじっと見てるのがわかる。

「そろそろ眠りそう」おれは言った。

でも、うそだった。おれは寝なかった。何時間も何時間も。

第22章

FROM　bluegreen118@gmail.com
TO　hourtohour.notetonote@gmail.com
DATE　Jan 1 at 1:19 PM
SUBJECT　Re：蛍の光

ゾンビのジャックへ

かわいそうに。ぼくがこのメールを打ってるころには、もう眠ってることを祈ってる。吉報もあるよ。まだ休みは四日残ってるってこと。その分を睡眠とぼくにメールを書くのに使うのはどう？

昨日の夜は、ジャックのことばかり考えてた。パーティはつまらなかったわけじゃない。集まったのは父親の奥さんのおばあさんの家で、そのおばあさんは九十歳くらいだったから、ぼくたちも九時には家にもどって、テレビを見てた。ああ、ミスター・性の目覚めもきてたよ。例の、ぼくにそうだって気づかせた男。奥さんは思いっきり妊娠してた。ぼくの父親の奥さんと、ディナーの席で胎児の超音波写真を見せ合ってたよ。われらがチビ胎児は、ありがちなかわいいエイリアンになってた。でかい頭に、ちっちゃい手足で、鼻までわかるんだ。そっちはそう悪くなかったけど、ミスター・性の目覚めの奥さんのほうは３Ｄの超音波映像まで持っててさ。あれは、なんかこう、目が吸い寄せられるっていうか、見ずにはいられないものだった。

新学期まではどうしてる？

愛をこめて
ブルー

FROM　hourtohour.notetonote@gmail.com
TO　bluegreen118@gmail.com
DATE　Jan 1 at 5:31 PM
SUBJECT　Re：蛍の光

ゾンビは当たってる。もうクソ最低だ。〈ターゲット〉で買い物して帰ってきたところなんだけど、帰りの車の中ではぐっすりだった。ありがたいことに、運転してたのが母さんだったからね。ちなみに〈ターゲット〉からうちまで五分なんだよ。ヤバいだろ？　今も、頭がぼーっとしてもうろうとしてる。けど、親は今から一家そろって夕食を食べようとしてるんだ。

カンベンしてくれ。

３Ｄ超音波映像でトラウマかー。ブルーはわざわざ具体的な説明はしないようにしてくれたのに、あいにくおれはグーグル検索ってもんにぜんぜん自制心がきかないバカでさ。おかげで一生、脳みそに焼きつきそうだよ。生命の神秘ってやつ？　ついでに、〈リアル赤ちゃん人形《リボーンドール》〉で検索してみるといいよ。いやマジで、やってみて。

今週末はたいした事件はなかった。何を見ても、ブルーのことを思い出すってだけ。〈ターゲット〉の店内だって、ブルーだらけだった。〈ターゲット〉でスーパーシャーピーって名前のデカいマジックペンを売ってるの、知ってた？　もちろん、スーパー糊もある。オフィス用品のジャスティス・リーグ〔アメリカンコミックに登場する架空のスーパーヒーローチーム〕かよって感じ。マジで一瞬、買いかけたんだ。そしたら、悪と戦う文房具チームの姿を写メできるだろ。一人ひとりにマントとかコスチュームも作ってやってさ。ま、スーパーヒーロー好きのだれかさんはまだ番号を教えてくれないから無理だけどね！

愛をこめて
ジャックより

FROM　bluegreen118@gmail.com
TO　hourtohour.notetonote@gmail.com
DATE　Jan 2 at 10:13 AM

SUBJECT　リボーン

完全にやられたよ。ウィキペディアの説明を読んで、今、画像を見てるところ。なんかやめられなくなっちゃって。もしかして、世界一気持ち悪いネット画像を発見したんじゃない？

正義の味方〈オフィス・ジャスティス・リーグ〉にはほんと、笑っちゃったよ。見られたらいいんだけど。だけど、番号のことは——ぼくに言えるのは、ほんとゴメンってことだけ。電話番号を交換するって、思うだけでビビっちゃうんだ。本当に。ジャックが電話してきて、ぼくの留守電を聞いたら、バレるんだって思うと。なんて言えばいいのか、わからない。まだジャックに正体を知られる覚悟ができてないだけなんだ。バカみたいだってわかってるし、今じゃ、起きてる時間の半分は、初めて二人で会うときのことを想像してるっていうのに。だけど、わからないんだ。会っても、なにも変わらないでいられるかな。ぼくはジャックを失ってしまうのが、怖いんだと思う。

わかってくれるといいんだけど。これで、愛想をつかしたりしないでほしい。

愛をこめて
ブルー

FROM　hourtohour.notetonote@gmail.com

TO　bluegreen118@gmail.com
DATE　Dec Jan 2 at 12:25 PM
SUBJECT　Re：リボーン

電話番号の件について、ブルーの気持ちをわかろうとしてる。おれのことを信用してほしい！　たしかにおれは知りたがりだけど、ブルーが嫌なら、ぜったい電話したりしないから。別にそんなすごいことをきいたつもりじゃなかったんだ。メールだってやめたくない。ただ、メールだけじゃなくて、ショートメールも送れるようにしておきたいだけなんだ、ふつうの友だちみたいに。

あと——そうなんだ。おれはブルーと直接会いたい。そしたら、ブルーの言う通り、いろんなことが変わると思う。だけど、おれはたぶん、その覚悟はできてると思う。だから、やっぱり「すごいこと」かもしれない。よくわからない。ブルーの友だちの名前とか、放課後なにをやってるかとか、ブルーがまだ話してくれたことがないことを知りたい。ブルーの声を聞いてみたい。

だけど、ブルーが決意できるまで、待つ。ブルーに愛想をつかすなんて、むりだよ。おれを失うなんてこと、あり得ないから。だから、考えてみてほしい。

愛をこめて
ジャックより

第23章

新学期一日目だ。けっこう本気で、まる一日、車の中でやり過ごそうかと思った。うまく説明できない。なんていうか、別に大丈夫って気もする。だけど、いざ学校にきてみると、車を降りられそうになかった。考えるだけで、吐きそうになる。

ノラは「まじめな話、だれも覚えてないと思うよ」と言った。

おれは肩をすくめた。

「あれが掲示されてたのって、えっと、三日間くらい？　で、もう一週間以上経ってる」

「四日間」

「みんながタンブラーをちゃんと読んでるかだって、あやしいよ」

いっしょに吹き抜けのホールに入っていくと、始業のベルが鳴った。みんながいっせいに早足になり、押し合いながら階段を降りていく。別におれに注目しているやつなんていなかった。ノラもあんなことを言っときながら、目に見えてほっとしたのがわかる。みんなの流れにのってロッカーへ向かいながら、ようやくからだの力が抜けていくのがわかった。何人かがいつも通り、おれに手を振った。同じランチのテーブルのギャレットがおれを見て、「よう、スピアー」と言った。

リュックをロッカーへ放りこみ、英米文学とフランス語の教科書を取りだす。ロッカーの隙間からホモの悪口とか書いたメモが差しこまれたようすはない。よかった。「ホモ野郎」みたいないたずら書きもない。よし。うちの学校もだいぶましになったのかもしれない。だれも、マーティンの投稿を見てなかったとか。

マーティンのことは、考えるのもいやだった。あのバカ面は二度と拝みたくない。もちろんそういうときにかぎって、一時間目からいっしょだ。

マーティンと対面すると思うと、まだちょっと不安で心臓の鼓動が心なしか早くなる。

深呼吸しようとする。

文学棟に入っていくと、階段から名前もわからないアメフト部のやつが駆け下りてきて、ぶつかりそうになった。うしろにさがってなんとかバランスをとると、やつがおれの肩に手をかけて、目をのぞきこんで言った。

「おお、おまえか、よう」

「やあ……」

それから、おれの頰《ほお》をぐいっとはさむと、引きよせてキスする真似をした。「ブチュ！」やつのにやけた顔がすぐそばまできて、熱い息がかかる。まわりのやつらは、セサミストリートのエルモみたいに笑い転げた。

おれは真っ赤になって、やつの手を振り払った。「いくなよ、スピアー。次はマクレガーの番だぜ」だれかが言うと、またみんな、笑い出した。こいつらのことなんて、ろくに知らない。なにがそんなにおかしいんだ？

英米文学の授業中、マーティンはおれのほうを見ようとしなかった。

その日は一日じゅう、リアとアビーが、おれのほうをヘンな目で見てくるやつらをピットブル犬みたいににらみ返した。けっこうジンときた。それに、そこまでひどいことにはならなかった。たしかにコソコソなにか言ったり、笑ったりするやつらもいたし、どういう意味かはわかんないけど、おれを見ると、満面の笑みを浮かべるやつもいた。知り合いでもなんでもないレズビアンの女の子たちがロッカーまできて、おれをハグした上、電話番号を渡してきたりっていうのもあった。それに、少なくとも十人以上のストレートの子たちが、おれの味方だって言ってくれた。キリストの愛は変わらないから大丈夫、って言った女の子もいた。

とにかくなんやかんや注目されたのはたしかで、しまいには頭がくらくらしだした。

ランチにいくと、女の子たちはやる気満々で、次から次へ五百万人くらい男子の名を挙げて、品定めを始めた。おれの彼氏候補ってことらしい。めちゃめちゃ笑えたんだけど、アナがニックもゲイかもって冗談を言ったもんだから、ニックがアビーにべったりくっつきはじめて、そのせいでリアが手のつけようのないほど機嫌が悪くなった。

「リアにも彼氏を見つけなきゃ！」ってアビーが言うのをきいて、おれはマジで縮みあがった。アビーのことは大好きだし、場のムードを盛りあげようとして言ったのはわかってるけど、今のはヤバすぎる。アビーはなぜだか、それだけはマズいってことを言っちゃうときがあるんだ。

「大きなお世話よ、アビー」リアが、こっちが聞いてて寒気がするような明るい調子で言った。目はぜんぜん笑ってなくて、怒りの炎がパチパチ火花を飛ばしてる。そして、いきなり立ちあがると、ひと言も言わずに椅子をテーブルにもどした。

リアが出ていくと、ギャレットがブラムを見て、ブラムは唇を噛んだ。あれは、ストレートの男のパターンみたいなもんで、ブラムはリアが好きってことだろう。

どうしてかわからないけど、それを見ておれまで機嫌が悪くなった。

「リアが好きなら、誘えよ」ブラムに言うと、ブラムの顔がみるみる赤くなった。

自分でもよくわからない。ストレートのやつが恋愛で二の足踏んでるのにうんざりしてるだけかも。

そんな調子でなんとかリハーサルまで持ちこたえた。その日は、台本なしでのリハの初日で、いきなり大勢《モブ》のシーンからスタートした。伴奏者も加わって、みんな、本気で集中してる。あと一か月もしないうちに公演初日だってことを自覚しはじめたんだと思う。

ところが、スリの歌を歌ってる途中で、いきなりマーティンが歌うのをやめた。

それから、アビーが言った。「ふざけんじゃないわよ！」

みんな、一瞬、しんとなって顔を見あわせた。だけど、だれもおれのほうを見ない。おれはなにがなんだかわからずに、アビーの見ているほうを見た。観客席の後ろの二重らせんの前に、知らないやつらが二人立っていた。どこかで見たような気もする。たぶん去年保健のクラスで一緒だったやつらだ。ひとりはパーカーを着て、だてメガネをかけ、チノパンの上にスカートをはいてる。で、二人ともデカいプラカードを持っていた。

一人目のには、「よう、元気か、サイモン？」

スカートのやつのは、「なに、オレのケツでやりたいの？」〔ゲイのタレント、サムウェルの曲〕。

連中はサムウェルみたいに腰をくねらせ、ドアのあいだからのぞいてるやつらが爆笑してた。笑いすぎて、腹を押さえてる女の子もいる。だれかが「てめえら、やめろよ！　サイテーだな！」ってどなったけど、女の子は笑いつづけた。

ヘンって言えばヘンだけど、おれはまったく動揺しなかった。なんか百万キロ先から眺めてるような感じだった。

そしたらいきなり、だれかが舞台横の階段を駆け下りて、通路をまっすぐ走っていった。え、テイラー・メッテルニッヒ!?　そしたら、アビーもすぐにうしろから追いかけた。

「うわ、ヤべえ」スカートの男が言い、もうひとりがクスクス笑った。それから、連中はあわてて出ていくと、ドアをバタンと閉めた。

テイラーとアビーはそのままものすごい勢いでドアの向こうまで追いかけていって、どなりちらす声と足音がこっちまで響いてきた。オルブライト先生も走っていったので、残されたみんなは舞台の上で立ちつくした。気がつくと、おれは台の上にすわって、両脇から上級生の女の子二人に肩を抱きかかえられていた。

マーティンのほうをちらりと見ると、完全にやられたようすで、両手で顔を覆ってる。

数分後、アビーがバタンとドアを開けて入ってきた。うしろから、オルブライト先生がテイラーの肩を抱えるようにして歩いてくる。テイラーの顔がところどころ赤くなってる。泣いてたみたいだ。おれは、オルブライト先生がテイラーを一番前の席まで連れてきて、カルのとなりにすわらせるのを見ていた。オルブライト先生は二人の前にひざまずいて、なにか話しはじめた。

アビーはそのまま階段をあがって、首を振りながらおれのところまできた。

「最低ね」アビーは言った。

おれはのろのろとうなずいた。

「テイラーったら、もう少しであいつらのこと殴るところだったんだよ」

テイラー・メッテルニッヒが？　男を？　殴るところだったって？

「ウソだろ」

「ほんとよ」アビーは言った。「わたしも殴るところだった」

「やるね」上級生のブリアンナが言った。

ちらっとテイラーのほうを見ると、椅子によりかかって目を閉じ、ゆっくりと深呼吸してる。「実際は、殴らなかったんだよね？　おれのせいでテイラーが面倒なことになったら困る」

「やめてよ。そんなふうに言わないで。サイモンのせいじゃないよ。あいつら、マジでクズ」

「あのままじゃすまないわよ。うちの学校、ゼロトレランス《毅然たる対応》方式を採用してなかった？　違反した場合は、一切の例外なく罰則が設けてあるはずよ」ブリアンナが言った。

だけど、クリークウッド校のいじめへの対応なんて、服装規定違反と同程度だ。

「大丈夫。今ごろあいつらはナイト校長の部屋にいるから。親が呼ばれるはず」

案の定、しばらくすると、オルブライト先生が、全員舞台に上がって輪を作るようにと言った。

「みなさんが、あんなくだらないものを目にすることになって残念です」先生は特別におれのほうを見た。「まったく不適切かつ冒とく的な行いです。冗談ごとじゃすまされないってことは、はっきり言っておきます」そして、いったん言葉をとぎらせたので、おれは先生のほうを見た。そして、先生が心底怒り狂っていることに気づいた。「残念だけど、今日のリハーサルはここで終わりにします。この問題に対処しなきゃいけないから。予定外なのはわかっているけれど、許してちょうだい。明日、この分は取り返しましょう」

そして、こっちにくると、おれがすわってる台の前にしゃがみこんだ。「大丈夫、サイモン?」顔がうっすら赤くなるのがわかった。「大丈夫です」

「なら、よかった」オルブライト先生は静かに言った。「あんなケツの穴レベルのことして。ぜったい停学にするから。わたしは本気よ。なにがなんでもね」

アビーとブリアンナとおれはあぜんとして先生を見た。

先生が「ケツの穴」なんて言うのを聞いたのは、初めてだった。

もう放課後のバスはいってしまっていたから、結局、アビーは遅い時間のバスがくるまで手もちぶさたで待つはめになった。おれはひどく申し訳ない気がした。よくわからないけど、たぶん、おれの責任でもあるような気がしたんだと思う。だけどアビーは、バカなことを言わないで、サッカー部の選抜テストを見て時間をつぶすから、って言ってくれた。

「おれもいくよ」

「サイモン、マジでいいから。家でゆっくりしてよ」

「ニックのことをヤジりたいって言ったら?」

アビーもそれで納得して、おれたちは二人で科学棟の廊下をぬけ、裏階段を降りて、音楽室のほうへ歩いていった。閉じたドアの向こうから、かなりカッコいいドラムとギターが聞こえてくる。ほとんどプロって感じだけど、ボーカルがヘンっていうか、なんかひっかかる。合唱のアルトの部分を歌ってるみたいなんだ。アビーはドラムに合わせて踊りながら歩いていって、グラウンドの近くに出る通用口から外に飛びだした。

外はクソ寒かった。サッカー部の連中は、あんな脚の出る短パンでよく耐えられるなと思う。目の前のグラウンドには女子がいて、十本以上のポニーテールが揺れている。その横を通りすぎて、男子のグラウンドのほうまでいくと、部員がボールをパスしあいながらオレンジ色のコーンのまわりを走ってた。アビーはフェンスの上に腕をのせて、寄りかかるようにしてグラウンドを眺めた。ほとんどのやつが、サッカーシャツの下にスパンデックスの長袖のシャツを着ている。すね当てを着けてるやつも何人かいた。全員がサッカー選手特有のふくらはぎをしてる。いや、これってけっこういい眺めかも。

コーチがホイッスルを吹くと、全員集まってきた。そして、コーチの話が終わると、また思い思いに散って、水筒を回したり、ドリブルしたり、脚のストレッチを始めた。ニックはソッコーでおれたちのほうにきた。顔を上気させて、すごくうれしそうだ。ギャレットとブラムもきた。

「もう一度選抜テストを受けさせるなんて、ヘンじゃない?」アビーが言った。

「わかってる」ギャレットはハアハア荒い息をつきながら言った。汗だくで、顔が真っ赤になってる。目は青と紫のあいだみたいなエレクトリック・ブルーだ。「形式上だよ。形だけって感じ。一応、たしかめるんだろ――」ギャレットはいったん言葉をとぎらせ、息をついた。「どこのポジションにするか、とか」

「ああ、そうなんだ」と、アビー。

「で、そっちは？　リハーサルをぶっちぎったの？」ニックはアビーにほほえみかけた。

「まあ、そんなもん。わたし――ううん、サッカー少年たちで目の保養をしようかと思って」アビーはさらにニックのほうへ身を乗り出すと、にっこり笑ってニックを見あげた。

「へえ、マジ？」

おれは聞いてちゃいけないような気になってきた。

「で、うまくいきそう？」おれはギャレットとブラムに向かってきいた。

「ああ、絶好調」ギャレットが言い、ブラムもうなずいた。

この二人とは、週に五回もランチを食ってるけど、三人とか二人では一度も出かけたことがない。もっと二人のことを知りたいと思った。ま、ブラムは、リアのことに関してはかなり根性足りないみたいだけど。たぶん、ひとつには、ギャレットもブラムも今日一日、ゲイ騒ぎのことはぜんぜん気にしてないみたいに見えたこともあると思う。体育会系のやつらは、そういうことで騒ぐに決まってると思ってたから。

それに、ブラムはけっこうイケてる。いや、けっこうどころか、かなり。フェンスから三十センチくらい離れたところに立ってるブラムをじっと見る。汗だくで、サッカーシャツの下から白いタートルネックがのぞいてる。無口だけど、表情豊かなブラウンの目をしてて、肌はややブラウンよりの黒。

黒い髪は軽くカールしてて、いい感じだし、ごつごつした手はがっしりしてた。

「オーディションでしくじったら、どうなるんだ？　チームから追い出されることもある？」おれはきいた。

「オーディション？」ブラムは控えめな笑みを浮かべた。ブラムに見つめられると、胸がキュッとなった。

「トライアウトって言うんだっけ」おれは赤くなった。そして、ブラムにほほえみ返してから、ちょっと後ろめたさを感じた。

ブルーに悪いと思ったから。いくらブルーがまだ覚悟ができてなくても、いくら彼がまだラップトップの画面上の言葉の連なりでしかないとしても、それでも、ブルーとは付き合ってるような気がしてたから。

知りもしないのに。


というわけで、冬の空気のせいかもしれないし、サッカー部のふくらはぎのせいかもしれないけど、今日、あれだけのことがあったあとのわりには、悪くない気分だった。

そう、駐車場につくまでは。おれの車に、マーティン・アディソンが寄りかかっていた。

「どこいってたんだ？」アディソンはきいてきた。

おれはなにも言わずに、やつがどくのを待った。正直、顔も見たくなかった。

「ちょっと話せないかな？」アディソンは言った。

「おれには、おまえに話すことなんてない」おれは言った。

「わかったよ」アディソンはため息をついた。やつの吐いた息が、実際に見えた。「サイモン、おれ――マジで悪かったと思ってる」

おれは身じろぎもせずに立っていた。

アディソンは両腕を前に出した。手袋の下で、関節がポキッと鳴った。「ああ、ほんとに、ほんとうにごめん。あんなことになって。わかってなかったんだ――つまり、未だにあんなクズみたいなことをするやつらがいるなんて」

「ああ、そうだろうな。シェイディ・クリークはめちゃくちゃ進歩的だもんな」

マーティンは首を横に振った。「本当に、マジで、たいしたことじゃないと思ってたんだよ」

いったいなんて答えろっていうんだ？

「ほんとに悪いと思ってる。それはわかってくれ。クソムカついてたんだ。アビーのことで。なにも考えてなかった。兄貴にもめちゃめちゃに言われたよ……とにかく、最低だったと思ってる。例のメールはとっくの昔に消してる。誓って本当だから。だから、なんでもいいから、なにか言ってくれないか？」

おれは、そう、マジで、笑い出しそうだった。「なんて言ってほしいわけ？」

「わからない。おれはただ――」

「わかったよ、これはどうだ？　おまえのことはクソだと思ってる。マジでケツの穴レベルのクソでクズだって。こうなるってわかってなかったなんて、言い訳するのはやめてくれ。そもそもおまえはおれを脅迫《きょうはく》してたんだ。それが――それが一番の問題だろーが？　屈辱的だよ」

アディソンは首を振って、なにか言おうと口を開いたけど、おれは遮《さえぎ》った。

「それに、わかってんのか？　たいしたことないと思ってたとか、よく言うよ。いいか、これはたいしたことなんだよ。このことは――おれの個人的な問題なんだ。おれが、いつ、どこで、だれに、どう話すかを、決めるはずのことだったんだ」いきなりのどに塊《かたまり》がこみあげてきた。「ああ、そうさ、それをおまえはおれから奪った。しかも、ブルーを巻きこんで。正気かよ？　おまえは最低のクズだ、マーティン。いいか、もう顔も見たくない」

マーティンは泣いていた。こらえようとしてたけど、完全に、すごい勢いで、泣いていた。おれは腹がねじれるような気がした。

「そこからどいてくんない？」おれは言った。「おれにかまうな」

マーティンはうなずき、うなだれて足早に去っていった。

おれは車に乗った。それで、スイッチが入った。おれは泣きはじめた。

第24章

FROM hourtohour.notetonote@gmail.com
TO bluegreen118@gmail.com
DATE Jan 5 at 7:19 PM
SUBJECT 雪!

ブルーへ

外を見て! 信じられない。新学期の一日目に本物の雪だなんて。また前代未聞の大雪になる可能性もあるかな? っていうのも、今、心の底から一週間の休みがほしい気分なんだ。マジで今日はなんて説明したらいいのか、わからない日だった。なんだろ。とにかく全世界にカミングアウトするって、怖ろしく疲れるってことだけ。

マジで身も心もすり切れてる。

怒りのあまり泣いたことってある? 怒ったことに罪悪感を持ったことは? おれはヘンじゃないって言ってくれ。

愛をこめて

ジャックより

FROM　bluegreen118@gmail.com
TO　hourtohour.notetonote@gmail.com
DATE　Jan 5 at 10:01 PM
SUBJECT　Re：雪！

ジャックは変なんかじゃないよ。ひどい日だったみたいだね。少しは埋め合わせになるようなことができればいいんだけど。自分の感情を食べてみたことある？　オレオには癒やしの効果があるって聞いたことあるよ。それに、ぼくが言うことじゃないけど、怒ったことに罪悪感なんて持たなくていいよ。ジャックが怒った理由がぼくの推測通りだとしたら、なおさらね。

そうなんだ。ジャックに言わなきゃいけないことがある。たぶん、聞いて嬉しいことじゃないと思う。それに、最悪のタイミングだと思うけど、ほかにどうすればいいか思いつかないんだ。だから言うよ。

ジャック、ジャックがだれだか、ほぼわかったと思う。

愛をこめて

ブルーより

FROM　hourtohour.notetonote@gmail.com
TO　bluegreen118@gmail.com
DATE　Jan 6 at 7:12 PM
SUBJECT　本当に?

そうか。うん。嬉しくなくはないよ。だけどこれって、運命の瞬間だよね?
ほんとのこと言うと、おれもブルーがだれか、わかってると思う。だから、ちょっと連想ゲーム。

1. ファーストネームが元アメリカ大統領と同じ
2. コミックのキャラクターにも同じ名前がいる
3. 絵を描くのが好き
4. 目はブルー
5. 椅子にすわったおれを、暗い廊下で押したことがある

愛をこめて
ジャックより

FROM　bluegreen118@gmail.com
TO　hourtohour.notetonote@gmail.com
DATE　Jan 6 at 9:43 PM
SUBJECT　Re：本当に？

1. あたり
2. 目立たないキャラクターだけど、あたり
3. そうでもない
4. はずれ
5. ちがう
残念だけど、ぼくは、ジャックが思ってるだれかじゃない。

ブルーより

FROM　hourtohour.notetonote@gmail.com
TO　bluegreen118@gmail.com
DATE　Jan 6 at 11:18 PM
SUBJECT　Re：本当に？

途中までは快調だったのにな。
そうか、じゃあ、おれは勘違いしてたってことか。ごめん。このせいで、おれたちのあいだがぎくしゃくしないといいけど。
でも、ブルーも間違ってるってことはない？　だから、あいこだってことはないかな？　でも、たぶんブルーはタンブラーを見たんだろ。あーあ、おれだけバカみたいだ。

愛をこめて
ジャックより

FROM　bluegreen118@gmail.com
TO　hourtohour.notetonote@gmail.com
DATE　Jan 7 at 7:23 AM

SUBJECT　Re：本当に？

タンブラーって、クリーク・シークレッツのこと？　たぶん最後に見たのは八月くらいじゃないかな？　本当だよ。なにがのってたんだ？　とにかく、バカみたいだなんて思う必要はないよ。ぼくはぜんぜん気にしてない。だけど、ぼくの推測は当たってると思う。
〈ジャック・ア・ディ〉だろ？

ブルーより

第25章

そういうこと。ああ、おれはクソマヌケだ。あちこちに手がかりを残してたんだろう。ブルーがそれをつなぎ合わせたって、意外でもなんでもない。心のどこかでそれを望んでいたのかもしれない。〈ジャック・ア・ディ〉は、ゲームの〈サイモンさんは言ってます〉〔指示者が「サイモンさんは言ってます」と付けた命令にだけ従うゲーム〕のフランス語バージョン。おれは自分が思ってるほど賢くなかったってわけ。

それに、ブルーをカルだと思いこんでたなんて！　おれは正真正銘の大バカだ。いったいなに考えてたんだ？　ブルーグリーンの目と直感だけでそうだって思いこんだなんて？　典型的なサイモン論理じゃないか。まったくおれらしいよ、あり得ない致命的な間違いを犯すなんてさ。

その朝、二十分以上ブルーのメールをひたすらぼーっと見つめてた。それからやっと、返事を書いた。送ったあと、何度もブラウザの再読みこみをしていたら、しまいにはノラに部屋のドアをバンバン叩かれた。でも、結局、学校にはいつもよりも五分早く着いたから、駐車場でまたもや五分間、スマホの画面でメールを眺めつづけた。

ブルーはタンブラーの投稿は見ていない。これって、なにか意味があるよな。てか、すごいヒントになるはずだ。

校舎に入っていくと、ちょうどベルが鳴りはじめた。マジで頭がくらくらしてる。手がロッカーのダイヤル錠の番号を覚えていたから、よかったけど。っていうのも、脳は完全に機能停止してたから。みんながなにか言ってきて、おれも適当にうなずいたけど、なにも耳に入ってなかった。ピックアップ・トラックに乗ってるやつが二人、よう、コウモン・スピアーって呼びかけてきたような気がするけど、よくわからないし、気にもならなかった。

頭にあるのは、ブルーのことだけだった。心のどこかで、今日、なにか起こることを期待してる。ついにブルーの正体がわかるとか、そんなことを。おれがだれだかわかったのに、ブルーがまだ自分の正体を明かさないなんて、信じられない。おれはあらゆるところでヒントを探した。フランス語の授業でリアがメモを回してきたときも、ブルーからかもしれないと思って心臓がバクバクした。「覚悟はできた、ジャックのロッカーで会おう」とかさ。でも、超絶リアルなマンガのイラストで、フランス語の先生がフランスパンでフェラしてるところが描いてあるだけだった。でも、それでもおれはブルーを思い出すしまつだった。

歴史の授業で肩を叩かれたときも、心臓がピンボールみたいに跳ねまくった。でも、アビーだった。

「シィィィイ、あれ、聞いて」

耳を澄ますと、テイラーがマーティンに、わざわざ努力して腿《もも》のあいだに隙間を作ろうとしてるわけじゃないとかなんとか言っていた。自分は新陳代謝がいいだけで、ほかの女子がわざと隙間を作ろうとしてるなんてぜんぜん知らなかった、みたいな。マーティンはうなずきながら、たいくつそうに頭をかいてる。

「新陳代謝の話をしないではいられないみたいだね」アビーは言った。

「たしかに」テイラーは、ふだんはふつうの女子、その実、いじめをやっつけるニンジャ、ってところかもしれないけど、性格に難ありっていうのは間違いない。

そのあと、アビーはもう一度、ついてきた。今度はペンを拾ってってことだったけど、おれの心臓はまた跳ねまくった。だって、しょうがないだろ。一縷《いちる》の望みにすがらずにはいられなかったんだ。だから、新学期二日目がなにごともないまま終わると、おれはちょっと傷ついた。誕生日の夜十一時になって、結局サプライズ・パーティなんてだれも企画してなかったってわかったときみたいな感じだった。

木曜日のリハーサルのあと、カルがきて、別になんてことないって調子で自分はバイセクシャルだって言った。だから、今度いっしょに出かけようよって。おれは完全にふいを突かれて、思わず口をあんぐりと開けてカルを見てしまった。感じがよくて、ゆったりとしてて、さらさらの前髪で、オーシャンブルーの目をしたカルを。

だけど、問題は、カルはブルーじゃないってことだ。

ろくに返事も寄こさないブルー。

信じられないことに、次の日の英米文学の授業のときまで、カルに誘われたことはすっかり忘れてた。教室に入っていくと、ワイズ先生はまだきていなくて、ガリ勉連中が落ち着かないようすでそわそわしてた。シェイクスピアのことで議論してるやつがいる。と思ったら、一人が椅子の上に立って、もう一人の耳元でハムレットの独白をどなりはじめた。ソファーはいつにも増してぎゅうぎゅう詰めだ。ニックはアビーの膝にのっかっていた。

ニックの上半身のうしろからアビーが頭だけ出して、おれを呼んだ。そして、うれしくてたまらないって感じで言った。「サイモン、ちょうど今、ニックに昨日のリハーサルのときのこと、話してたんだ」

「そうなんだ。教えろよ、そのカルって、どんなやつなんだ?」

おれは赤くなって首を横に振った。「知らないって。演劇部のやつ」

「知らない?」ニックは首を傾《かし》げた。「ほんとか? だってアビーが言うには——」

「ちょっと!」アビーはニックの口をふさいだ。「ごめん、サイモン。なんだか興奮しちゃって。別に内緒ってわけじゃないよね?」

「まあね。だけど、別にそういうんじゃ——なんでもないんだって」

「さあ、どうかなあ」アビーはにやにや笑いながら言った。

アビーになんて説明すればいいかわからなかった。もうすでに相手はいるんだって。そいつは、元大統領とコミックの目立たないキャラクターと同じ名前で、絵を描くのが好きじゃなくて、目はブルーじゃなくて、まだおれの椅子を押したことがないって。

そして、どうやらおれがだれだか知る前のほうが、おれのことを好きだったらしいって。

第26章

FROM hourtohour.notetonote@gmail.com
TO bluegreen118@gmail.com
DATE Jan 9 at 8:23 PM
SUBJECT Re：本当に？

ちゃんとわかってる。自分が油断してたからって理由で、まだ覚悟ができてないブルーに正体を教えろって言うのはフェアじゃないって。覚悟するまえに正体がバレるってことに関しては、おれはプロの経験者だからね。だけど、そっちはスーパーヒーローの正体を知ったのに、こっちは知らないなんて――なんか違うって思わない？

今のおれは、こういう言い方しかできないんだ。正体を明かさずにやりとりするのは、当初のおれたちの目的に適《かな》ってたことは、おれもわかってる。だけど、今は現実のブルーのことを知りたいんだ。

愛をこめて
サイモン

FROM　bluegreen118@gmail.com
TO　hourtohour.notetonote@gmail.com
DATE　Jan 10 at 2:12 PM
SUBJECT　Re：本当に？

「ブルー」は、スーパーヒーローのときのぼくなんだ。サイモンが言ってるのは、ふつうの人間のときのぼくのことだね。って、これじゃ、完全に話をそらしてるな。でも、ほかにどう言えばいいかわからないんだよ。ごめん、サイモン。

でも、どっちにしろ、サイモンが思ってた方向に進みはじめてるみたいじゃない？　よかったね。

ブルーより

FROM　hourtohour.notetonote@gmail.com
TO　bluegreen118@gmail.com
DATE　Jan 10 at 3:45 PM

SUBJECT　Re：本当に？

おれが思ってた方向に進みはじめてるって？　なんの話？
？？？

サイモンより

FROM　hourtohour.notetonote@gmail.com
TO　bluegreen118@gmail.com
DATE　Jan 12 at 12:18 AM
SUBJECT　Re：本当に？

マジでブルーの言ってる意味がわからないんだけど。だって、なにひとつおれが思ってたようには進んでないのに？
ブルーが電話番号を教えたくないのはわかってる。おれと直接会いたくないっていうのも。それはいいよ。だけど、今じゃ、ぜんぶ変わっちゃったのが嫌なんだ。おれたちのメールもだよ。気まずい状況だってことはわかってる。おれが言っときたいのは、ブルーがおれに惹《ひ》かれないとしても、それはしょうがないってことはわかってるってこと。なんとかあきらめるよ。それでも、ブルーがいろんな意味でおれの親友だってことは変わらないし、これからもこの関係は続けていきたい。

今までのこと、ぜんぶなかったふりをして、元にもどるっていうのは無理？

サイモンより

第27章

だからって、考えるのをやめるとは書いてない。

日曜は一日じゅう、部屋でザ・スミスとキッド・カディを無限ループで聴いてた。親には理解不能だろうって思ったけど、どうでもいい。親の頭がぶっとんだままになったって、知ったことじゃない。ビーバーをいっしょにベッドの上にすわらせようとしたけど、ずっとうろうろ歩きまわってるので、廊下に出してやった。でも、そしたら今度は、中に入りたがってクンクン鳴きだした。

「ノラ、ビーバーを連れてってよ」おれはどなったけど、答えはなかった。だから、メッセージを送った。

返事が返ってきた。**自分でやってよ。今、外だから**

どこにいるんだ？　ノラがすっかり変わって、しょっちゅう出かけるようになったのが、おれはなんか嫌でしょうがなかった。

返事はこなかった。でも、だるいし、かったるいし、起きあがって、母さんに頼む気力はない。天井のファンをぼうっと見あげる。ブルーに正体を告げる気はないってことは、おれが自分で探し当てるしかないってことだ。二、三時間前から考え続けてる手がかりを、また一からさらいはじめる。

元大統領とコミックの目立たないキャラクターと同じファーストネーム。父親がユダヤ人。完璧な文法。すぐにもどす。童貞。パーティにはそんなにいかない。スーパーヒーロー好き。リーズのチョコとオレオが好き(つまり、話がわかるやつってことだ)。親が離婚してる。胎児の兄。父親はサバンナに住んでる。父親は英米文学の教師。母親は疫学者《えきがくしゃ》。

そしたら、自分はだれのこともたいして知らないってことに気づいた。まあ、だれが童貞かってことは、だいたい知ってる。でも、親が離婚してるかとか、どんな仕事をしてるかなんて、ほとんど知らない。ニックの両親が医者ってことは知ってるけど、リアのお母さんの仕事は知らないし、リアのお父さんがどうしてるかってことさえ知らない。リアがなにも話さないからだ。どうしてアビーのお父さんとお兄さんがまだDCに住んでるのかも知らない。三人はいちばん仲がいい友だちなのに。自分のことを知りたがり屋だと思ってたけど、おれが知りたがるのは、くだらないことだけらしい。

こうやって考えてみると、おれってかなりひどい人間なのかも。

でも、考えたってむだだ。だって、もしおれがどうにかして謎を解いたとしても、ブルーがおれに興味がないっていう事実は変わらないんだから。もうブルーは、おれがだれだか知ってる。おれたちのあいだはダメになってしまって、おれにはどうすればいいのか、わからない。ブルーには、おれのことが好きじゃないとしてもしょうがないってことは、ちゃんと伝えた。別にたいして気にしちゃいないって感じで書いたつもりだ。

ほんとは、ぜんぜんしょうがなくない。それに、めちゃくちゃ気にしてる。

ああ、クソ、最低だ。

月曜日、ロッカーの取っ手にスーパーの袋みたいのがかかっていた。最初、遠くから見たとき、トランクスの下にはくサポーターかと思った。どこかの体育会のバカが、おれをひっかけようとして汗くさいサポーターを吊してるところが浮かんだんだ。自分でもどうかと思う。少し神経がやられてるのかも。

とにかく、それはサポーターなんかじゃなくて、スエット生地のTシャツで、エリオット・スミスのアルバムの『フィギュア8』のロゴが入ってた。上にメモがのってる。「いけるなら、とっくのむかしにライブにいってるって、エリオットならわかってくれると思うよ」

ブルーグリーンの厚いポスター用紙に、完璧な筆記体で書かれている。一箇所たりともゆがんでいない。それにもちろん、エリオットのスペルもElliotじゃなくて、Elliottって、ちゃんとtが二つあった。

サイズはMで、いい感じに着古した感があって、どこをとっても完璧。一瞬、今すぐトイレにいって、着がえようかと思ったくらいだ。

でも、思いとどまった。だって、やっぱ、なんか気まずい。おれはまだ、ブルーがだれだか知らない。これを着てるのをブルーに見られると思うと、妙に意識してしまう。だから、丁寧に畳みなおして袋の中にもどし、ロッカーにしまった。そのあとは、幸せでふわふわして、いてもたってもいられないって感じだった。

でも、放課後、リハーサルにいったら、なんか急に気持ちが百八十度変わってしまった。なんなんだろう、たぶんカルのせいだ。ホールにいくと、ちょうどカルがトイレにいくのに出てきたんだ。おれを見ると、一瞬足を止めて、なんていうかにこって笑って、こっちも笑い返して、そのあとそのまますれ違った。

別になんだってほどのことじゃない。深い意味があったわけでもない。でも、いきなり胸の奥から怒りがこみあげてきたんだ。マジで、実際に胸がカアッと熱くなるのがわかったくらいだ。ぜんぶ、ブルーが臆病者なせいだ。おれのロッカーにTシャツなんてぶら下げておくくせに、おれに直接会う勇気はないんだ。

ブルーはすべてをぶち壊した。そして今、さらさらの前髪のイケてる相手がいて、しかもその相手はおれのことを好きかもしれないっていうのに、どうしようもないんだ。きっとおれはカルと出かけることはない。一生、だれとも付き合うことはないんだ。現実じゃない相手を好きにならないようにするので、いっぱいいっぱいだから。


そのあとの一週間は忙しすぎて、矢のように過ぎていった。リハーサルは毎日、一時間延長して行われたから、おれは毎晩、キッチンのカウンターで立ったまま、教科書にこぼさないようにしながら夕飯を食うはめになった。父さんは、今週はおまえに会えなくて寂しかったよって言ったけど、要は、『ザ・バチェラー』をテレビの内蔵ハードディスクに録画しなきゃならないのが悲しかったって話だ。

ブルーからメールは一通もこなかったし、おれも出さなかった。

金曜日は忙しい日になりそうだった。『オリバー！』の初日はあと一週間後だけど、今日は校内の生徒向けに、午前と午後と二回、ちゃんと衣装をつけて上演する。午前は一年と四年、午後は二年と三年が観にくることになっていた。演劇部は準備のために一時間早い登校だったから、ノラは付き合って早くくるはめになって、そのままホールでぼーっと時間をつぶすことになるところだったけど、カルが仕事を割り当て、ノラのほうも、特に不満もなさそうに吹き抜けの壁に出演者の写真を貼りはじめた。となりには、マーク・レスターが主演した映画『オリバー！』の写真が何枚かと、超拡大したキャストとスタッフのリストが貼ってあった。

楽屋はまさにカオスだった。小道具が行方不明になり、衣装を半分しかつけていない連中がうろうろ歩きまわり、オーケストラ・ピットではうちの学校の音楽家の卵たちが最初の曲を練習している。オーケストラといっしょに演じるのは今日が初めてなので、オケ部が練習しているのを聴いていると、それだけで現実味が増してきた。テイラーはもうフルメイクで衣装も着け、舞台の袖に立って、自分で編み出したウォーミングアップ法を実践してる。マーティンはひげが見つからないらしい。

おれは、三つあるうちの最初の衣装を着た。オートミール色のデカいぼろぼろのシャツと腰に紐《ひも》のついたぶかぶかのズボンで、靴は履《は》いていない。女の子たちが髪の毛にゴミをつけて、くしゃくしゃにしてくれた。ま、もともと寝癖だらけの髪だから、キリンにハイヒールってところだけど。それから、アイラインも引いたほうがいいって言いだした。かなり気乗りしない。メガネをやめてコンタクトにしただけでも、相当譲歩したんだ。

信用できるのは、アビーだけだった。アビーに言われて、女子更衣室の窓際の椅子にすわる。女子はだれも気にしなかった。別におれがゲイだからじゃなくて、更衣室は基本、だれでも出入り自由で、見られたくない人間はトイレで着がえてる。

「目をつぶって」アビーは言った。

目を閉じると、アビーの指先がそっとまぶたを横へ引っぱった。そして、軽くひっかかれているような感覚がした。皮膚に文字を書かれてるような感じ。これって比喩とかじゃなくて、っていうのも実際、線を引いているのは、どこからどう見ても鉛筆だった。

「おれ、ヘンじゃない？」

「ぜんぜん」アビーは答えて、またもくもくと作業を続けた。

「ききたいことがあるんだ」

「なに？」

「どうしてアビーのお父さんはDCにいるの？」

「こっちで仕事を探してるんだけど、まだ見つからないから」

「そうなんだ」それから、きいた。「じゃあ、いずれお父さんとお兄さんもこっちに引っ越してくるの？」

アビーは指先でまぶたの端をこすった。

「お父さんはね」アビーは言った。「でも、兄さんはハワード大の一年生だから」

それから、アビーはうなずくと、もう片方のまぶたをぐっと引っぱって、また線をひきはじめた。

「そんなことも知らないなんて、なんかヘンだと思ってさ」

「どうして？　話したことないんだから、あたりまえでしょ」

「おれがきけばよかったんだ」

最悪なのは、目の下にラインを入れるときだった。目を開けてなきゃいけないんだけど、鉛筆が目のきわを通っていくのが、死ぬほど怖い。

「まばたきしないでってば」

「しちゃうんだよ」

アビーの唇のあいだから、舌の先がのぞいている。バニラエッセンスとタルカムパウダーの香りがした。

「できた。こっちを見て」

「終わり？」おれはきいた。

アビーは手を休めて、まじまじとおれを見た。「だいたいね」でも、そう言ったくせに、いきなりパウダーとブラシを持ってニンジャみたいに襲いかかってきた。

「へえ！」通りすがりにブリアンナが言う。

「でしょ」アビーも言う。「サイモン、誤解しないでよ。だけど、サイモンは今、めちゃめちゃセクシーなの」

それを聞いて、反射的に鏡のほうを見たので、むち打ちになりかけた。

「ご感想は？」アビーがうしろでにっこり笑ってる。

「ヘンな感じ」

なんか現実じゃない感じだ。そもそも眼鏡をかけていない自分の顔に慣れてなかったし、アイラインをひいてると、なんかこう、目！って感じがする。

「カルに見せないとね」アビーが声を殺して言う。

おれは首を振った。「カルは別に……」

でも、最後まで言えなかった。自分の顔から目が離せなかった。


一回目の上演は驚くほどスムーズに運んだ。まあ、四年生のほとんどは、二時間よけいに睡眠を取れるチャンスってくらいにしか思ってなかったけど、でも一年生は一時間目と二時間目がなくなって完全にハイになっていたから、マジかってくらい最高の観客になってくれた。この一週間の疲れがふっとんで、おれはアドレナリンと笑い声と拍手にもってかれた。

衣装を着替え、オルブライト先生から講評をもらうと、みんなうれしくて、超テンションがあがった。いったん休憩で、いつものランチに向かう。もちろん、演劇部じゃない一般人もいっしょだけど、おれは興奮状態だったので、舞台のメイクをしたまま学食にいった。別に「めちゃめちゃセクシー」って言われたからってだけじゃない。演劇部の一員であることが、なんて言うか、誇らしかったんだ。

リアはアイメイク・フェチだ。「わお、最高、サイモン」

「すごくいいと思わない？」アビーが言う。

急にまわりの目が気になってきた。しかも、あのブラムがこっちを見てるせいで、ますます気恥ずかしくなる。

「サイモンの目がそんなに深いグレイだなんて、気づいてなかった」リアは言って、それがまるで信じられないことってみたいに、ニックに向かってたずねた。「気づいてた？」

「ぜんぜん」ニックも首を振る。

「なんか、縁がダークグレイで、真ん中のほうへ向けて明るいグレイになって、瞳孔のまわりはほとんどシルバーよね。ダークシルバー」

「フィフティ・シェイズ・オブ・グレイ〔主婦のかいたエロティック小説としてアメリカで大ベストセラーになった〕ね」アビーが言う。

「オエッ」リアが言って、アビーとほほえみ合った。

奇跡に近い。

ランチのあと、おれたちは再びホールに集合し、オルブライト先生に午前の上演は最高だったと誉めてもらってから、楽屋へいって、第一場の衣装に着替えた。今回は午前の時より慌ただしかったけど、おれはこの上演前の慌ただしい雰囲気がけっこう好きだ。オーケストラが再びウォーミングアップを始め、二年生と三年生が入ってきて、観客席がざわざわし始める。

だから、今回は特に気が昂《たか》ぶってるんだ。つまり、おれの学年が観る番だから。あのどこかにブルーがいるはずだ。ブルーにはクソ頭にきてたけど、でもやっぱり、ブルーがおれたちの劇を観ると思うとうれしかった。

おれはアビーといっしょにカーテンのすきまから観客席をのぞいた。「あそこにニックがいる」アビーが観客席の左側を指さした。「リアもいっしょよ。うしろにモーガンとアナもいる」

「そろそろ始まるはずだよね？」

「だよね」アビーも言う。

肩越しに後ろを振りかえると、舞台の袖のデスクにカルがすわっていた。頭に着けたヘッドフォンから、マイクが口の前までのびている。眉をひそめ、しきりにうなずいている。と思ったら、すっと立ちあがって、観客席のほうへ歩いていった。

それで、もう一度観客席のほうへ目をやった。ホールの照明はまだついたままで、椅子の背にすわって、反対側にいるやつと大声でしゃべってるやつもいる。プログラムをまるめてボールにして、天井へ向かって放り投げてる連中もいた。

「みんな、お行儀よく待ってるわね」薄暗がりの中でアビーはにやりとした。

すると、肩をたたかれた。オルブライト先生だ。

「サイモン、ちょっときてくれる？」

「はい」おれは言って、アビーにむかって肩をすくめた。

オルブライト先生のあとについて更衣室へいくと、マーティンがプラスチックの椅子にもたれかかるようにすわって、ひげの先を指に巻きつけていた。

「椅子を取ってらっしゃい」オルブライト先生はドアを閉めると、言った。マーティンは「どういうこと？」って目でおれを見た。

おれは無視した。

「さてと、ちょっと困ったことがあってね」オルブライト先生はおもむろに話しはじめた。「あなたたち二人に先に話しておきたかったの。知る権利があると思うから」

それを聞いたとたん、胃がずん、と重くなるのを感じた。オルブライト先生は一瞬、遠くを見るような目をすると、はっとしたように瞬《まばた》きして、われに返った。疲れた顔をしてる。「吹き抜けに貼ってあったキャスト表をだれかが書き換えたの。あなたたち二人の役名を不適切な名前に」

「どんな？」マーティンがきいた。

でも、おれにはすぐわかった。マーティンはフェイギン(Fagin)の子分(Fagin's boy)。Faginのiとnを取れば、かなり笑える。天才的アイデアってわけだ〔Fagはホモという意味。差別語〕。

「ああ」マーティンも一瞬遅れて、悟った。そして、おれのほうを見ると、信じられないって感じで目をぐるりと回した。一瞬、おれたちはまた友だちにもどったような気がした。

「そういうこと。あと落書きもあるの。とにかく、今、カルがはがしてるから。そしたら、わたしが出ていって、あなたたちのすばらしいクラスメイトに二言三言、話すわ」

「上演をキャンセルするんですか？」マーティンは頬《ほお》に手をあてた。

「そうしてほしい？」

マーティンはおれを見た。

「いいえ。別にいいです。キャンセルしないでください」心臓がバクバクしてる。

おれは――いや、よくわからない。このことについては、なにも考えたくない。だけど、一つだけたしかなのは、ブルーにこの芝居を見せられないなんて最低だってことだ。

そんなのどうでもいいって思えればいいのに。

マーティンは両手で顔を覆った。「ごめん、ほんとにごめん、スピアー」

「やめろ」おれは立ちあがった。「いいな？　もう言うな」

たぶんおれはもう、うんざりしてたんだと思う。今回のことにいちいち影響されまいとしてきた。バカな連中にバカな名前で呼ばれたとしても、気にすることはないし、そいつらにどう思われようと、無視すればいい。だけど、実際は無理だった。アビーがおれの肩に腕を回し、いっしょに舞台の袖からオルブライト先生が舞台上に出ていくのを見守った。

「こんにちは」先生はマイクに向かって言った。手に冊子みたいなものを持っている。顔は笑ってない。これっぽっちも。「わたしのことを知ってる生徒もいるでしょうけど。演劇部の顧問のオルブライトです」

観客席から意味ありげな口笛が響き、何人かがクスクスと笑った。

「みなさんは今日特別に、劇の試演会を観にここに集まっているはずです。劇はたいへんすばらしい出来で、キャストとスタッフはみな、上演を心待ちにしています。けれどもその前に、クリークウッド校のいじめ禁止ルールについて今一度、復習したいと思います」

「ルール」と「復習」という言葉を聞いて、みんなは静まりかえった。低いささやき声とジーンズが椅子にすれる音だけがかすかに響く。だれかがかん高い声で笑ったけど、別のだれかが「静かにしろよ！」とどなった。すると、何人かがクスクス笑った。

「みなさんが静かになるまで待ちます」オルブライト先生は言った。そして、笑いが収まると、冊子をかかげた。「これがなんだか、わかりますか？」

「先生の日記？」バカな二年がどなった。

オルブライト先生は無視した。「これは、クリークウッド校の便覧です。全員、学年の最初に読んで、サインしたはずよ」

とたんにみんな、聞くのをやめた。先生っていうのは、最悪の職業だ。おれは女の子たちに囲まれるようにして、床の上にあぐらをかいた。オルブライト先生はしゃべり続け、そのあと便覧から何行か読み聞かせると、またしゃべった。先生がどんな小さい違反だろうと罰せられることになっていると言ったとき、アビーがぎゅっとおれの手を握りしめた。時間がだらだらと過ぎていく。

もはやおれの頭の中は空っぽだった。

ようやくオルブライト先生が舞台袖にもどってきて、便覧をバンッと椅子の上に叩きつけた。「さあ、始めるわよ」先生の目には、こっちが怖くなるような張りつめた表情が浮かんでいた。

ホールのライトが暗くなりはじめ、オーケストラ・ピットから最初の曲が流れはじめた。おれは袖から舞台へ出ていった。手足がひどく重く感じる。うちに帰って、ｉＰｏｄを持ってベッドに潜りこみたい。

けど、幕があがりはじめた。

そして、おれはそのまま舞台の前へ進みでた。

第28章

上演のあと、更衣室でいきなりふっと浮かんできた。

マーティン・ヴァン・ビューレン。第八代アメリカ大統領。

でも、そんなはずない。ありえない。

タオルがはらりと床に落ちた。まわりでは女の子たちが帽子を脱いだり、髪をおろしたり、石けんを泡立てて顔を洗ったり、衣装の入ったカバンのファスナーを閉めたりしている。すると、どこかでドアがバタンと開く音がして、キャアキャアと笑い声があがった。

頭が高速回転してる。おれはマーティンについてなにを知ってる？　ブルーについてなにを知ってる？

マーティンは頭がいい。それは間違いない。でも、ブルーだとしてもおかしくないくらいのレベルか？　マーティンの親のどっちかがユダヤ人かどうかなんて知らない。つまり、その可能性はないわけじゃないってことだ。やつは一人っ子じゃないけど、そんなこと、メールならいくらでもウソをつける。わからない。どうなんだ？　けど、こんなのぜんぜんつじつまが合ってない。マーティンはゲイじゃないんだから。

でも、待てよ。マーティンがゲイだと思ってるやつもいる。いや、おれのことをホモって言ったどこかのだれかの言うことなんて、本気にすべきじゃないだろ。

「サイモン、だめ！」アビーが部屋に入ってきて、さけんだ。

「え？」

「顔を洗っちゃったでしょ！」アビーはおれの顔をじっと見つめた。「それでも、けっこうカッコいいか」

「めちゃめちゃセクシー？」おれが言うと、アビーは笑った。

「あのね、今、ニックから連絡がきたの。駐車場で待ってるって。今夜、いっしょに出かけるわよ」

「え？　どこに？」

「まだ決めてない。だけど、今週末はママはDCにいってるから、家も車も自由に使えるのよ」

「アビーんちに泊まるってこと？」

「そういうこと」アビーはもうメイクを落として、スキニージーンズに着がえていた。「だから、妹さんを家まで送ってきて。で、用意してきてね」

鏡を見て、髪をつぶそうとしながら、のろのろと言った。「ノラは先にバスで帰ったから大丈夫」

なんかヘンだ。鏡の中のサイモンはまだコンタクトをしてる。すぐにおれだってわからない。「どうしてまた？」

「だって、リハーサルがないのって今日だけでしょ」アビーはおれの頬《ほお》をつついた。「それに、サイモンにとっては、カンベンって日だったわけだし」

おれは笑いそうになった。アビーがぜんぜんわかってないから。

駐車場まで歩いていくあいだ、アビーはあれこれ計画をしゃべり続けてた。おれはアビーに勝手にしゃべらせておいた。まだマーティン説が頭から離れない。どう考えてもおかしい。だって、もしブルーがマーティンなら、マーティンは八月にあのタンブラーの投稿をしたことになる。つまり、自分はゲイだって。そして、おれが五か月間毎日メールしてたのは、マーティンだってことになって、それはなんとかあり得るような気もするけど、そうなると、脅迫《きょうはく》してきたことは説明できない。マーティンが本当にゲイなら、どうしてアビーのことなんて持ち出したんだ？

「で、午後は、リトルファイブポインツにいこうと思ってるの。そのあとはもちろんミッドタウンね」アビーが言っている。

「いいね」

そんなの、つじつまが合わない。

だけど、それからワッフルハウスのことを思い出した。それに、夜のリハーサル。ぜんぶがめちゃくちゃになる前、おれはたしかにマーティンのことをいいやつだと思いはじめてた。脅迫にはもれなく友情がついてくるってか？　そういうことなのかもしれない。

でも、マーティンがおれのことを好きだって感じたことはない。ただの一度だって。だから、やっぱりありえない。マーティンがブルーのはずはない。

でも、もしかしたら――いや、ない。

ぜんぶジョークだったなんてありえない。ブルーって存在自体がただのおふざけだったなんて。そんなの、可能性ゼロだ。そこまで卑劣になれる人間はいない。いくらマーティンでも。

うまく息ができない。

いたずらのはずはない。あれが最初からぜんぶ仕組まれたことだったなら、おれはどうすればいいかわからないから。

そんなこと、考えられない。悪いけど、無理だ。

無理なんだ。


ニックは学校の前で待っていた。アビーとニックは、会うなり、拳をパシッと打ちつけた。「連れてきたよ」

「よし、じゃあ、どうする？　おれたちはいったんうちに帰って用意するから、アビーが迎えにきてくれる？」

「そのつもり」アビーは言って、リュックを背中からおろすと、いちばん小さいポケットのファスナーを開けて、車のキーを引っぱりだした。それから、首を傾《かし》げてきいた。「どっちか、リアには話した？」

ニックとおれは顔を見あわせた。

「まだ話してない」ニックはちょっとしぼんだように見えた。これって、けっこうややこしい状況だ。っていうのも、リアのことは大好きだけど、リアがくると、すべてが変わってしまうのは事実だから。リアは、ニックとアビーのこととなると、とたんにとげとげしい感じになる。ミッドタウンもあまり好きじゃない。それに、うまく言葉じゃ説明できないけど、リアの自意識ってなんかこう、時々伝染するんだ。

でも、リアは仲間外れにされるのが大嫌いだ。

「ま、今回は三人でいいんじゃない？」ニックがひかえめに言って、地面を見た。ニックが、言いながら最低だって思ってるのがわかる。

「だな」おれは言った。

「じゃ、いこうか」アビーが言った。


二十分後、おれはアビーのお母さんの車の後部座席にすわっていた。足元に文庫本が積みかさねてある。

「それ、どっかに置いちゃって」アビーが、ちらっとバックミラーのおれに目をやった。「わたしを待ってるあいだに、ママが読んでるの。わたしが運転してるときとか」

「へえ、おれなんて、車の中でスマホを見るだけでゲロりそうになるのに」

「もどす、だろ」胸に痛みが走る。

「わかったよ、お上品なサイモンさま」ニックが助手席から振りかえって、にやっと笑った。

アビーは２８５号線に乗って、楽々と合流した。緊張する気配すらない。おれたちの中でアビーがいちばん運転がうまいってことに今さら気づく。

「どこにいくか、わかってるの？」おれはきいた。

「もちろん」アビーは言った。そして二十分後、おれたちはゼスト〔アトランタのレストラン・チェーン〕の駐車場に入った。

ゼストにくるのは、初めてだ。っていうか、アトランタの中心部にきたこと自体、ほとんどない。中は暖かくて、騒々しかった。みんな、チリドッグとかバーガーとかそんなものを食べてる。だけど、おれは、今が一月だとかどうだっていい。チョコアイスにオレオが入ってるやつをたのむ。そして十分かけて平らげたころには、ほとんどふだんの気持ちにもどってた。店を出ると、日が沈みはじめていた。

それから、〈ジャンクマンズ・ドーター〉に向かった。オーロラコーヒーのとなりだ。けど、ブルーのことは考えなかった。

おれたちはしばらく中をうろうろした。サブカルの雑貨店。悪くない店だ。ニックは東洋哲学の本の棚にかじりついてる。アビーはタイツを一足買った。おれは、ピンクのモヒカンヘアをした怖そうな女の子たちと目を合わさないようにしながら、通路をうろうろするだけで終わった。

おれはオーロラコーヒーのことは考えなかったし、ブルーのことも考えなかった。

いや、考えられなかった。

ブルーがマーティンかもしれないとか、もういろいろなにも考えられなかったんだ。

日は沈んだけど、まだそんな遅い時間じゃない。アビーとニックはおれをフェミニスト系の本屋に連れていった。もちろん、ゲイ関連の本もたくさんあって、おれたちは棚を見てまわった。アビーがLGBTの絵本を出してきて、おれに見せた。ニックはなんとなく気まずそうにのそのそ歩きまわってる。アビーはゲイのペンギンの本をおれに買ってくれた。それから、しばらく通りを歩いたけど、だんだん冷えてきて、腹も減ったので、車にもどってミッドタウンへ向かった。

アビーには、ちゃんと目的地があるらしい。わき道へ入ると、なんでもないみたいにすっと縦列駐車した。車を降り、まっすぐ通りをあがっていって、角を曲がり、大通りに出る。ニックは薄いジャケットしか着てなかったので、ブルブル震えていた。アビーはあきれたように目を回して「ジョージアの男子はこれだから」って言うと、ニックに腕を回して、腕をごしごしこすりながら歩きはじめた。

「着いたよ」ジュニパー通りの〈ウェブスター〉って店の前で、ようやくアビーが言った。クリスマスみたいなライトが飾られた広いテラスにレインボーフラッグ〔LGBTの尊厳と運動を象徴する旗〕が掲げられている。テラスにはだれもいないのに、駐車場は車で溢れていた。

「これって、もしかしてゲイバーとか？」おれはきいた。

アビーとニックはうれしそうに笑った。

「いいけどさ、どうやって入るんだよ？」おれは一七〇センチしかないし、ニックはひげがぜんぜん生えないし、アビーは手首に何重にもミサンガを巻いてる。二十一歳なんかに見えるわけがない〔アメリカでは二十一歳未満の飲酒は禁止〕。

「ここはレストランなの。夕食を食べるだけ」アビーが言った。

中は、スカーフとジャケットとスキニージーンズの男でこみあっていた。みんな、カッコよくて、圧倒される。ほとんどがピアスをしてる。奥にバーがあって、ヒップホップ系の曲がかかり、ウェイターがチキンウィングの入ったカゴとビールを持って、客のあいだを横向きですいすい通り抜けていた。

「三人だけ？」店の人が言って、おれの肩に一瞬、手を置いた。それだけで胸がドキドキしはじめる。「ちょっと待ってて」

おれたちは脇へ寄ると、ニックがメニューを取って見はじめた。ここのメニューはぜんぶ、暗示的だ。ソーセージ。バンズ(ケツ)。アビーは笑いが止まらなくなってる。ここはレストランだって、おれは心の中で何度もくりかえさなきゃならなかった。ぴたっとしたVネックのシャツを着てるセクシーな男と偶然目が合ってしまい、慌てて目をそらす。でも、心臓がバクバクいってる。

「トイレにいってくる」このままここにいたら、体が燃えはじめそうだった。トイレはバーを通る短い廊下の先にあって、人混みの中をかき分けていかなきゃならなかった。ようやく抜け出ると、その先はもっと混んでいた。女の子が二人、ビールを持ったまま踊ってる。笑ってるグループがいる。ほとんどの客がお酒を持ってるか、手をつないでた。

肩を叩かれた。「アレックス?」

ふり向いて言いかけた。「いや、ちが――」

「人違いか。だけど、髪がアレックスにそっくりだ」そして、手を伸ばして、おれの髪をくしゃくしゃっとした。

バーカウンターの前のスツールにすわってるけど、おれとたいして変わらない年齢に見える。髪はおれよりずっと明るいブロンドだ。ドラコと同じ色。ポロシャツにふつうのジーンズをはいてて、かなりカッコいい。し、たぶんかなり酔ってる。

「アレックスはなんて名前?」彼はずるずるっとスツールからずり落ちるようにして立ちあがった。立つと、おれより頭一つ高い。デオドラントの香りがする。歯が信じられないくらい白い。「サイモン」おれは答えた。

「おひとよしのサイモンがパイ売りに会った〜」いきなり童謡を歌いだし、クスクス笑ってる。完全に酔っぱらってる。

「おれはピーター」

童謡シリーズでいけば、「ピーター・ピーター・パンプキン食った」を歌うところかも。

「いかないで。一杯、おごるから」ピーターはおれの肘に手を置くと、バーのほうに向き直った。そして、次の瞬間、おれの手に緑色の液体の入った正真正銘のマティーニグラスがあった。「リンゴみたいだろ」

一口啜《すす》ると、そんなひどい味じゃなかった。「ありがとう」どぎまぎするような感覚が押し寄せてくる。なんていうか、とにかくふだんのおれとはぜんぜん違う世界。

「サイモンの目、すごくすてきだ」ピーターはにっこりほほえんでおれを見た。すると、曲が変わって、ズンズンって低音が腹に響きはじめた。ピーターは口を開いてなにか言おうとしたけど、言葉は飲みこまれた。

「なに？」

ピーターが一歩、おれのほうに近づく。「学生？」

「え、あ、うん」心臓がバクバクする。ピーターは、お互いのグラスがくっつきそうなくらい近くに立ってる。

「おれも。エモリー大に通ってんだ。三年だよ。待ってて」ピーターは一息で残りを飲み干すと、バーのほうへ向き直った。おれは首をのばすようにして、混み合ったフロア越しにニックとアビーの姿を探した。二人は店の向こう側のテーブルにすわって、不安そうにこっちを見てる。アビーが気づいて、どうかなったみたいに手を振った。おれはニッと笑って、手を振り返した。

でも、そしたらまたピーターがおれの腕に手をかけて、なにやら鮮やかなオレンジ色のものが入ったショットグラスを差しだした。トリアミニック〔子ども用の風邪薬〕のシロップに似てる。だけど、まだリンゴのほうも半分しか飲んでいない。だから、一気飲みして、空のグラスをピーターに渡した。すると、ピーターは自分のトリアミニックのグラスをおれのにカチンとあて、一気にのどの奥へ流しこんだ。おれはそっと啜ってみた。オレンジソーダみたいな味がする。ピーターは笑って、おれの指先を引っぱった。「サイモン、もしかしてショットドリンクを飲んだことないとか?」

おれはうなずいた。

「やっぱり。いいか、頭をぐいって傾けるんだ。で……」ピーターは空のグラスで見本をみせた。

「こう。わかった?」

「わかった」じわっと幸せな気持ちがこみあげてくる。おれは二口でショットグラスをのどに流しこみ、しかも、一滴もこぼさなかった。ピーターに向かってニッと笑うと、ピーターはおれのグラスを取って、もう一方の手に指をからめた。

「かわいいな。どこからきたの?」

「シェイディ・クリーク」

「そうか」たぶん聞いたことないんだってわかった。けど、ピーターはにっこりして、また椅子に腰かけると、おれを引きよせた。目がハシバミ色っぽい。けっこう好みかも。それに、しゃべるのも楽になって、しゃべらないのも楽になって、なにを言ってもぜんぜんハズしたりもしなくて、ピーターは笑ってうなずいてくれて、おれの手のひらをぎゅっと押した。アビーとニックの話をして、でも、二人のほうは見ないようにして、っていうのも、見るたびに二人の目がおれにむかってさけびはじめるから。ピーターのほうも友だちの話をして、「ほんと、おれの友だちに会ってよ。アレックスに会ってくれなきゃ」って言った。

そして、またトリアミニックを一杯ずつたのむと、おれの手を取って、フロアの端にある大きな丸テーブルのほうにひっぱっていった。ピーターはかなり大勢のグループできていて、ほとんどが男で、みんなカッコよくて、すべてがぐるぐる回ってた。「サイモンだよ」ピーターは紹介して、おれに腕を回して、わきにぐっと抱き寄せた。そして、一人ずつ紹介してくれたけど、おれはそのそばから忘れた。でも、アレックスだけは覚えた。ピーターは「ほら、きみのドッペルゲンガーだよ」って紹介したけど、正直、反応に困った。だって、ぜんぜんおれと似てなかったから。同じなのは、二人とも白人だってことくらい。ピーターが騒いでた髪だって、ぜんぜん違った。アレックスのは、わざとくしゃくしゃにしてある。おれのはただくしゃくしゃなだけ。でも、ピーターはおれたちを交互に見て、クスクス笑ってた。一人がとなりの人の膝にのって、席を空けてくれ、また別の人がビールを回してくれた。なんか酒がいくらでも出てくる。

ピーターの友だちはみんな華やかで、面白かった。あんまり笑って、しゃっくりが止まらなくなったくらい。けど、なんで笑ったのかさえ思い出せなくて、ピーターはおれの肩をぎゅっと抱いてて、一度なんていきなりからだをよせて、頬にキスをした。まるで見知らぬ別の宇宙にいるみたい。彼氏がいるみたいだ。気がつくと、おれはマーティンにメールを見られて、脅迫された話をしていた。こうやってしゃべってみると、ある意味めちゃくちゃ笑える話のような気がしてくる。実際、みんな腹の底から大笑いしていて、同じテーブルの女の子は「やだ、ピーター、この子、すっごくかわいいじゃん」って言ってた。なんかすごくいい気分だ。

けど、それからピーターがおれのほうに顔を近づけて、耳元でささやいた。「もしかして高校生？」

「三年生」

「高校三年だろ」ピーターは言い直した。まだおれの肩をしっかり抱いてたけど。「何歳？」

「十七歳」おれはおずおずと言った。

ピーターはおれを見て、首を振った。「ウソだろ」ピーターは悲しげにほほえんだ。「だめだよ」

「だめ？」

「ここにはだれときたの？　かわいいサイモンの友だちはどこ？」

ニックとアビーを指さす。

「ああ、あの子たちか」

ピーターはおれを立たせると、手を取った。店がぐらぐらゆれたけど、なんとか席までもどって椅子に収まる。アビーのとなり、つまりニックのむかいの席に、手つかずのチーズバーガーが置いてあった。冷めきってたけど、緑色のものがなにも入ってないおれの好きなプレーンのバーガーで、ポテトが山盛りになってる。「じゃあな、かわいいサイモン」ピーターはおれをハグすると、額にキスをした。「十七歳にもどって」

そして、ふらふらしながら、むこうへ帰っていった。アビーとニックは笑えばいいのか、うろたえるべきなのか、わからないって顔でおれを見てる。なんか、おれ、二人が大好きだ。マジで、本当にこの二人のことが大好きだ！　けど、胃の中がうねってる。

「どのくらい飲んだ？」ニックがきいた。

おれは指で数えようとした。

「もういい。聞きたくない。なんか食え」

「ここは最高だよ」おれは言った。

「でしょうね」アビーはポテトをおれの口に押しこんだ。

「ピーターの歯を見た？　あんな真っ白い歯、初めて見たよ。きっとあれを使ってるんだよ、クレスト社のやつ」

「ホワイトニング・ストリップスでしょ」アビーが言う。アビーはおれの腰に腕を回し、ニックも反対側からおれの腰を支えていた。つまり両方ともおれの腰ってこと。おれの腕はって言えば、二人の肩にかかってる。なぜって、おれはこの二人のことがクッソ大好きだからだああああ！

「それそれ、ホワイトニング・ストリップス」おれはため息をつく。「だけど、ピーターは大学生なんだ」

「もう聞いたって」アビーが言う。

文句なしに完璧な夜だ。なにもかもが完璧だ。外に出ても、もう寒くもない。金曜の夜なのに、ワッフルハウスにもいってないし、ニックんちの地下室で〈アサシンクリード〉もしてないし、ブルーに恋い焦がれてもいない。おれたちは街にいて、生きてる。世界中の人間が、今ここにいるんだ。

「元気？」おれは通りがかりの人に言った。すれ違う人みんなに笑いかけた。

「サイモン、カンベンして」アビーが言う。

「いいか、おまえが助手席に乗れ」ニックが言った。

「え？　なんで？」

「お母さんの車にゲロ吐かれたら、アビーが困るだろ」

「おれはもどしたりしない」そう言ったとたん、胃が嫌な感じにムカムカしはじめた。

そこで、言われた通りに前に乗って、窓をあけた。冷たい空気が頬に刺さり、生き返る。目を閉じて、うしろに頭をもたせかけた。それから、はっとして目を開いた。「待って、これからどこにいくの？」

アビーはいったん止まって、ほかの車を先にいかせた。「うちよ。カレッジパーク」

「シャツを忘れちゃった。ちょっとだけうちに寄ってもらってもいい？」

「真反対だけど」アビーが言う。

「ファック！」ファック、ファック、ファック！

「シャツなら貸してあげるよ。兄さんのがあるはずだから」

「それに、おまえ、今、シャツ着てるよ」ニックが言った。

「違うんだ。違うんだよ、着る用のシャツじゃないんだ」

「じゃあ、何用なわけ？」アビーがきく。

「着ちゃだめなんだ」おれは説明しようとした。「そんなことしたら、ヘンだから。枕の下に入れとかなきゃいけないいんだよ」

「それならヘンじゃないもんな」と、ニック。

「エリオット・スミスのシャツなんだ。エリオットは自分で自分を刺したって知ってる？　おれたちが五歳のときだよ。だから、エリオットのライブにいくことはぜったいにできないんだ」おれは目を閉じた。「死後の世界って信じる？　ニック、ユダヤ人は天国を信じてるのか？」

「わかったよ」ニックは言って、バックミラーの中でアビーと視線を交した。アビーは右車線へ移動し、高速のほうへ曲がった。車が合流し、おれは北に向かってることに気づいた。シェイディ・クリークの方向だ。おれのシャツを取りにもどってるんだ。

「アビー、アビーは全宇宙でいちばん最高の人間だって言ったことあったっけ？　ああマジで、アビーのこと大好きだよ。ニックの愛より、おれの愛のほうが深い」アビーは笑い、ニックは咳きこんだ。一瞬、不安がよぎる。ニックがアビーのことを好きなのって、内緒だったっけ？　このまましゃべり続けたほうがよさそうだ。「アビー、おれの妹になるっていうのはどう？　おれ、女の姉妹がほしいんだよ」

「アリスとノラじゃだめなの？」

「ぜんぜんだめ。ノラは最近ぜんぜん家に帰ってこないし、アリスは彼氏ができたんだ」

「それのなにがだめなの？」と、アビー。

「アリスに彼氏ができたの？」と、ニック。

「だって、アリスとノラはアリスとノラじゃなきゃ。ほかの人間になっちゃやだめなんだ」おれは説明した。

「変わっちゃだめってこと？」アビーは笑った。「だけど、サイモンだって変わりつつあるじゃない。五か月前のサイモンとはぜんぜん違うよ」

「おれは変わってない！」

「わたし、たった今、サイモンがゲイバーで知らない彼と仲良くなるところを見たばっかりなんだけど。アイラインも引いたし、今は完全に酔っぱらってるし」

「おれは酔ってない」

アビーとニックはまたバックミラーで顔を見あわせると、ゲラゲラ笑い出した。

「それに、ピーターは知らない彼なんかじゃない」

「ちがうの？」アビーはきいた。

「知らない大学生だ」

「はいはい」アビーは言った。

アビーがうちの前に車を止めると、おれはハグした。「ありがとうありがとうありがとう！」アビーはおれの髪をくしゃくしゃっとした。

「じゃあ、すぐもどるから。どこへもいかないでよ」

地面が少しぐらぐらしてるけど、そこまでひどくない。家の鍵を探し当てるのに一分間かかった。玄関の電気は消えてたけど、テレビはついてる。父さんと母さんはこの時間はもう寝てると思ってたのに、パジャマのズボン姿でビーバーをはさんでソファーにすわっていた。

「どうして帰ってきたんだ？」父さんがたずねた。

「Tシャツを取りにもどったんだ」でも、これじゃヘンに思われるような気がして、言い直した。「たしかに今、シャツは着てるけど、アビーのうちに持ってくシャツがいるんだ。っていうのも、そのシャツは特別なシャツで、別にだからなんだってほどでもないんだけど、どうしてもそれがいるから」

「そうなの……」母さんがちらりと父さんを見る。

「ザ・ワイヤー〔麻薬取引、政治、犯罪など、アメリカの都市が抱える問題を描いたドラマ〕を見てんの？」画面は一時停止になっていた。「おれがいないときは、ドラマとか見てるんだ。リアリティ番組じゃなくって」おれは笑いが止まらなくなった。

「サイモン」父さんが困ったような、怒ったような、面白がってるような顔でおれを見た。「なにか父さんたちに言いたいことはないか？」

「おれはゲイなんだ」おれはクスクス笑った。口の端からどんどん笑いが漏れていく。

「わかった。すわれ」父さんは言った。ジョークでかわそうとしたけど、父さんが真面目な顔でおれを見てるので、二人がけのソファーのひじかけのところにすわった。「酔っぱらってるな」父さんはうまい言葉を探しあぐねてるみたいだ。おれは肩をすくめた。

「運転はだれがしてるんだ？」

「アビー」

「アビーも飲んでるのか？」

「カンベンしてよ、飲んでるわけないだろ」父さんは手のひらを上に向けた。「ほんとだって！」

「エム、ちょっといいか……」

「了解」母さんは、脚の上にのっていたビーバーをおろすと、立ちあがって外へ出ていった。玄関のドアが開いて、閉まる音がした。

「アビーと話しにいったわけ？　マジかよ？　おれを信じられないの？」

「どうしたら信じられるって言うんだ？　いきなり夜の十時半に一目で酔っぱらってるってわかる状態で現われて、しかもぜんぜんまずいとも思ってない。つまり――」

「つまり、おれが隠そうとしないのが問題ってわけ？　おれがうそをつかないのがいけないのかよ？」

父さんがいきなり立ちあがった。その顔を見て、本気で怒ってるのがわかった。ふだんはめったに怒ったりしないから、ちょっとビビったけど、同時に妙に強気になって、おれは言った。「おれがうそをついたほうがいいってこと？　もうこれでゲイをバカにするような冗談を言えなくなったから、気に入らないんだろ。母さんに怒られるもんな」

「サイモン」父さんは警告するように言った。

おれはクスッと笑ったけど、妙にかん高い声になってしまった。「この十七年間、ゲイの息子の前でゲイネタのジョークを言ってたって気づいて、さぞかし気まずかっただろうな」

異様に張りつめた沈黙の中、父さんは黙っておれを見つめた。

そのとき、やっと母さんがもどってきた。母さんは父さんとおれをかわるがわるに見つめた。それから、言った。「アビーとニックは家へ帰したから」

「え？　ウソだろ！」いきなり立ったせいで、胃がひっくり返りそうになった。「やめてよ。シャツを取りに帰っただけなんだから」

「いいえ、今夜はうちにいてもらうわ」母さんは言った。「話があるの。水を一杯飲んできなさい。そしたら、話しましょう」

「のどなんて渇いてない」

「飲んできなさい」

ふざけんな。おれが水を飲んでるあいだに、こっそりおれの話をしようって魂胆だろ。おれはキッチンのドアを思いきりバタンと閉めた。

唇に水が触れたとたん、どうかなったみたいに息をするのも忘れて飲み干した。胃がむかむかする。水を飲んだせいで、ますます気持ち悪くなった気がする。腕をねじるようにテーブルの上に置き、肘に顔を埋《うず》める。なんかめちゃめちゃ疲れた。

しばらくして親が入ってきて、おれのとなりにすわった。「水を飲んだか？」父さんがきいた。

おれは顔もあげずに空のコップを父さんのほうへ押しやった。

「よし」父さんはそう言って、黙りこくった。それから、ようやくこう言った。「結論について話そう」

いいさ。まだまだ不幸は続くってことだろ。学校では笑い者で、好きでどうしようもない相手がいて、でもそいつはおれが大嫌いなやつかもしれなくて。このままじゃ、おれ、ぜったい吐く。

でも、親は結論について話したいってわけ。

「母さんと話したんだが、今回が初めてだよな？」おれは顔を埋めたまま、うなずいた。「なら、二週間の外出禁止でいいだろう。明日からだ」

おれはぱっと顔をあげた。「そんなの、むりだよ」

「ほお、そうか？」

「来週の週末は、公演があるんだ」

「ああ、そのことならわかってる。学校とリハーサルと公演にはいっていい。だが、そのあとまっすぐ家に帰ってこい。あと、おまえのラップトップは一週間、リビングに置く」

「それから、スマホを今すぐ寄こしなさい」母さんが手を差しだした。

「ひどいよ」おれは言った。こういうときには、そう言うものだろ？　でも、本音では、もうどうでもよかった。

第29章

月曜はマーティン・ルーサー・キングの誕生記念日だったから、学校が始まったのは火曜日だった。学校にいくと、アビーがロッカーの前で待っていた。「なにしてたの？　週末のあいだ、ずっとメッセージを送ってたんだよ。大丈夫？」

「大丈夫」おれは目をこすった。

「本当に心配してたんだから。サイモンのお母さんが出てきて……サイモンのお母さん、マジで怖いんだもん。酒気探知機でテストされるかと思っちゃった」

ウソだろ。「ごめん。車の運転に関しては、うるさいんだよ」アビーがどいたので、おれはロッカーのダイヤル錠を回しはじめた。

「ううん、それは大丈夫。あのままサイモンを置いて帰っちゃって、悪いなと思ってたの。しかも、週末のあいだ、ぜんぜん返事がこなかったから……」

ダイヤル錠がカチリと開いた。「スマホを取りあげられたんだよ。パソコンも。二週間の外出禁止を食らったんだ」ロッカーの中からフランス語の教科書を取り出す。「そういうこと」

アビーの表情が暗くなった。「公演は？」

「ああ、そっちは大丈夫。いくらうちの親でも、公演をだめにしたりはしないよ」ロッカーの扉をぐいと押し、にぶいカチッという音とともに閉める。

「なら、よかった。だけど、本当にゴメンね。ぜんぶわたしのせいよ」

「なにがアビーのせいなの？」ニックがうしろから追いかけてきて、横に並んだ。

「サイモンが外出禁止になっちゃったんだって」

「アビーのせいじゃないよ。おれが勝手に酔っぱらって、親の前に堂々と出ていっちゃったんだから」

「たしかにマズかったよな」ニックは言った。おれはニックを見た。なにかがいつもと違う。でも、なにかはわからない。

それから、気づいた。手だ。二人は手をつないでた。はっと顔をあげて、二人を見ると、二人ははにかんだように笑った。ニックは肩をすくめた。

「なるほどねえ。金曜の夜、おれがいなくなっても、別によかったんじゃないの？」

「まあな」ニックは言った。アビーはニックの肩に顔を埋《うず》めた。

フランス語の授業で、グループに分かれて会話の練習をするように言われると、おれはさっそくアビーに根掘り葉掘り質問した。

「で、どうしてそういうことになったんだ？　ぜんぶ話してよ。セテ アン シュルプリーズ《驚いたよ》」ブラン先生が横を通っていったので、慌てて付け加える。

「セテ アンじゃなくてセテ ユヌですよ、シモーヌ。オフェミナン《女性名詞》です」フランス語の先生って本当にすばらしいよ。女性名詞とか男性名詞ってことにはあれだけうるさいくせに、おれの名前はシモーヌって発音するんだから。

「えっと、」アビーはブラン先生のほうを見あげてほほえむと、声の届かないところまでいくのを待ってから言った。「あのあと、サイモンを降ろしてから、わたし、ちょっとパニクっちゃってね。サイモンのお母さんが本気で怒ってるみたいだったから。飲酒運転してると思われたくなかったし」

「飲酒運転だと思ってたら、運転して帰らせないよ」

「たしかにね。まあ、とにかく、サイモンの家を出たんだけど、結局ニックの家の前にしばらく車を止めてたの。サイモンがご両親を説得して、もう一度出てくることもあるかもしれないと思って」

「そうなんだ。ごめん。可能性ゼロだった」

「うん、そうだろうとは思ってたんだけど、あのままサイモンをおいてっちゃうのは、なんとなく嫌で。メッセージを送って、しばらく待ってたの」

「ごめん」おれはまた言った。

「ううん、いいの」そう言って、アビーはとびきりの笑みを浮かべた。「セテ マニフィック《最高だったから》」

ランチはびっくりだった。週末、モーガンとブラムが二人とも誕生日だったんだ。誕生日には必ず大きなケーキを一つ、ってルールに関しては、リアはぜったい妥協しない。つまり、今日はケーキが二つってことだ。両方チョコレートケーキ。

でも、だれが持ってきたのかは、わからなかった。リアはランチに姿を見せなかったんだ。そう考えてみると、英米文学の授業にもフランス語の授業にも出てなかった。

反射的にうしろポケットに手を突っこんでから、スマホは取りあげられていることを思い出した。なので、パーティ帽を二つかぶって山盛りのアイシングをほおばってるアナのほうに身を乗り出した。

「あのさ、リアは？」

「うん」アナはおれと目を合わせないようにして言った。「いるよ」

「学校にはきてるってこと？」

アナは肩をすくめた。

心配するのはやめようと思ったけど、結局その日は、リアには会わなかったし、次の日も見かけなかった。でも、アナにきくと、学校にはきてるらしい。駐車場にリアの車があるのを見て、ますますおかしいと思いはじめた。リハーサルがやっと終わって外に出たときも、まだ車はあった。どういうことだ？

とにかくリアと連絡が取りたい。スマホに連絡がきてるかもしれない。

でも、きてないかも。どうだろう。ああ、最低だ。

そして木曜の午後、リハーサルの前に窓の外を見てたら、リアが中庭のそばにあるトイレから出てくるのが見えた。

「リア！」おれは走っていって、リアをハグした。「どこにいたんだよ？」

リアはからだをこわばらせた。

おれはうしろに下がった。「ごめん。なにかあったの？」

リアはいらついた目でおれを見た。「サイモンとはしゃべりたくない」そして、シャツをぐいっと引っぱっておろすと、胸の下で腕を組んだ。

「え？」おれはリアを見た。「リア、どうしたんだよ？」

「それはこっちのセリフよ。金曜日はどうだった？　ニックとアビーと遊んだんでしょ？」

一瞬、間《ま》があいた。

「ごめん、言い訳はないよ。悪かった」

「悪いわよ」

二年の女の子がキャアキャア追いかけっこをしながら、横を走り抜けて、体当たりするようにドアを開けた。おれたちは黙りこくった。

「悪かったと思ってる」ドアが閉まるのを待って、おれは言った。「ニックとアビーのことを言ってるなら、なんて言ったらいいのかわからない」

「そう、ニックとアビーのことだと思ってるわけね。あたし……」リアは笑って、首を振った。「なんだっていいわ」

「なんだよ、それ？　本当のところ、話したいと思ってんの？　それとも、そうやって皮肉っぽい態度を取って、なにも話さないつもり？　おれのことを笑いたいだけなら――順番待ちの列に並ぶんだな」

「へええ、かわいそうなおれって感じ？」

「わかったよ。勝手にしろ。これから最終リハだから。そういうクソみたいな態度をやめる覚悟ができたら、探しにくるんだな」おれはリアに背を向けて、のどにこみ上げてくる塊《かたまり》を無視しようとしながら、歩きはじめた。

「いいんじゃない？　せいぜい楽しんで。親友の彼女によろしくね」

「リア」おれは振りかえった。「そういうのやめろよ。お願いだから」

リアはかすかに頭を振ると、唇をキュッと閉じ、まばたきして、またまばたきした。「別に、いいねって言ってるだけよ。あ、でも、次に三人で出かけるときは、写メでもしてよ。そしたら、あたしにはまだ親友がいるってふりができるから」

しゃくりあげるのをこらえるような音がして、リアはおれの横を通り抜け、ドアの向こうに消えた。リハーサルのあいだじゅう、その音が耳の中で鳴り響いてた。

第30章

うちに帰ったけど、とにかくどこかへいきたかった。どこでもいい。だけど、今は犬の散歩にすら、出してもらえない。イライラして、なんかもう、最悪の気分だ。

リアにムカつかれるのは、すごくつらい。めちゃめちゃつらい。これまでだって、ムカつかれたことがなかったわけじゃない。リアの言動にはほかに言いたいことが隠れてる場合があって、おれはしょっちゅうそれに気づき損ねてしまう。でも、今回のは、今までとは違うし、ずっと深刻だって気がする。取りつくしまもなかったから。

それに、リアが泣いたのを見たのは、初めてだった。

夕食はチーズサンドとオレオだった。っていうのも、親は二人ともまだ仕事で、ノラはまた出かけてたからだ。食べ終わったあとは、ぼんやりと天井のファンを見て過ごした。宿題をやる気力はなかったし、明日、上演初日だってときに、宿題をやってくるなんてどうせだれも期待しちゃいない。音楽を聴きながら、ひたすら退屈して、イライラして、そしてみじめな気分に浸っていた。

そしたら、九時ごろ、親が「話がある」って言って部屋に入ってきた。これで、今日がアンラッキーデーだってことは確定だ。

「すわっていい?」母さんはベッドの端あたりで、どうしようか決めかねる感じできいた。おれが肩をすくめると、腰を下ろし、父さんは勉強机の前の椅子にすわった。

おれは頭のうしろに両手をやり、ため息をついた。「あててみようか。酔っぱらうな、だろ」

「まあ、そういうことだ」父さんは言った。「酔っぱらうな」

「わかったよ」

親は顔を見あわせた。父さんがコホンと咳払いをした。

「おまえにひとつ、謝りたいことがある」

おれは顔をあげた。

「金曜日におまえが言ったことだ。ゲイのジョークの件だ」

「あれは本気じゃないから。別にいいよ」

「いや、よくない」父さんは言った。

おれは肩をすくめた。

「今、ここでこんなことを持ち出したのは、うやむやにしたくないからだ。父さんはおまえのことを愛してる。心の底からな。なにがあってもだ。それに、理解のある父親を持つっていうのは、すばらしいことだしな」

「ちょっと」母さんが口を挟んだ。

「すまん。理解のある両親だな。筋金入りのワルで、はやりに敏感な両親だ」

「わお、やったね」おれは棒読みした。

「だが、マズいときはマズいと指摘してくれ。まあ、やらかすのは主におれだろうが」父さんはあごをさすった。「おれのせいで、おまえがカミングアウトしにくかったのはわかってる。おれたちはおまえのことを誇りに思ってる。実際、なかなか勇気があるよ、おまえはな」

「うん、まあ」おれは上半身を起こして、壁に寄りかかった。そろそろ髪をくしゃくしゃっとして、ゆっくりおやすみ、夜ふかしするんじゃないぞ、って流れだろう。

ところが、二人とも出ていく気配がない。そこで、おれは言った。「一応言っとくけど、父さんが冗談で言ってたのはわかってるからね。カミングアウトしたくなかったのは、それが理由じゃないから」

親はまた顔を見あわせた。

「じゃあ、どうして言いたくなかったの？」母さんがきいた。

「別に、これっていう理由があったわけじゃないんだ。ただなんとなくそのことについて話さなきゃならないのが嫌だった。大騒ぎになるのはわかってたからね。たぶんそんなとこ」

「大騒ぎだった？」

「まあね」

「ごめんなさい。わたしたち、そんなに騒いだ？」

「マジで言ってんの？　母さんたちはいつもなんだって大騒ぎじゃないか」

「ほんとに？」

「おれがコーヒーを飲むようになったときも、ひげを剃《そ》るようになったときも、彼女ができたときも」

「だって、すごいことじゃない？」

「別にそこまでのことじゃないよ。そういうのってさ――よくわかんないけど、とにかく母さんたちはおれのやることなすこと、いちいち気にするんだ。靴下を変えるだけで、なにか言うんだから」

「なるほど」父さんが言った。「つまりおまえは、おれたちのことを『マジでキモいんだよ』と言ってるわけだな」

「まあ、そういうこと」

母さんは笑った。「まあね、でも、あなたはまだ親になってないから、わからないのよ。赤ちゃんが産まれて、成長するに従って、いろんなことをするようになって。前は、どんな小さな変化でも目の当たりにすることができた。それって、とてもすばらしいことだったのよ」母さんは悲しそうな笑みを浮かべた。「でも今では、いろんなことが知らないままになってしまう。ささいなことだけれど。でも、そういう機会を手放すのって、なかなかつらいものなのよ」

「だけど、おれはもう十七歳だよ。変わるのがあたりまえだと思わない？」

「もちろん、そうよ。そうだし、それを喜んでもいるわ。なによりも嬉しいことよ」母さんはおれの足の先をぎゅっと握った。「そうやってあなたが花開いていくようすを見ていたいのよ、ただそれだけ」

なんて答えたらいいのか、わからなかった。

「あなたたちは本当に成長したわ。三人とも。そして、三人ともみんな違う。赤ん坊のときから、そうだった。アリスは怖い物知らずだし、ノラは無口で控えめで、あなたはいつだって芝居っけたっぷりで。みんなが、お父さんの息子ねえ、って言ってたのよ」

父さんはにんまりとした。おれは正直、開いた口がふさがらなかった。今まで一度だって、自分のことをそんなふうに思ったことはなかったのだ。

「初めてあなたをだっこしたときのことは、よく覚えてる。小さい口でね、母さんの胸にしがみついて——」

「カンベンしてよ」

「本当に、信じられないほどすばらしい瞬間だった。それから、お父さんがアリスを連れてきてね。アリスは『赤ちゃんなんていらない！』って言いつづけてて」母さんは笑った。「あなたから目が離せなかった。男の子の親になるのが、なんだか信じられなくて。女の子の親だってことに、慣れてたんでしょうね。新しい発見がいっぱいあった」

「男の子らしい男の子じゃなくて、悪かったね」

父さんが椅子をぐるりと回して、おれとまっすぐ向き合った。「冗談だろ？」

「まあね」

「おまえは最高の男の子だ。まるでニンジャだよ」

「それはどうも」

「いやいや、なんの、どういたしまして」

そのとき、玄関のドアが閉まる音がして、犬の爪が床の板にこすれる音が響いてきた。ノラが帰ってきたのだ。

「ねえ」母さんはまたおれの足をつついた。「あなたに窮屈な思いをさせたくはないけど、もうしばらくわたしたちに付き合ってくれるっていうのはどう？　できる範囲でいいから、最新情報を更新してよ。大げさに騒いだりしないようにするから」

「了解」

「よかった」母さんと父さんはまた顔を見あわせた。「あと、もうひとつあるの」

「またおれがおっぱいをしゃぶったとか、そういう恥ずかしい話かよ？」

「いや、おまえは本当におっぱい大好きだったのにな。ふたをあけたらゲイだったなんて、信じられないよ」父さんは言った。

「面白いよ、父さん」

「だろ」父さんは立ちあがると、ポケットからなにかを取り出した。そして、おれに向かってぽんとほうった。「ほら」

おれのスマホだった。

「外出禁止はそのままだが、週末だけ執行猶予だ。あと、明日の公演でセリフをひとつも忘れなければ、ラップトップも返してやる」

「セリフはないんですけど」おれはゆっくりと言った。

「ラッキーじゃないか、サイモン」父さんは言った。

おかしなもんだよな。っていうのも、それこそセリフをとちる心配はないっていうのに、当日、おれはかなり緊張してた。胸がドキドキして、いても立ってもいられなくて、テンションがあがりまくって、不安でいっぱいで。終業のベルが鳴るとすぐに、オルブライト先生はアビーとマーティンとテイラーと何人かをウォーミングアップのために音楽室へ連れていった。残されたおれたちはホールの床にすわって、ピザを食った。カルはあちこち走り回って、裏方の子たちに指示を出してる。今は、よく知らない上級生の女の子たちとぼーっとしていられるのが、ある意味ありがたかった。カルヴァン・クーリッジとかマーティン・ヴァン・ビューレンとか、元大統領と同名のややこしい人間はだれもいない。リアが目つぶし光線みたいな視線を送ってくることもない。

開演は七時だったけど、オルブライト先生に六時までには全員、衣装に着替えておくようにと言われていた。おれはコンタクトレンズを入れ、早めに着がえて、女子更衣室のあたりをぶらぶらしてアビーがくるのを待った。アビーは五時半ごろにようやくきたけど、ひと目見て様子がおかしいのがわかった。おれを見ても、ろくに話しかけてもこない。

おれはアビーの横に椅子を持っていって、メイクをするのをじっと見ていた。

「緊張してるの？」おれはきいた。

「ちょっとね」アビーは鏡を見つめながら、睫毛《まつげ》にちょんちょんって感じでマスカラをつけていく。

「今夜、ニックもくるんだろ？」

「うん」

ずいぶんぶっきらぼうな答え方だった。もしかして怒ってる？

「それが終わったら、おれをめちゃめちゃセクシーにしてくれる？」

「アイラインのこと？　わかった。ちょっと待ってて」

アビーは化粧ポーチを持ってくると、おれの正面に椅子を移動させた。その時点で、更衣室に残っているのは、おれたちだけになっていた。アビーは鉛筆のキャップを取ると、おれのまぶたをぎゅっとひっぱった。おれは動かないようなんとかこらえた。

「しゃべらないね」しばらくして、おれは言った。「大丈夫？」

アビーは答えない。鉛筆の先が睫毛の端に押しつけられる。カリ、カリ、カリ。

「アビー？」鉛筆が離れたので、おれは目を開けた。

「閉じてて」アビーはそう言って、反対側の目に取りかかった。そして、しばらく黙ってラインを引いていたけど、それから唐突に言った。「今回のことはマーティンとどう関係があったわけ？」

「マーティン？」おれは言ったけど、胃がぎゅっとねじれた。

「ぜんぶ聞いたのよ。だけど、本当はサイモンから聞きたかった」

このまま凍りつくような気がした。ぜんぶって？　それって、どういうことだ？

「脅迫《きょうはく》の話？」

「そう。そのこと。できたわ、目を開けて」アビーは下まぶたにラインを引きはじめた。おれは、まばたきしたくなる衝動と必死で戦った。「どうしてわたしに話さなかったの？」

「それは――わからない。だれにも話さなかったんだ」

「で、マーティンの言いなりになったわけ？」

「ほかにどうしようもなかったんだ」

「だけど、わたしがマーティンをそういう意味で好きじゃないことはわかってたでしょ？」アビーは鉛筆にキャップをはめた。

「うん、わかってた」

アビーはうしろにからだを反らせて、おれの顔をじっと見てから、はあっとため息をついて、また前に身を乗り出した。「左右のバランスを取るから」またしばらく沈黙が訪れた。

「ごめん」その瞬間、どうしてもアビーにわかってもらわなきゃって気持ちがこみあげてきた。「どうすればいいか、わからなかったんだ。マーティンはみんなに言うつもりだった。本当にマーティンに手を貸したりしたくなかったんだ。実際、ほとんどなにもしちゃいない」

「へえ」

「だから、結局やつはタンブラーにあの投稿をしたんだ。おれがちゃんと手を貸さなかったから」

「それはわかってる」

アビーはラインを引き終わると、全体を指でぼかした。それから、ふわふわした化粧ブラシでおれの頰《ほお》と鼻をまんべんなくはたいた。

「終わったわ」目を開けると、アビーはしかめ面でおれを見ていた。「だけど、わかるでしょ。もちろん、サイモンがむずかしい立場にいたのはわかってる。でも、わたしの恋愛についてなにか決める権利はない。わたしが付き合う相手は、わたしが決める」アビーは肩をすくめた。「それはわかってくれるよね？」

自分がすうっと息を吸う音が聞こえた。「ほんとにごめん」おれはうなだれた。実際、このまま消えてしまいたかった。

「ま、そういうこと」アビーは肩をすくめた。「じゃ、先いってるから。いい？」

「うん」おれはうなずいた。

「明日は、別のひとにメイクをしてもらったほうがいいかも」


公演はうまくいった。いや、最高の出来だった。テイラーは完璧にひたむきで、マーティンは完璧に気まぐれで、アビーは最高に生き生きしていておかしくて、更衣室での会話なんてなかったような気がしたくらいだ。だけど、終わったあと、アビーは別れの挨拶もせずに姿を消し、おれが着がえ終わったころには、ニックもいなくなっていた。リアに関しては、きてたかどうかもわからない。

だから、そういうこと。公演は最高だった。そして、みじめなのはおれだけだった。

中庭で親とノラが待っていた。父さんはドクター・スースの絵本に出てきそうなでっかい花束を抱えてる。セリフがない役でも、父さんたちにとっては、おれは演技の天才児ってわけ。帰り道もずっと歌をハミングしたり、テイラーの声は素晴しかったと言ったり、あのヒゲをつけた笑える子は友だちか？ってきいてきたりした。もちろん、マーティンのことだ。それを今きくか？

家に帰ると、おれはすぐにラップトップとの再会を果たした。あー、ほんと、こんな頭がぐちゃぐちゃな状態は初めてだ。

リアが先週の金曜日のことで腹を立ててるのは、意外でもなんでもない。今回はちょっと怒りすぎって気がするけど、まあ、わかる。おれの自業自得ってところだ。だけど、アビーのことは？

正直、青天の霹靂《へきれき》だった。あんなにいろいろ後ろめたい気持ちでいっぱいだったのに、アビーに悪いとはちらとも思わなかったなんて。おれはクソ最低のクズだ。だれを好きになるかなんて、他人に強制されたり説得されたり操られたりするものじゃないのに。それが一番わかってるのは、おれだったはずじゃないか。

友だちとして最低だ。いや、それ以下だ。っていうのも、本当なら、今すぐアビーに許してくれるように言わなきゃいけないのに、おれときたら、マーティンはどういうふうに話したんだろうって、それればっかり考えてたんだ。アビーの話しぶりからすると、脅迫《きょうはく》以外のことは話してない気がする。自分がブルーだと認めたくなかったからかもしれない。いや、やつはブルーじゃないってことだとも取れる。そう思ったとたん、希望が湧いてきて、息が詰まりそうになる。

実際、おれはあんなことをやらかしたあとなのに、うきうきして、心が弾んでた。あんな事件のあとなのに。これだけいろんなことがあったあとなのに。なぜなら、今週これだけ最低なことがあったとしても、おれはまだブルーのことが好きなんだ。

ブルーへの気持ちは、心臓の鼓動みたいなものだ。おだやかで、永続的で、あらゆるものの基礎を成してる。

ジャックのメールアカウントにログインしたとき、ふいにひらめいた。いつものサイモン論理じゃない。客観的且つ明白な事実だ。

ブルーがこれまで送ってきたメールはすべて、送信時刻が表示されていた。

ほとんどのメールが、学校が終わった直後に送られていた。そう、ほとんどが、リハーサル中に送られていたのだ。つまり、マーティンもリハーサル中だったわけで、メールを書く時間なんてなかったはずだし、そもそも学校じゃ無線は使えない。

ブルーはマーティンじゃない。カルでもない。別のだれかなんだ。

おれは、メールをぜんぶ遡《さかのぼ》ってみた。八月の最初のメールまで。そして、ぜんぶ読み直した。件名も、メールの文章も、一文字残らず。

だけど、ブルーの正体はぜんぜんわからなかった。見当もつかない。

メールを読み直したせいで、またブルーのことを好きになってしまった。

第31章

FROM　hourtohour.notetonote@gmail.com
TO　bluegreen118@gmail.com
DATE　Jan 25 at 9:27 AM
SUBJECT　おれたちのこと

ブルーへ

週末ずっと、このメールを書いては消しを繰り返してた。まだうまく書けていない。けど、おれは決めた。こうしよう。

しばらくメールは書いてなかった。この二週間は、本当におかしな二週間だったんだ。

で、まず、このことを伝えたいんだ。ブルーがだれだか、わかった。

っていっても、名前はまだわからないし、どんな顔なのかも、ほかのことも、わからない。だけど、おれはブルーのことをわかってる。それをわかってほしいんだ。ブルーは賢くて、用心深くて、ヘンで、面白いやつだってこと。それに、いろんなことに気づくし、いろんなことに耳を傾けてるってこと。知りたがりとかじゃなくて、本当に関心を持ってるんだ。いろんなことを考えすぎるし、細かいことまで覚えていて、いつも、そう必ずいつも、正しいことを言うってことも。

おれたちはお互いのことを知りつくしてる。おれ、そこをすごく気にってるんだ。

おれは、ブルーのことを考えたり、ブルーのメールを読み返したり、ブルーを笑わせたりすることに長い時間を費やしてきたのに、いろんなことをちゃんと説明したり、思い切って気持ちをこめたメールを書いたりしてこなかった。それに気づいたんだ。

はっきり言って自分でもこのメールでなにをしたいのか、よくわからないけど、言いたいのは、ブルーが好きだってことだ。いや、好き以上だ。ふざけてその気のあるようなことを書いてるときは、いつも本当は本気だったし、ブルーのことを知りたいって書いたときも、ただの好奇心なんかじゃなかった。この関係がどう終わることになるのか、わかってるふりをするつもりはないし、メールだけで恋に落ちることなんてあり得るのかも、ぜんぜんわからない。だけど、おれはどうしてもブルーに会いたいんだ。試してみたい。ブルーに会ったとたん、キスしたくてたまらなくなるってシナリオ以外、考えられない。

これだけは、はっきりさせておきたかったんだ。

だから、どういうことかっていうと、今日、ペリメーター・ショッピングモールの駐車場でめちゃめちゃヤバいカーニバルがあるんだ。九時までやってる。

言うだけ言っとく。おれは六時半に会場にいく。そこでブルーに会いたいと思ってる。

愛をこめて
サイモン

第32章

送信ボタンを押し、あとはもう考えないことにした。でも実際は、学校までいくあいだずっと、そわそわして、落ち着かなくて、不安でいっぱいだった。スフィアン・スティーヴンスをボリューム最大で聴いても、ぜんぜん役に立たない。だから、だれもスフィアン・スティーヴンスをデカい音で聴かないんだろうけど。胃が完全にスピン状態に入ってる。

まず衣装を逆さまに着た。次にコンタクトレンズを十分間探しまくったあげく、もう着けてることを思い出した。落ち着きのなさ度は、もはやマーティン・レベルだ。ブリアンナはアイラインを引くだけでバカみたいに騒ぐし。慌ただしさの中、叱咤《しった》激励《げきれい》の言葉が飛び、最初の曲の演奏が始まっても、おれの頭の中はひたすら、ブルーブルーブルーブルーだった。

どうやって最後までやり通したのかもわからない。正直、半分も覚えてない。

上演が終わり、舞台の上で、みんなが抱き合い、観客に感謝して、スタッフに感謝して、オーケストラに感謝するっていう、恒例のセンチメンタルなシーンが繰り広げられた。四年生は全員バラを、カルは花束をもらった。オルブライト先生の花束は、ぶっちぎりのでかさだった。父さんは〈サンデーマチネお涙フェスティバル〉だなって言って、言ったとたん、〈サンデーアフタヌーン・ゴルフマッチ〉のことを思い出したって言って帰っていった。まあ、その気持ちもわかる。

だけど、オルブライト先生が、〈オレのケツでやりたいの？〉男子たちを停学にするのに全身全霊をかけてくれたことを思い出して、あのときの先生の怒りや、断固とした表情や、便覧を椅子に叩きつけたときのことが浮かんできた。

そしたら、どうして先生にもうひとつ花束を用意しなかったんだろうって、カードとか、ティアラを持ってこなかったんだろうって思った。つまり、おれ個人からのプレゼントを持ってくればよかったって。

このあと、まだ着がえが残ってる。セットも片づけなきゃならない。永遠に終わらないんじゃないかって気がしてくる。腕時計はしないから、何度もスマホを出して、時間をたしかめた。五時二十四分、五時三十一分、五時四十分。期待と不安で心臓から胃から内蔵がすべてがねじれ、よじれて、悲鳴をあげてるような気がする。

六時におれはホールを出た。出口から外に出ると、暖かかった。もちろん、一月にしてはってこと。あまり有頂天になりたくない。ブルーがなにを考えてるかなんて、ぜんぜんわからないし、それを言うなら、自分がなにを期待してるのかも、よくわかってない。だけど、気持ちが高ぶるのは抑えようがなかった。気分が晴れ晴れしてる。

父さんの言ったことを頭の中で繰り返す。「勇気があるよ、おまえは」

たしかにそうかもしれない。

カーニバルは基本、出演者の打ち上げって感じだったから、みんな学校からまっすぐモールへ向かってた。でもおれは信号を逆の方向へ曲がって、うちへ向かった。一月だなんて関係ない。あのTシャツを着るんだ。

Tシャツは枕の下にあった。くたりとやわらかくて、真っ白で、丁寧に畳んだまま。赤と黒の渦巻きの真ん中に、エリオットが立っている。写真は白黒だけど、手だけは色が付いていた。おれはすばやくTシャツを着ると、カーディガンを上に引っかけた。六時半までにモールに着きたいなら、超特急でいかないと。

そのとき、肩甲骨のあいだになにか固いものが刺さった。かゆくてかこうと思っても届かないあたりだ。おれは袖のほうから手を入れて、背中のほうまで突っこんだ。生地の内側に紙切れが貼りつけてある。つかんで、ぐいっと引っぱりだす。

Tシャツに添えてあったのと同じブルーグリーンの紙だ。こっちのは、「P．S．」で始まっていた。おれは震える手で紙を持って、目を走らせた。

P．S．サイモンが自分でも気づかずに笑ってる顔が大好きだ。いつも寝癖のついてる髪も、ふつうより一呼吸分だけ長く目を合わせる癖も、ムーングレイの目も。だから、ぼくがきみに惹《ひ》かれてないと思うなんて、どうかしてるよ。

その下にブルーは電話番号を書いていた。

腹の下からうずくような感覚が一気に放たれた。ひりひりして、すばらしすぎて、耐えられないような感覚。心臓の鼓動がこれまでにないくらい、はっきりと感じられる。ブルーのまっすぐな字で書かれた「大好きだ」って言葉が何度もループする。

もちろん、今すぐここで電話をして、ブルーの正体を突き止めることができる。けど、電話するのはやめた。まだだ。たぶんブルーはおれのことを待ってるはずだから。現実のブルーが。本物のブルーが。モールにいこう。


モールに着いたときには、七時近くになっていた。こんなに遅れるなんて信じられない。すでに日は暮れていたけど、みんなが騒いでる声がして、こうこうと明かりがつき、活気づいている。こういう野外のカーニバルは、すごく好きだ。一月の駐車場が、夏のコニーアイランドの避暑地に変身する。カルやブリアンナたちがチケットの列に並んでるのが見えたので、そっちへ向かった。

暗すぎるんじゃないかって心配だった。ブルーはもう帰ってしまったかもしれない。だけど、そもそも自分が探しているのがだれだかわからないんだから、そんなこと心配しても仕方がない。

おれたちは次々チケットを買って、片っ端から乗り物に乗った。観覧車もあるし、メリーゴーラウンドやゴーカート、空中でぐるぐる回るブランコもある。足をむりやり折り曲げて子ども用汽車にまで乗った。それから、みんなでココアを買って、売店の前の縁石にすわって飲んだ。

おれは、通りすぎるひとをひとりひとりじっと眺めた。だれかがこっちを見たり、目が合ったりするたびに、心臓が爆発しそうになる。

アビーとニックがゲームの前にすわって、手をつないだままポップコーンを食べてるのを見つけた。ニックの足もとに大量のぬいぐるみが並んでる。

「まさかこれぜんぶ、ニックが取ってくれたわけ？」おれはアビーに声をかけ、二人のほうに歩いていった。緊張でドキドキする。もうふつうにしゃべっていいのかどうか、わからなかったから。けど、アビーはにっこりほほえんで、おれのほうを見あげた。「まさか。ぜんぶわたしが取ったのよ」

「例のクレーンゲームだよ」ニックが言った。「アビーは天才でさ。なんかズルしてるんじゃないかってくらい」ニックはアビーの脇腹をつついた。

「そう思ってれば」

おれはまだちょっと気おくれしながら笑った。

「すわりなよ」アビーが言った。

「いいの？」

「もちろん」アビーはニックのほうへずれて、場所を空けた。それから、一瞬、おれの肩に頭をのせると、ささやいた。「ごめんね、サイモン」

「なに言ってんだよ。それはこっちだよ」おれは言った。「ほんとにごめん」

「あのあと考えてみたの。脅迫《きょうはく》されてたって時点で、サイモンが悪いってことはないなって」

「え、ほんと？」

「うん」アビーはうなずいた。「それに、今、死ぬほど幸せだから、いつまでも怒ってられないの」

おれはニックの顔を見られなかった。ニックはスニーカーのつま先でアビーのバレエシューズを叩いてる。しかも、ますますくっついてるし。

「おまえら、まさかめちゃオエッて感じのカップルになろうとしてる？」

「かも」と、ニック。

アビーはおれを見て、きいた。「もしかして、それが例のシャツ？」

「え？」おれは赤くなった。

「酔っ払いぐでんぐでん男が、街の反対側までわたしに運転させたシャツ」

「ああ。うん、まあね」

「なにかワケありのシャツってことね」

おれは肩をすくめた。

「さっきからサイモンが探してる彼と関係してるのね？　そういうことでしょ？」

おれはむせそうになった。「おれが探してる彼？」

「サイモン」アビーはおれの腕に手をかけた。「だれか探してることくらい、一目でわかるよ。ずっときょろきょろしてるもん」

「マジか」おれは顔を埋《うず》めた。

「いいじゃない、恋愛に夢中になったって」

「そういうわけじゃないよ」

アビーは笑った。「わかったって。忘れてた。サイモンとニックは素直じゃないってこと」

「おい、おれもかよ？」ニックが口を挟んだ。

アビーはニックに寄りかかって、おれのほうを見あげた。「サイモン、見つかるよう祈ってるから。

オッケー？」
オッケー。

だけど、もう八時半なのに、まだブルーは見つかっていなかった。っていうか、ブルーがおれを見つけてないって言ったほうが正しいかもしれないけど。そのへんはどう考えればいいかわからない。ブルーはおれのことを好きなんだ。だって、手紙にそう書いてあったんだから。だけど、ブルーがあの手紙を書いたのは、二週間前だ。そう思うと、気が変になりそうだった。二週間も、枕の下なんかに入れてたなんて。そのあいだ、シャツの内側になにか隠されてるなんて、これぽっちも考えてなかった。今さらだけど、おれってほんと、バカすぎる。

この二週間のあいだに、ブルーの気持ちは変わってたっておかしくない。

カーニバルはあと三十分で終わる。友だちはもう、みんな帰ってしまった。おれもそろそろ帰らなくちゃいけない。けど、まだチケットが何枚か残ってたので、ゲームセンターのゲームでほぼ使い果たし、最後の一枚をぐるぐるダンシングカーにとっておいた。ブルーがいちばんいそうもない場所だから、ずっと避《さ》けてたんだ。

だれも並んでなかったから、すぐに乗れた。ぐるぐるダンシングカーは、ドーム型の屋根のついた金属製のタンクみたいな乗り物で、真ん中についてるハンドルを回すと、タンクがぐるぐる回るようになっている。さらに、乗り物全体も猛スピードで回転するから、要はめちゃめちゃ目が回るってわけ。頭を空っぽにするための乗り物なのかも。

タンクにはおれ一人だったので、おれはシートベルトを思いきりきつく締めた。となりのタンクに、女の子たちがぎゅうぎゅうになって乗りこんでる。オペレーターの人が歩いてきて、ゲートを閉めた。ほかのタンクはほとんど空っぽだ。おれは背もたれに寄りかかって、目を閉じた。

そしたら、だれかが横に乗ってきた。

「ここにすわっていい？」

おれはぱっと目を開けた。

ブラム・グリーンフェルドだった。優しい目をして、サッカー選手のふくらはぎをしてる、カッコいいブラム。

おれはシートベルトを緩めて、ブラムを入れてやった。そして、笑いかけた。だって、そうせずにはいられなかったから。

「そのシャツ、いいね」ブラムは言った。なんだかそわそわしてる。

「ありがとう。エリオット・スミスなんだ」

オペレーターがおれたちのタンクに手を伸ばして、ガードを下げ、ロックした。

「知ってる」ブラムは言った。その声がちょっとヘンだったので、おれはブラムのほうを見た。ゆっくりと。ブラムの目は大きくて、ブラウンで、見開かれてた。

一瞬、間《ま》が空いた。おれたちはまだ見つめ合っていた。それから、腹の中で思いっきりバネがはじけたような気がした。

「ブラムだったんだ」おれは言った。

「遅れてごめん」

それから、ぎりぎりときしむような音がして、タンクがガクンと揺れ、音楽が鳴り響いた。だれかが悲鳴をあげ、それから笑い出す。ぐるぐるダンシングカーがぐるぐる回りはじめた。

ブラムは目をぎゅっと閉じて、うつむいていた。ひと言も発さずに、両手を鼻と口にあてている。おれはハンドルが動かないように両手で押さえたけど、どうしても時計回りのほうへ引っぱられる。乗り物が回転したがってるみたいだ。タンクは回って、回って、回りつづけた。

「ごめん」ようやく乗り物が止まると、ブラムは言った。ひきつったか細い声で、目はまだしっかり閉じたままだ。

「いいよ。大丈夫？」

ブラムはうなずいて、ハアアアと息を吐いた。「えっと、もう少ししたら」

おれたちはタンクから降りて、道の脇まで歩いていった。ブラムは縁石にうずくまるようにすわると、膝のあいだに頭を入れた。おれは横にすわって、どうしたらいいのかわからずにおろおろして、そしたらなんかこっちが酔ってるみたいになってきた。

「さっきメールを見たんだ。もうぜったい帰ってると思った」ブラムは言った。

「ブラムだったなんて」

「うん、ぼくだよ」ブラムは目を開いた。「本当にわかってなかった？」

「ぜんぜん」ブラムの横顔をしげしげと眺めた。唇は軽く閉じられていて、そっと触れれば、開き

長い。そうだ。耳はちょっと大きめで、頬骨《ほおぼね》のところに二つそばかすがある。睫毛《まつげ》が、信じられないくらい

ブラムがおれのほうを見たので、ぱっと目をそらした。

「バレバレだと思ってた」ブラムは言った。

おれは首を横に振った。

ブラムはまっすぐ前を見つめた。「たぶん、サイモンに気づいてほしかったんだと思う」

「なら、言ってくれればよかったのに」

「言わなかったのは」ブラムの声が震えたような気がした。おれはブラムに触れたくてたまらなく

なった。これほどまでになにかを求めたことはない。本当に。「言わなかったのは、もしサイモンが

ぼくであってほしいと思ってれば、わかるはずだと思ったんだ」

なんて答えたらいいのかわからなかった。ブラムの言うとおりなのかもしれないし、そうじゃない

かもしれない。

「だけど、なんの手がかりもくれなかったし」おれはやっとのことで言った。

「そんなことないよ」ブラムはにっこり笑った。「ぼくのメアドとか」

「Bluegreen118」おれはすぐに言った。

「ブラム・ルイス・グリーンフェルドとぼくの誕生日を組み合わせてるんだ」

「そうか！　おれはバカだ」

「そんなことないよ」ブラムはそっと言った。

でも、違う。おれは、本物のバカだ。最初はずっとカルだと思ってた。それに、たぶん、ブルーは白人だと思いこんでたんだと思う。自分を殴り飛ばしてやりたい気持ちだった。白人だってことは、ストレートと同じで別に初期設定《デフォルト》じゃないのに。そもそも初期設定なんて、ないのに。

「ごめん」おれは言った。

「なにが？」

「ブラムだってわからなくて」

「悪いのはぼくだ。あててほしいと思うなんて」

「でも、ブラムはおれだってわかったじゃないか」

「まあね」ブラムはうつむいた。「ぼくはたぶん、ずいぶん前からわかってたと思う。ただ初めのころは、自分が考えたいように考えてるだけかもしれないと思ってたんだ」

考えたいように考えてる。

それって、ブラムはおれだったらいいって思ってたってことか？

また胃がねじれるような感覚に襲われ、脳にもやがかかったみたいになる。なんとか声を絞り出す。

「あのとき、英米文学の先生の名前なんて書いちゃったからな」

「だとしても、関係ないよ」

「関係ない？」

ブラムはかすかな笑みを浮かべて、顔を背けた。「サイモンは、メールの文章と同じようにしゃべるから」

「ウソだろ」

おれの顔にも、今じゃ、めちゃニヤニヤ笑いが浮かんでた。

向こうのほうでは、乗り物が終了し、照明が消えはじめていた。闇の中にじっとたたずんでいる観覧車は、どこかぶきみで美しかった。するど、カーニバルの向こうに見えるデパートの入り口の照明も、ふっと消えた。親は、そろそろおれが帰ってくるころだと思ってるだろう。

おれはブラムのほうにからだを寄せた。腕と腕がもう少しで触れるくらいまで。ブラムのからだがかすかにビクンとするのがわかる。小指と小指のあいだは三センチくらいしか離れてない。二人のあいだを目に見えない電流が流れてるみたいだ。

「だけど、どうして大統領なんだ?」おれはきいた。

「え?」

「アメリカ大統領と同じファーストネームって言ってたろ」

「ああ。エイブラハム・リンカーンだよ」

「ああ、そうかー」

おれたちはまたしばらく黙っていた。

「おれのためにぐるぐるダンシングに乗ってくれたなんて信じられないよ」

「たぶん本当にサイモンのことが好きってことだな」

おれはブラムのほうにからだを傾けた。心臓が口から飛び出しそうだ。「手を握りたい」小声で言う。

ここは、ほかの人間もいるから。それに、ブラムがカミングアウトするつもりか、わからないから。

「じゃあ、握れば」

だから、おれはそうした。

第33章

月曜の英米文学のクラスにいくと、すぐにブラムの姿が目に入った。ソファーでギャレットの横にすわってる。セーターの下に襟のついたシャツを着ていて、見るだけで苦しくなるくらいチャーミングだ。

「おはよう」おれは声をかけた。

ブラムはにっこり笑った。待ってたよって感じで。で、横にずれて席を空けてくれた。

ギャレットが「昨日の公演、よかったよ。クソ笑った」と言う。

「きてたの、知らなかったよ」

「てか、グリーンフェルドがしつこいから、結局三回もいったんだよ」

「へえ、ほんと?」おれは言って、ブラムのほうを見てニヤッとした。そしたら、ブラムが笑い返したので、くらくらして、息が止まりそうになって、へなへなになりかける。だいたい、昨日の夜はぜんぜん眠れなかった。一秒も眠れずに、今日のこの瞬間を、約十時間、悶々と想像しつづけてたんだ。で、いざその時が訪れたら、なんて言うつもりだったのか、かけらも思い出せないってわけ。たしかめちゃめちゃ気が利いてて、学校とは関係のないことを言うはずだった気がするけど。ま、違うかも。「宿題の章、ぜんぶ読めた?」おれはきいた。

「読んだよ」

「おれは読めなかった」

そしたら、ブラムが笑ったので、おれも笑った。おれは真っ赤になって、ブラムも目を伏せたので、ぎこちないしぐさのオンパレードって感じになってしまった。

ワイズ先生が入ってきて、『目覚め』〔ケイト・ショパンの小説〕を朗読しはじめた。本当は先生の読んでいるところを目で追ってなきゃならないはずだけど、すぐにどこだかわからなくなる。気が散ってしょうがない。だから、ブラムのほうに寄って、教科書をのぞきこんだ。ブラムもこっちへ体重をかける。体の触れているところすべての神経がとぎすまされる。神経の末端が服の生地を通り抜ける方法を発見したみたいに。

それからブラムが脚を前に伸ばして、おれのほうに膝を押しつけてきた。おかげで、授業のあいだじゅう、ひたすらブラムの膝を見つめて過ごすはめになった。ジーンズに一箇所すり切れてる部分があって、デニムの糸のあいだから黒い肌がわずかにのぞいてる。触れたい。それしか考えられない。一度、ブラムとギャレットが同時におれのほうを振りかえったので、自分がデカいため息をついたことに気づいた。

授業のあと、アビーがおれの肩に腕を回してきた。「ブラムとあーんなに仲がいいなんて、知らなかったなぁー」

「シッ、聞こえるよ！」頬《ほお》がカアッと熱くなるのがわかった。アビーはほんと、なにひとつ見逃さない。

ランチまでブラムに会えないと思ってたけど、昼休みの直前におれのロッカーの前に現われた。

「二人でどこかいこうよ」

「学校の外に？」

一応決まりでは、四年生しか外出してはいけないことになっている。でも、警備員に、おれたちが四年かどうかなんてわかるわけがない。と思う、たぶん。

「前も外出したことあるの？」

「ないよ」ブラムは言った。そして、指先をそっとおれの指先に押しつけた。ほんの一瞬だけ。

「おれもない。よし、いこう」

おれたちは通用口から出て、せいいっぱい堂々としたようすで駐車場を足早に歩いていった。朝早く、一、二時間雨が降ったせいで、空気がキンと冷えている。

ブラムのホンダシビックは、古くて心地よくて、細かいところまですべてきれいに整頓されていた。中に入ると、すぐにヒーターを入れてくれた。シガレットライターから補助ケーブルが伸びていて、ｉＰｏｄにつながれてる。ブラムが、曲を選んでって言って、ｉＰｏｄを差しだした。これって、心の中をのぞける窓を渡すのと同じだってわかってんのかな？

もちろん、ブラムのセレクトは完璧だった。むかしのソウル、新しめのヒップホップ。ブルーグラスがたくさん入ってるのに驚く。ジャスティン・ビーバーもこっそりって感じで一曲だけ入ってた。それと、おれがメールで挙げたアルバムとアーティストがぜんぶ。

たぶんおれ、めろめろだ。

外はまた雨が降りはじめていた。雨粒がだんだん細くなりながらウィンドウを斜めに伝い落ちていくのを、じっと眺める。

「で、どこいくの？」おれはきいた。

ブラムはちらっとおれを見て、ほほえんだ。「いきたいところがあるんだ」

おれはうしろに寄りかかって、ヒーターで生き返った指でブラムのプレイリストをスクロールした。

曲を決めて、プレイボタンを押す。スピーカーから、オーティス・レディングの柔らかな声が静かに流れだす。『トライ・ア・リトル・テンダネス』。ボリュームをあげる。

それから、ブラムの肘に触れた。「無口だね」

「今？　いつも？」

「うーん、両方かな」

「サイモンがいると、口数が少なくなるんだ」ブラムはにっこりした。

おれも笑い返す。「おれも、ブラムの舌を動かなくさせる男子のひとりってこと？」

ブラムはハンドルをぎゅっと握った。

「サイモンだけだよ」

ブラムは学校の近くのショッピングセンターにいって、パブリックス・スーパーの前で車を止めた。

「食料品の買い出し？」

「ってところかな」ブラムの顔に笑みがよぎる。謎めいた笑み。両手で頭をかばうようにして、雨の中を走っていく。

明るい照明に照らされた入り口から飛びこむと、ジーンズのポケットに入ってるスマホに着信がきた。メッセージが三件きてる。ぜんぶアビーからだ。

ランチにこないの？

どこにいるの？

ブラムもきてないの。へんだなあー;)

きてないだろうな。っていうのも、ブラムは今、おれの目の前にいて、スーパーのかごを持ってるから。カールした髪は濡れて、目が輝いてる。「昼休みが終わるまであと二十七分。分割攻略作戦だ」

「了解、ボス。どこからですか？」

ブラムは乳製品の売り場から牛乳を一本買ってきてって言った。

ふたたびレジで集合する。「そっちはなに買ったの？」

「ランチさ」ブラムはかごをこっちへ傾けた。中には、オレオのミニサイズが入ったプラスチックのカップが二つと、プラスチックのスプーンが入ってる。

レジの前でブラムにキスしかけた。

ブラムはどうしてもって言って、全額払ってくれた。雨は激しくなってたけど、おれたちはそのまま走っていって、息を切らせながら車の中に飛びこみ、ドアをバタンと閉めた。おれがメガネをシャツで拭《ふ》いているあいだ、ブラムはエンジンをかけ、ヒーターがふたたび温風を吹き出しはじめた。ウィンドウに雨粒があたる音だけが響く。ブラムは自分の手を見おろしてる。にやけてるのがわかる。

「エイブラハム」ためしにフルネームで呼びかけてみる。腹の下あたりに軽いうずきを感じる。

ブラムの目がぱっとこちらに向けられる。

雨がカーテン代わりになっていた。それがよかったのかも。おれはギア越しに身を乗り出して、ブラムの両肩をつかんだ。呼吸を続けようとする。ブラムの唇しか見えない。その唇がそっと開いたとき、おれはからだを傾けてキスをした。

とても言葉じゃ、説明できない。穏やかで、ぎゅって押されるような感触があって、リズムを刻み、息づいている。二人とも最初は鼻をどうしていいかわからなかったけど、なんとかなった。それから、自分がまだ目を開けてるのに気づいて、慌てて閉じる。ブラムの指先がおれの首筋をかすめ、そっとなでている。

すると、ふっと手の動きが止まったので、おれは体を離して目を開けた。ブラムがほほえんでいた。おれも笑い返す。そしたら、今度はブラムのほうから近づいてきて、おれにキスをした。甘くて、羽根みたいに軽いキス。あまりに完璧なキス。ディズニー映画みたいな。こんなことが自分の身に起こってるなんて信じられない。

十分後、おれたちは手をつないで、オレオマッシュを食べていた。完璧なランチ。牛乳よりオレオのほうが多いし、おれだったら、スプーンを買おうなんて思いつかないけど、もちろんブラムはちゃんと気づく。

「このあとどうする？」おれはきいた。

「学校へもどったほうがいいだろうな」

「そうじゃない。おれたちのこと。ブラムはどうしたい？　カミングアウトするつもり？」

ブラムはなにも言わずに、親指でおれの手のひらのしわをなぞってる。そのせいで、おれは集中できなくなる。

すると、ブラムの親指が止まって、ブラムはおれを見た。おれの手に指をからめる。おれは助手席に寄りかかって、顔だけブラムのほうに向けた。

「ぼくはそのつもりだ、サイモンがそのつもりなら」

「そのつもり？　どういうこと？　付き合うってこと？」

「ああ、そういうこと。サイモンがいいなら」

「もちろん、そうしたい」おれは言った。付き合う。ブラウンの目の、文法オタクで、サッカーのスター選手と。

顔がにやけるのをこらえられなかった。笑わないようにするほうがたいへんってこともあるんだ。


その夜の八時五分以降、フェイスブックのブラム・グリーンフェルドの交際ステータスは、交際中になった。インターネットの歴史上、最高の出来事だ。

八時十一分に、サイモン・スピアーの交際ステータスも、交際中になった。「いいね！」がやまのようにきて、アビー・スーソからすぐにコメントがきた。「いいね　いいね　いいね」

次は、アリス・スピアーからだった。「え、なに？　どういうこと!?」

次は、またアビー・スーソから。「電話して！」

アビーにメッセージを送って、明日話すって伝えた。今夜はまだ、自分だけのことにしておきたいから。

そして、ブラムに電話した。昨日までブラムの番号を知らなかったなんて、信じられない。ブラムはすぐに電話をとった。

「もしもし」ブラムは小さい声で口早に言った。この言葉はおれたち二人のものだってみたいに。

「フェイスブックに大ニュースがのってたよ」おれはマットレスにからだを沈めた。

ブラムが小さく笑った。「だね」

「で、次はどうする？　お上品なままにしておく？　それともみんなのニュースフィードにキスの自撮り写真をばらまく？」

「自撮りに一票」ブラムは言った。「一日二十枚だけでいいよ」

「あと、毎週、付き合って何週目！　って宣伝するんだ。日曜ごとに」

「ついでに、毎週月曜にファーストキス・アニバーサリーも」

「毎晩、会えなくて寂しいって二十回ずつ投稿しよう」

「それは、事実だけどね」ブラムが言った。

え？　ああ、クソ。どうして今週、外出禁止なんだ！

「今、なにしてる？」おれはきいた。

「それって、誘ってる？」

「誘えるといいんだけどさ」

ブラムは笑った。「机の前にすわって、窓の外を見ながら、電話でしゃべってる」

「付き合ってる相手としゃべってる、だろ」

「だな」ブラムが笑ってるのを感じる。「彼氏としゃべってる」

「さてと」ロッカーでアビーに捕まった。「もう我慢の限界。ブラムとはどうなってるの？」

「えっと、ま、そういうこと」おれはアビーを見て、笑った。頬がカアッと熱くなる。アビーはまだ答えを待ってる。おれは肩をすくめてみせた。自分でも、どうしてこのことについて話そうとすると、うまくいかないのかわからない。

「やだ！　ウソでしょ！」

「え、なに？」

「赤くなってるー」アビーはおれの頰をつついた。「ごめん。でも、サイモンったら、超かわいいんだもん。もう無理！　いくわよ。ほら、歩いて」

ブラムとは英米文学と代数がいっしょだった。つまり、二時間ずっと、ブラムの口元を眺めていられて、あとの五時間はブラムの口元を思い浮かべていられるってこと。ランチの時間は、学食にいかずに、ホールへいった。『オリバー！』のセットがない舞台を見ると、ヘンな気持ちがする。金曜に学芸発表会があるからか、すでに幕の前にゴールドのスパンコールのついたふさがぶら下げてあった。ホールにはおれたちしかいなかったけど、なんだか広すぎるような気がして、ブラムの手を取り、男子更衣室に連れていった。

おれがかんぬきをガチャガチャやってると、ブラムが言った。「もしかして、ドアの鍵をかけてやるたぐいのことをやろうとしてる?」

「そういうこと」そう言って、キスする。

そしたら、ブラムの両手がおれの腰をつかんで、ぐっと引きよせた。おれよりブラムのほうが数センチ高いだけだ。ダヴの石けんの香りがする。昨日からキスのキャリアをスタートさせた人間にしちゃ、ブラムは魔法みたいな唇をしてる。やわらかくて、甘くて、感触がいつまでも残るようなキス。エリオット・スミスの曲みたいなキス。

それから、おれたちは椅子を引っぱりだしてきてすわり、おれは椅子を横向きにして、ブラムの膝に脚をのせた。ブラムはおれのすねをドラムみたいに軽くたたきながら、いろんな話をした。スウィートポテトくらいの大きさになったチビ胎児の話。フランク・オーシャンがゲイだって話。

「あ、それからさ、どうやらバイセクシャルらしいんだよ」ブラムが言った。

「だれが?」

「カサノヴァ」

「カサノヴァ? マジで?」

「本当なんだ。父親が言ってた」

「それって」おれはブラムの拳にキスをした。「お父さんがわざわざカサノヴァはバイセクシャルだって言ってきたってこと?」

「ぼくがカミングアウトしたら、そう言ったんだ」

「ブラムのお父さんって、びっくりだな」

「びっくりするほどズレてるだろ」

ブラムの口をゆがめたような笑い方が好きだ。ブラムがおれといるとき、くつろいでるのも好きだ。つまり、好きなんだ、すべてが。ブラムが前に身を乗り出して、足首を掻《か》いただけで、胸がぎゅっとなる。首筋のゴールデンブラウンの肌が好きだ。

ぜんぶが。

そのあとは一日じゅう、ふわふわ浮いているような気分で過ごした。ブラムのことしか考えられない。そして、うちに帰ると、すぐメッセージを送った。

今すぐ逢いたい!!!!!!

もちろん、ジョークで。

ちょっとだけ本気だけど。

そしたら、すぐに返信がきた。**付き合って二日目、おめでとう!**

キッチンのテーブルでそれを見て、爆笑してしまった。

「ご機嫌ね」ビーバーを連れて、母さんが入ってきた。

おれは肩をすくめた。

母さんは興味深そうにうっすら笑みを浮かべた。「いいわよ、別に話さなきゃなんて思わないでね。ただ楽しそうだから、そう言っただけよ。もし話したかったら……」

心理学者っていうのは!　うっかりにやけたりぼーっとしたりもできないってことか。

そのとき、車が入ってくる音がした。「ノラがもう帰ってきたのかな?」今じゃ、ノラが夕飯まで帰ってこないことにすっかり慣れていた。

窓の外を見て、また見直した。いや、たしかにノラが帰ってきたんだけど、車が違ったから。そう、運転手が。

「あれって、リア？　リアがノラを送ってきたってこと？」

「そうみたいね」

「おれ、ちょっと出てくる」

「だめよ。外出禁止中でしょ」

「母さん、カンベンしてよ」

母さんは手のひらを上に向けた。

「いいだろ？　お願いだよ」すでにノラがドアを開けている。

「交渉に応じるわよ」

「条件は？」

「ひと晩、出かける代わりに、サイモンのフェイスブックに十分間アクセスさせて」

マジかよ。

「五分」おれは言った。「監視付き」

「成立」母さんは言った。「ボーイフレンドを見せてね」

なるほどね。姉か妹、少なくともどっちかは死刑確定だ。

でも、その前に、リアだ。おれは玄関から飛びだした。

ノラがびっくりしたようにこっちを見たけど、おれは無視して、息を切らせながら助手席側に回った。そして、リアが文句を言う前に、ドアを開けて、中に乗りこんだ。

ブラムの車も古いけど、リアの車は石器時代の遺物だった。なにしろカセットテープデッキに、手動で開閉する窓だ。ダッシュボードにはアニメのキャラクターのぬいぐるみが並べられ、床には紙くずやコーラの空きビンが転がっている。おまけにいつも、おばあちゃんぽいフローラル系の香りがした。

そんなリアの車が、おれはけっこう好きだった。

リアは信じられないって顔でおれを見た。あのこわい目でにらみつけられて、目をぐるりと回す攻撃を食らう。「あたしの車から降りてよ」

「話がしたいんだ」

「へえ、そう。あたしはしたくないの」

おれはシートベルトをカチリとはめた。「ワッフルハウスにいって」

「冗談でしょ」

「めちゃくちゃ本気」おれはシートに寄りかかった。

「これじゃ、カージャックだし」

「たしかに、そうかもね」

「なんなのよ、信じらんない」リアは首を振ったけど、結局、走りだした。まっすぐ前をにらみつけ、口をキュッと閉じて、ひと言もしゃべらない。

「おれに怒ってるのは、わかってる」

返事なし。

「ミッドタウンのことは、ごめん。ほんとに悪かったと思ってる」

まだ返事なし。

「なにか言ってよ」

「ついたわよ」リアは車を止めた。駐車場はほとんどがら空きだった。「ワッフルでもなんでも、食べてくれば」

「いっしょにくるだろ」

「なにそれ、お断りよ」

「じゃあ、こなくていいよ。でも、おれもリアがいかないならいかない」

「勝手にすれば」

「わかった。じゃあ、ここで話そう」おれはシートベルトを外すと、リアのほうに向き直った。

「話すことなんてない」

「じゃあ、なに？　これで終わり？　おれたちは友だちじゃなくなるわけ？」

リアはシートに寄りかかって、目を閉じた。「あーもう。そしたら、アビーに泣きつけば？」

「マジで言ってんのかよ？　アビーのなにが気に入らないんだ？」声を抑えようとしたけど、どなり声になってしまった。

「別に気に入らなくなんかないわよ。ただどうしていきなりあたしたちとアビーが親友になったのか、わからないだけ」

「ひとつには、アビーがニックと付き合ってるからだろ」

リアはひっぱたかれたみたいに、ぱっとおれのほうを見た。

「そうよ、そうやっていっつもニックの問題みたいにして、サイモンがアビーに夢中だってことはないことにしてるのよ！」

「なんだよそれ？　おれはゲイなんだぞ！」

「恋愛って意味じゃない『夢中』よ！」リアはどなった。「ま、いいんじゃない？　アビーはかなりランク高いもんね」

「は？」

「女子偏差値が超高い女友だち！　最高にかわいくてはつらつとしたパッケージつき！」

「そういうの、やめてくれよ。リアだってかわいいよ」

リアは笑った。「わかったから」

「マジでもうやめろって。アビーはそんなんじゃないよ。それに、リアはおれの親友だろ」

リアはせせら笑った。

「そうだろ。アビーもそうだ。ニックも。三人ともおれの親友だ。だけど、リアの代わりなんていない。リアはリアだから」

「なら、どうしてアビーに最初に話したの？」

「リア」

「だって――ううん、なんでもない。あたしにとやかく言う権利はないし」

「だから、そういうことを言うなよ。いくらだってとやかく言っていいさ」

リアはしんとなった。おれも黙りこくった。しばらくして、リアが言った。「とにかくそういうこと。ニックがアビーのことを好きなのは、バレバレだったし、だからそのこと自体は意外でもなんでもなかった。だけど、サイモンが最初にアビーに話したって知って、それって、ぜんぜん予想してなかった。サイモンはあたしのことを信用してくれてると思ってたから」

「してるよ」

「じゃあ、アビーのほうがもっと信頼できるってことね。それって、すごいよね。だって、アビーと知り合ってどのくらい？　六か月？　知り合ってまだ半年なんだよ」

なんて言ったらいいのか、わからなかった。のどに塊《かたまり》がこみあげる。

「だけど、どうだっていい。あたしには関係ないことだから――つまり、それはサイモンの問題だから」

「それは……」おれはごくりと唾《つば》を呑みこんだ。「それは、アビーのほうが話しやすかったんだ。でも、リアよりアビーを信頼してたとか、そういうんじゃない。わかんないと思うけどさ」目がチクチクしはじめる。「こういうことなんだ。リアとはずっと友だちだ。ニックなんて、もっと前からだ。だれよりもおれのことを知ってる。知りすぎてるんだ」

リアはハンドルを握った。おれのほうを見ようとしない。

「ぜんぶ知ってる。おれのことをぜんぶ。狼のTシャツのことも、アイスのクッキーコーン事件のことも、『ブンブン・パウ』のことも」

リアがちょっと笑った。

「だけど、アビーとは違う。アビーとのあいだにはそういう歴史はない。けど、だからこそ、楽だったんだ。おれの中には今、新しいおれがいる。でも、今はまだ試してるところなんだ。どうやって新しいおれがはめこまれるのか、どうやってはめこめばいいのかを、まだわかってないんだ。新しいバージョンのおれになろうとしてるって感じなんだよ。だから、それにいっしょに付き合ってくれる相手がほしかった」おれはため息をついた。「だけど、本当はリアにも話したかったんだ」

「わかった」

「ただ、今さらそのことを話すのは難しいって感じになっちゃってた」

おれはハンドルを見つめた。

しばらくして、リアが言った。「わかったと思う。わかったよ。話さないでいる時間が長くなればなるほど、そのことを口に出すのが難しくなるってことでしょ」

おれたちはしばらく黙っていた。

「リア？」

「なに？」

「リアのお父さん、どうしてるの？」息がうまく吸えない。

「あたしのパパ？」

リアのほうに向き直る。

「あのね、ある意味、笑える話なの」

「笑える？」

「うーん、でもないか。職場のセクシーな女子とできちゃってね。出ていったのよ」

「そうなんだ」おれはリアを見た。「ごめん、悪かった」

おれはこの質問を六年間もしないまま、きたんだ。

おれは最低だ。

「そういうふうに目をパチパチするの、やめてくれない？」

「どんなふうに？」

「泣かないでよ」

「は？　泣くわけないだろ」

その瞬間、こらえきれなくなった。おれは鼻水をだらだら垂らして、目を真っ赤にして、泣きはじめた。

「ひどい顔だよ」

「わかってるよ！」おれはリアの肩にくずれるように顔を埋《うず》めた。リアのシャンプーのアーモンドの香りがひどく懐かしかった。「おれ、本当にリアのことが好きなんだ。わかってる？　なにもかも、本当にごめん。アビーのことも、ぜんぶ」

「いいわよ」

「本当だよ。リアのこと、大好きだよ」

リアが鼻を啜《すす》った。

「あれ、目の中にゴミでも入った?」

「うるさいわね。それは、そっちでしょ」

おれは涙をぬぐって、笑いはじめた。

第34章

FROM marty.mcfladdison@gmail.com
TO hourtohour.notetonote@gmail.com
DATE Jan 29 at 5:24 PM
SUBJECT

スピアー
おまえはおれのこと嫌ってるだろうし、この事情じゃ、とうぜんだと思う。なにから書けばいいかわからないから、とにかくまず、謝りたい。ごめん。ごめんなんて言っても足りないし、そもそも面と向かって言うべきだろうけど、スピアーはきっとおれの顔も見たくないだろうし、それはとうぜんだと思う。

駐車場でおまえが言ったことをずっと考えてる。おまえが、おれに奪われたんだって言ってたことについて。おれは、ものすごく大切なものをおまえから奪ってしまったんだと思う。前はそのことを考えまいとしてた。でも、今ならわかるし、そんなことをしてしまったなんて信じられない。それだけじゃなくて、これまでのことぜんぶが。おまえを脅迫《きょうはく》したことについても、おまえの言うとおりだ。

あれはどう考えても脅迫だった。それに、タンブラーの投稿も。気づいてるかどうかわからないけど、管理人に削除される前に、自分で削除したんだ。だからって、状況が変わるわけじゃないけど、おまえに知っといてほしかった。今回のことでは本当に打ちのめされてる。許してくれなんて言うつもりはない。ただ、どんなに後悔してるか、知ってほしいだけなんだ。

どうやって説明すればいいいか、わからないけど、とにかく書いてみる。たぶんバカだと思われるだろうし、実際バカなんだけど。まずおれがホモ嫌いとかそういうんじゃないことはわかってほしい。ゲイってイケてると思ってる。イケてるでもノーマルでも、おまえが好きな言葉を使ってくれ。とにかく、この点に関しては間違いない。

ちなみに兄貴のカーターは今年の夏、ジョージタウンにもどる直前にカミングアウトした。それ以来、そのことはうちの家族全員にとって最重要事項なんだ。親はそれをすばらしいことに仕立てあげようとして、今じゃうちはゲイのユートピアだ。だけど、それってかなり違和感で、っていうのも兄貴はそもそもうちにほとんどいないし、うちに帰ってきてるときもめったにその話はしない。今年、うちの親はおれを連れてゲイパレードに参加したけど、それにだって兄貴はこなかったんだ。おれがその話をしたら、「へえ、いいんじゃない」って、ちょっと辟易《へきえき》って感じで言っただけだった。実際そうかも。その週末のあと、おまえのメールを見たんだ。だから、なんか微妙な気持ちになったんだと思う。

でも、もしかしたらただ言い訳してるだけかもしれない。だって、今回のことは、要はおれが女の子を好きになって、なんとかしたくて必死だったってだけのことだから。おれは嫉妬してたんだ。アビーみたいな女の子が引っ越してきて、大勢の中からおまえを友だちに選んで、でも、おまえにはもともと友だちがたくさんいて、それがたいしたことだとも思ってもなくて。別に責めてるとか、怒ってるとか、そんなんじゃないんだ。ただおまえはぜんぜん苦労なんてしてないみたいに見えるって言いたいだけなんだ。自分が本当にツイてるってことに、気づいたほうがいいんじゃないかって。

こんなんじゃ、意味がわからないかもしれないし、もうとっくに読むのをやめてるかもしれないけど、とにかくおれは思ってることをすべてここに書いたつもりだ。こんなこと言っても仕方ないかもしれないけど、おれは心の底から本当に悪かったと思ってる。うわさでは、エイブラハム・グリーンフェルドとすげえうまくいってるらしいけど、おれが心から喜んでるってことだけ、知ってほしい。おまえは幸せになってとうぜんだよ。めちゃめちゃいいやつだし、おまえと仲良くなったときはすごく楽しかった。もし最初にもどれたら、おれの友だちになれって脅迫するよ。で、そこでやめとく。

心をこめまくって
マーティン・アディソンより

第35章

学芸発表会は七時に始まる。ニックとおれがホールに入ったのは、ちょうど照明が暗くなりはじめたときだった。ブラムとギャレットがうしろのまんなかへんに席を二つとっておいてくれることになってる。おれはすぐにブラムを見つけた。すわったまま、からだをねじって入り口のほうを見ている。おれを見つけると、にっこり笑った。

人がすわってる前をむりやり歩いていって、ブラムのとなりに腰を下ろした。おれたちをはさんで、ニックとギャレットがすわる。ニックはおれ越しに身を乗り出して、ギャレットに「それってプログラム?」ときいた。

「そう。見る?」ギャレットは言って、丸めてすでにぼろぼろになったプログラムを回した。

ニックは演目にざっと目を通した。アビーを探してるに決まってる。

「アビーは最初か最後だろ」おれは言った。

ニックはニッと笑った。「最後から二番目だ」すると、照明が完全に消えた。

観客の話し声がだんだんと小さくなり、舞台のライトがぱっとついた。生徒会長のマディがマイクのところへ歩いてきた。おれはブラムのほうにからだを寄せた。暗闇に紛れて、ブラムの膝にすっと手を滑らせる。ブラムがそうっと体を動かして、おれの手に指をからめた。そして、すっと持ちあげると、おれの手の端に唇をあてた。

ブラムは、そのまましばらくおれの手を握っていた。へその下あたりがむずむずする。

それから、指をからめたまま、手を膝の上にもどした。付き合ってる相手がいるっていうのがこういうことなら、さっさと付き合えばよかった！

舞台の上には、女の子が次から次へと登場した。みんなミニスカートで、みんなアデルの歌を歌ってる。

それから、アビーの番になった。アビーは舞台の袖から出てくると、真ん中に置いてあった細くて黒い譜面台を舞台の端まで引っぱっていった。おれはニックのほうをちらりと見たけど、ニックはこっちなんて見もせずに、背中をピンと伸ばし、唇の端に笑みを浮かべて、うっとりと舞台を見つめている。ブロンドの二年の女の子がバイオリンと譜面を持って出てきた。そして、バイオリンをあごの下にあてると、アビーのほうを見た。アビーがうなずく。息をすうっと吸うのが、客席からでもわかった。すると、女の子がバイオリンを弾きはじめた。

シンディ・ローパーの『タイム・アフター・タイム』だけど、聴いたことのないバージョンで、どこか悲しげな感じがした。アビーの動きが音符のひとつひとつを伝える。ちゃんとしたソロのダンスを見たのは、初めてだ。バル・ミツバーのときにみんなの輪の中で、こっちが恥ずかしくなるような派手な踊りを見たことはあるけど。だから、最初、なにを基準に評価すればいいのか、わからなかった。グループなら、動きが合っているかどうかとかチェックできるけど、アビーは自分で動きをコントロールしてる。ふりや動作のひとつひとつがゆったりとしていて、豊かで、そう、本物だった。

思わず、舞台を見つめるニックを見やった。ダンスのあいだじゅう、こぶしを口に当て、静かにほほえんでいた。

アビーとバイオリンの女の子のダンスと演奏が終わると、驚嘆の拍手がわき起こった。それから、幕が半分ほど閉じ、最後の演目のセットが始まった。ドラムが出てきたところを見ると、バンドの演奏だろう。マディがマイクを持って、生徒会への寄付の方法についてあれこれ説明しはじめた。幕の向こうからは、楽器の電源を入れたり試しに弦をはじいたりドラムをたたいたりしている音が聞こえてくる。

「だれが出るの?」ニックにきいた。

ニックはプログラムを見た。「emoji《エモジ》、だって」

「かわいいじゃん」

幕があがり、楽器を持った女の子が五人、現われた。最初に目についたのが色だった。全員、違う柄の、超鮮やかな色の服を着ている。それが妙にパンクっぽい。すると、ドラマーが細かに震えるような速い動きでドラムを叩きはじめた。

気づいたのは、そのときだった。ドラマーはリアだった。

おれは文字通り、言葉を失った。髪を肩のうしろにたらし、両手を信じられないくらい早く動かしてる。すると、ほかの楽器が加わった。モーガンのキーボードと、アナのベース、ボーカルはテイラー・メッテルニッヒだ。

そして、リードギターはノラだった。落ち着いて自信たっぷりなようすなので、すぐにノラだってわからなかったくらいだ。マジで、おれはショックで茫然《ぼうぜん》としていた。ノラがまたギターをはじめたことさえ、知らなかったんだ。

ブラムがおれを見て、笑った。「サイモン、すごい顔してるよ」

マイケル・ジャクソンの『ビリー・ジーン』のカバーだった。マジな話、めちゃめちゃ最高で、女の子たちは立ちあがって、通路で踊りはじめた。ノラたちはそのままキュアの『ジャスト・ライク・ヘヴン』をやり出した。テイラーの声は本当にきれいで高音も楽々出していて、完璧だった。だけど、おれはまだ衝撃のさなかにいた。完全に脳が処理オーバーになってる。

ブラムの言うとおりだ。人はみんな、広い部屋と小さな窓のある家みたいなものなんだ。それって、いいことかもしれない。相手の意外な面に驚きつづけることができるってことなんだから。

「ノラ、けっこうやるじゃん」ニックがおれのほうに体を傾けて、言った。

「知ってたの？」

「何か月もいっしょにやってたんだ。だけど、ノラがおまえには言うなって言うから」

「マジで？　どうして？」

「おまえが大騒ぎするからだってさ」

出た、うちの家族だ。なにもかもが秘密なんだ。じゃないと、なにもかもが大騒ぎになるから。なにもかもが、カミングアウト並みの大事《おおごと》になるから。

「うちの親、これを見逃したって知ったら、大騒ぎするだろうな」

「大丈夫だよ、おれが連れてきたから」ニックは通路の向こう側を指さした。何列か前に父さんと母さんの後頭部が見える。二人は頭を寄せ合っていた。母さんのとなりにくしゃくしゃのダークブロンドの頭も見える。まさかアリス？　そんなはずあるか？

ノラがいつもの小さな笑みを浮かべて、髪を波打たせているのを見てたら、なぜかのどに塊《かたまり》がこみあげてきた。

「サイモン、すごくうれしそうな顔をしてる」ブラムが囁いた。

「ああ、ヘンだよな」

すると、ギターを弾いていたノラの手が止まり、テイラーが歌うのをやめ、全員が演奏をストップさせた。リアの顔に、怒りを爆発させたような毅然《きぜん》とした表情が浮かんだ。そして、おれ史上最高のクソヤバいドラム・ソロを始めたんだ。目は一点を見つめ、頬《ほお》は上気して、マジで本当にきれいだった。本人に言ったたって、きっと信じないだろうけど。

ブラムのほうを見たけど、ブラムはギャレットのほうを見ていた。頬の感じから、にやにやしているのがわかる。それに気づいたギャレットは首を振って、照れたように笑った。「おまえに言われたかねーよ、グリーンフェルド」

曲が終わり、観客が歓声をあげた。照明がぱっとついて、みんな、うしろの出口から中庭のほうへ移動しはじめた。おれたちが出ていく人たちを先に通しながら待ってると、アナが出てきて、すぐにおれたちを見つけた。それから、ブラウンの髪に短い赤いひげを生やした男の人が、だれもいなくなった前の列に入ってくると、おれに向かってほほえんだ。

「サイモンだろ？」男の人は言った。

おれはどういうことかわからなくて、うなずいた。どこかで見たことがある気もするけど、思い出せない。

「はじめまして。テオだよ」

「テオ……ああ、アリスの？」

「まあ、そんなもんかな」テオは照れたように笑った。

「アリスもきてるんですか？　どうしてここに？」反射的にさっきまで親がすわってた席へ目をやったけど、すでに空っぽだった。それから、あっと気づいて付け加えた。「はじめまして」

「こちらこそ」テオは言った。「アリスはロビーにいるんだ。メッセージを伝えるように言われてね、きみと、えっと、ブラムに」

ブラムとおれは顔を見あわせた。ニックとアビーとギャレットは興味津々で見ている。

「ご両親がヴァーシティっていうお店にきみを連れていきたいそうだ。だけど、きみは断らなきゃならないらしい。魔法の合言葉は、宿題の遅れを取りもどさなきゃならないから、だそうだ」

「え？　どうして？」

テオはうなずきながら言った。「その店まではいくのに三十分、そして帰るのにまた三十分かかるし、さらにオーダーしたり食べたりする時間もあるからだ」

「それだけの価値があるんです」おれはテオに教えた。「あそこのオレンジの砂糖がけを食べたことあります？」

「ないな。だけど、公正を期すなら、ぼくはこれまでの人生のうち、アトランタにいたのは、まだトータルで五時間だからね。今のところ」

「だけど、どうしてアリスはおれにくるなって言うんだろう？」

「きみに、だれもいない家での二時間をプレゼントするためさ」

「え……」頬がカアッと熱くなった。ニックが鼻を鳴らす。

「そういうこと」テオは言って、ブラムのほうをちらっと見て笑った。「じゃあ、またホールの外で」テオは中庭のほうへ去っていった。

おれはブラムを見た。目がいたずらっぽく光ってる。ブラムっぽくない感じに。

「ブラムもグルだったの？」

「ううん。だけど、もちろん味方するよ」

「なんかさ、自分の姉貴にぜんぶ仕切られてると思うと、ちょっと気味悪い」

ブラムは笑って、唇を噛んだ。

「だけど、たしかに最高かも」

そこで、みんなで中庭へ出ていって、おれはまっすぐアリスのところへいった。ブラムはニックとアビーとギャレットと、ちょっとうしろで待っていた。

「まさかくるなんて思わなかったよ」

「チビのニック・アイズナーが、すごいことがあるって教えてくれたから。だけど、先週の公演は見そびれちゃった。ごめんね、バブちゃん」

「いいよ。さっきテオに会ったよ」そして、声を潜めて言った。「いいひとだね」

「でしょ」アリスは照れくさそうに笑った。「彼氏はどっち？」

「ファスナーのついたグレイのセーター。ニックのとなり」

「なーんて、実はウソ。もうフェイスブックでこっそり見ちゃった」アリスはおれを抱きしめた。

「すごくすてきじゃない」

「だろ」

すると、通用口が開いて、エモジの子たちが入ってきた。ノラはおれたちを見ると、悲鳴としか言えない声でさけんだ。

「アリー！」ノラはアリスに突進した。「どうしてここにいるの？　コネチカット州にいるんじゃないの？」

「そりゃもちろん、あんたがロックスターだからよ」アリスは答えた。

「そんなんじゃないよ」ノラは顔を輝かせた。

親は超ドクター・スースっぽい花束を用意してた。それから、ノラのギターテクニックを褒めちぎり、五分後には、バンドの仲間とアビーを褒めちぎり、いつの間にかおれたちは中庭を占める大集団になっていた。ノラはテオと話し、うちの親はブラムと握手し、テイラーとアビーは片っ端からみんなとハグしてる。なんだか現実じゃないみたいな、最高にすてきな光景だった。

リアのところへいくと、リアはにやっと笑って、肩をすくめた。だからおれは、リアに思いきり抱きついた。「リアは最高にすごいよ。ぜんぜん知らなかった」

「学校のドラムを貸してもらったの。独学で練習したんだ」

「どのくらい？」

「二年くらいかな」

おれはまじまじとリアを見た。リアは唇を噛んだ。

「けっこうイケてたでしょ？」リアはきいた。

「最高にね」おれは言って、リアには悪いけど、またハグした。

「もういいって」リアはもがいておれの腕から逃れた。でも、リアが笑っているのは、わかっていた。

だから、リアの額にキスした。そしたら、リアは信じられないくらい真っ赤になった。リアは赤くなると、パンクだ。

そしたら、親がこっちにきて、ヴァーシティにお祝いの食事にいかないかと言った。

「宿題が遅れてるんだよ」おれは言った。

「ほんとうにいいのか？　オレンジの砂糖がけを持って帰ってやろうか？」

「二個、よろしく」アリスが言って、にやにやした。


アリスに、店を出るときに連絡を入れるからスマホの電源を入れておくようにって言われた。

「オレンジも忘れないでよ」

「サイモン、そっちもこっちもっていうのは無理なの」

「Lサイズね。持ち帰り用カップで」

まだ百人くらいの人たちが、駐車場へ向かって歩いていた。おれはブラムの車で帰ることにした。手をつなぐには人が多すぎる。ま、ここはジョージア州で、ニューヨークとかじゃないし。だから、少し間を開けて並んで歩いた。金曜の夜にぶらついてる友だち同士って感じで。だけど、まわりの空気は、電気を帯びてパチパチはじけてる。

ブラムは駐車場の坂の一番上に車を止めていた。ブラムが階段の上からリモコンで車の鍵を開け、おれは助手席側に回った。すると、いきなりとなりの車のエンジンがかかったので、びっくりした。その車が出るのを待ってからドアを開けようとしたのに、ぐずぐずしてる。窓から中をのぞくと、マーティンだった。

おれたちの目が合った。まさかマーティンだと思わなかったので、おれは驚いた。今日は、学校にきてなかったはずだ。メールをもらってから、会うのは今日が初めてだった。

マーティンは髪をかきあげた。口元がゆがんでいる。

おれはただじっとやつを見つめた。

メールの返事は出してなかった。

まだ出してない。

そう、今はまだ。

寒いので車に乗り、窓からマーティンが車をバックさせるのをじっと見ていた。

「暖まった？」ブラムがきいた。おれはうなずいた。「じゃ、サイモンちにいこうか」

ブラムの声が緊張していたので、おれまで緊張しはじめた。「それでいい？」

「うん」ブラムはちらっとおれを見た。

「うん、もちろん」

「よし、いこう」心臓がバクバクしはじめた。


ブラムといっしょに入ると、まるで初めてうちを見たような気がした。壁際に置いてあるどうってことのない木製の棚には、カタログとかDMが積みあがってるし、ノラが幼稚園のときに描いたアルビンとシマリスたちの絵はかなりヤバい。くぐもったドサッという音がして、爪が床にカチカチとあたる音がつづき、ビーバーがソファーから飛び降りてこっちへ走ってきた。

「やあ」ブラムはしゃがんで言った。「きみのことなら知ってるよ」

ビーバーはブラムを熱烈歓迎し、ぺろぺろ舐めまくったので、ブラムは驚いて笑い転げた。

「ブラムにめろめろなのは、おれだけじゃないってことだよ」

ブラムはビーバーの鼻にキスをしてから、おれのあとについてリビングルームに入ってきた。「お腹すいてる？　なにか飲む？」

「大丈夫」

「たぶんコーラがある」ブラムにキスしたくて死にそうだっていうのに、なんで時間を引き延ばしてるのか、自分でもわからない。「それとも、なにか観る？」

「うん」

「おれは観たくない」

ブラムは笑った。「じゃ、やめよう」

「おれの部屋を見たい？」

ブラムはまたいたずらっぽい笑みを浮かべた。ってことは、この笑みはブラムっぽくないわけじゃないのかも。まだブラムについて知らないことがたくさんある。

階段の壁には額に入れた写真が飾ってあった。ブラムはひとつひとつ、立ち止まって眺めた。「これが、有名なゴミ箱の仮装か」

「ノラの栄光の瞬間だよ。その話をしたの、忘れてた」

「で、これが魚を釣ったときの写真だね。たしかにスリル満点だな」

写真のおれは六歳か七歳で、陽に灼《や》けて真っ赤になっている。腕をせいいっぱいのばして、釣り糸にぶら下がった魚をできるだけ遠ざけ、今にも怖くて泣き出しそうな顔をしていた。

「むかしから釣りが好きでたまらなかったって、わかるだろ」

「小さいころのサイモンってまさにブロンドっていうブロンドだったんだ」

階段をのぼると、ブラムはおれの手を取って、ぎゅっと握りしめた。「ブラムが本当にうちにくるなんて」おれは首を振った。「本当なんだ」

ドアを開けると、床に散らかっている服をわきへ蹴飛ばしながら、中に入っていった。「ごめん……こんなで」空のカゴの横には洗濯していない服の山が、空の洋服ダンスの横には洗濯した服の山が積みあがっていた。そこいらじゅうに本とか紙が散らばっている。机の上にはゴールドフィッシュ・クラッカーの空き袋が転がっていて、となりにおさるのジョージの動いていないアラーム時計とラップトップとプラスチック製のロボットのアームが置いてあった。額に入れて壁に飾ってあるアルバムのカバーは傾いてる。

だけど、ベッドだけはちゃんと直してあった。だから、おれたちはベッドの上にすわって、壁に寄りかかり、脚を前へ投げ出した。

「メールはいつもどこで書いてるの？」ブラムがきいた。

「たいていここかな。机で書くときもあるけど」

「へえ」ブラムはうなずいた。おれは身を乗り出して、ブラムの首の、あごのすぐ下あたりにそっとキスをした。ブラムはこっちを向いて、ごくりとのどを鳴らした。

「やあ」おれは言った。

ブラムは笑った。「やあ」

それから、今度は本当のキスをした。ブラムもキスを返す。おれの髪をつかんで。まるで呼吸をするようにキスをする。胸がバクバクする。気がつくと、おれたちは横になっていて、ブラムの手はおれの背中に回されていた。

「すごくいい」息切れしたような声でささやく。「もっとしよう。毎日」

「いいよ」

「ほかのことはぜんぶやめるんだ。学校も、食事も、宿題も」

「映画に誘おうと思ってたんだけど」ブラムは笑った。ブラムが笑うと、おれも笑ってしまう。

「映画もなし。映画は嫌いなんだ」

「ほんとに？」

「もちろん。どうしてほかのやつがキスしてるところなんか、見たいわけ？　ブラムにキスできるのに」

ブラムにも異存はなかったみたいだ。だって、もう待てないって感じでおれを引きよせて、キスをしてきたから。そしたら、いきなり硬くなった。ブラムもだ。ぞくぞくするような、怖いような、妙な感覚だった。

「なに考えてる？」ブラムがきいた。

「ブラムのお母さんのこと」

「やめてくれよ」ブラムは笑い出した。

だけど、本当だった。特に、「毎回っていうのはオーラルセックスのときもってことよ」ってやつ。だって、そのルールって適用されるかもだろ。まあ、今じゃないけど、いつかは。

ブラムの唇に軽いキスをした。

「ほんとにサイモンと出かけたいんだ。映画はぜんぶだめってわけじゃないなら、どんなものなら観たい？」ブラムがきいた。

「なんでも」

「でも、恋愛物以外はってことだろ？　サイモンっぽいものがいいだろうな。ハッピーエンドの」

「どうしてみんな、おれが皮肉屋だって言っても信じないんだ？」

「へえええ」ブラムは笑った。

おれはブラムの上にのっかって、首のくぼみに頭をのせた。「終わりがないのがいい。いつまでも続くものが好きなんだ」

ブラムはおれをますますきつく抱きしめて、頭にキスをした。おれたちはずっとベッドの上にいた。

でもとうとうジーンズのうしろのポケットに入れてるスマホに着信がきた。アリスだ。**高速を降りたところ。準備しといて**
おれはブラムの胸の上にスマホを置いて、返事を打った。**了解。ポール・リビア**〔レキシントン・コンコードの戦いの前夜、伝令として活躍〕**に感謝**
それから、おれたちはもう一度すばやくキスをして、立ちあがった。からだをのばす。それから、それぞれ洗面所で髪や服を整えた。家族が帰ってきたとき、おれたちはリビングの二人がけのソファーにすわっていた。二人のあいだに、教科書を積みあげて。

「ああ、おかえり」おれはプリントから顔をあげた。「どうだった？　あ、ブラムがきてるんだ、宿題をしに」

「さぞかし有効な時間だったでしょうね」母さんは言った。おれはぎゅっと唇を閉じ、ブラムはコホンと咳をした。

母さんの顔を見て、これはあとで話し合いってやつがくるなと思った。基本ルールについて面倒くさいことを言われそうだ。いちいち大事《おおごと》みたいに。

だけど、たしかにこれって大事かもしれない。てか、超のつく大事かもしれない。

そうなってほしい。

訳者あとがき

サイモン・スピアーは十六歳の高校生。成績はまあまあ、運動はあまり得意じゃないし、所属している演劇部でも端役《はやく》だけど、風通しのいい部の雰囲気は気に入ってる。幼なじみのサッカー部のニックと、yaoi(やおい)女子のリアとはしょっちゅうつるんでいて、とにかく「楽な関係」。そこへ、転校してきてすぐに意気投合したアビーも加わり、バラ色とまではいかなくても楽しい高校生活を送っている。そう、どこにでもいそうな男子高生なのだ。

ところが、そんなサイモンにも、ひとつだけ悩みがある。

いつカミングアウトするか?

特に、気になる存在ができた最近では、その問題が頭から離れない。気になる存在というのは、ネットで知り合ったブルー。彼の書く文章に惹《ひ》かれたサイモンは、「ジャック」というハンドル名を使って、ブルーとメールのやりとりを始める。ところが、ある日、学校のパソコンでメールを読んだあと、ログアウトをし忘れて、同級生のマーティンにメールを見られてしまう。マーティンは、メールの内容をだれにも言わない代わりに、アビーを紹介してくれと「脅迫《きょうはく》」してくる。

メールのことを公表されたら、ブルーは正体がばれるのを怖れて、サイモンとの連絡を絶ってしまうかもしれない。サイモン自身もまだ、ブルーの正体を知らないのに。

それに、メールの内容をみんなに知られるということは、カミングアウトするのに等しい。別にゲイだということを内緒にしたいわけではないし、ましてや恥じているわけでもない。でも、ならどうしてカミングアウトするのに、こんなにためらうんだろう？　そもそもカミングアウトっていうのは、しなきゃいけないものなのか……？

物語は、ブルーの正体と、いつカミングアウトするのかという、ふたつの波乱の種をはらみつつ、進んでいく。

もちろん、ブルーもカミングアウトについては悩んでいる。ふたりでそんなメールのやりとりをしているうちに、思いついたのが、「人類平等化計画《ホモサピエンス・アジェンダ》」だ。

この人類平等化計画《ホモサピエンス・アジェンダ》は、実際にある「ホモセクシャル・アジェンダ（ゲイ・アジェンダとも言う）」という言葉をもじって、サイモンが新しく作りだした言葉だ。ホモセクシャル（ゲイ）・アジェンダとは、もともとはキリスト教右派による造語で、ホモセクシャル的な価値観を社会に持ちこもうとする政治運動があるという「主張」をさす。キリスト教右派とは、キリスト教の保守的勢力で、伝統的価値を守るために政治活動をする人々のことだが、ここで言う「伝統的価値観」には「ヘテロセクシャル（異性愛者《いせいあいしゃ》）であること」も含まれている。つまり、キリスト教右派や一部の保守派は、「ヘテロセクシャル」こそが「伝統的＝ふつうの価値観」であり、にもかかわらず、ゲイの人たちは彼らの価値観やライフスタイルを社会に広めて、ヘテロセクシャルの人たちの生活を脅《おびや》かそうとしている、と主張しているわけだ。

しかし、この「ホモセクシャル的な価値観やライフスタイル」という考え方に、サイモンとブルーは強烈な違和感を覚える。ゲイだからといって、ストレートの子たちとちがう価値観やライフスタイルを持ってるわけじゃない。恋愛だって、相手が同性ということ以外はストレートの子たちと変わらない。

ストレートの子にももちろん、恋愛の傾向や好みがあり、それによって、まわりから色々判断されることはあるだろう。でも、それはあくまで彼/彼女の個性のひとつにすぎない。けれども、ゲイの場合、恋愛の傾向や好み、しかもそのひとつにすぎない「同性を好きになる」という側面が、まるで彼/彼女の全人格のように扱われてしまう。

だから、サイモンとブルーは、ゲイにカミングアウトが強制されるなら、ストレートの子だって同じようにカミングアウトしなきゃおかしいじゃないか、と主張するのだ。

冒頭でも述べたとおり、サイモンは特別に個性的な男の子というわけではない。涙もろいし、すぐ感動するし、マーティンにメールを見られたりブルーへのメールに正体をばらすようなことを書いてしまったりとドジなところはあるけれど、友だちが好きで、友だちといるのが大好きで、なんやかんや言って家族を愛していて、試験は嫌いで、音楽が好きで、華やかなパーティにちょっと気おくれして、初めてのお酒に興奮して、学園祭をバカにしつつもちょっと興味があって、恋に有頂天になる。ゲイだからって、特別「おしゃれ」だったり、意識が高いわけでもない(アビーに悪気なく言ってしまった言葉にあたふたしたり、ユダヤ人はみんなイスラエル出身だと思ってたりする。で、ちゃんと反省する)。こんな男の子なら、まわりにもいそうだし、いたら、友だちになりたいと思うタイプだと思う。そういえば、自分でも、「おれは主役タイプじゃないってこと。たぶん、主人公の親友くらいな感じ」と言っているし。

サイモンだけではない。物語に出てくる人々はみな、それぞれに魅力的だ。親友のニックはサッカー部で体育会系だけど、音楽、しかも七十年代前後のロックが大好きで、ギターがうまくて、恋をするとすぐ態度に出てしまう。リアは物事を醒めた目で見る皮肉屋のようでいて、実は人一倍照れ屋で憶病なところもある女の子。日本の漫画が大好きで、ネット上に投稿されているBL系の二次創作をサイモンに教えたのもリアだ。アビーは、かわいくて、チアリーダーで、演劇部で、いろいろな委員会も掛け持ちしていて、みんなに好かれていて、そしてみんなのことも全力で好いている女の子。家族で集まると、〈ザ・バチェロレッテ〉〔二十五人の男性が一人の女性の恋人の座を争うアメリカのリアリティ番組〕の予想会を開いたり、フェイスブックのコメントを拾ってくるという謎のゲームをしたりするスピアー家の面々にも、それぞれの魅力がある。サイモンがカミングアウトしたときの、家族四人の受け止め方に特徴が出ていて、面白い。特にふだんはなんでもジョークで混ぜっ返すお父さんの反応(と、その後の対応)には注目。

サイモンを脅迫したマーティンも、ただの卑怯者というわけではない。たしかに浅はかで考えなしだけど、いつもタイミングが悪くて、まわりの空気が読めなくて、空回りばかりだけどどこか憎めない、そんなマーティンみたいな子もまわりにいそうだ。

そして、ブルーは……。あ、読んでいない方もいるかもしれないので、人物紹介はここまでに。

本書は、作家の第一作であるYA作品を対象としたウィリアム・C・モリス賞を受賞、また、LG

BTをテーマにした作品に贈られるラムダ賞の最終候補作品にも選ばれている。映画化も決定し、サイモン役は、『ジュラシック・ワールド』や『フィフス・ウェイブ』で注目のニック・ロビンソンに決まっている。

読んだ人が、サイモンはもちろん、ニックやリアやアビーやマーティンに出会えてよかったと思ってくれると嬉しい。あたりまえだけれど、世の中にはいろいろな人間がいる。裏返せば、サイモンの置かれた状況だけが、すべてを物語るわけでもない。だから、これからも、いろいろなストーリーが語られていくといいなと思う。

作者のベッキー・アルバータリさんには、何度も質問に答えていただいた。今回、アルバータリさんと相談して、日本読者に状況がわかりやすいように少しだけ変更を加えたところもあることをここでお断りしておく。アルバータリさんと編集者の須藤建さんに、心からの感謝を！

三辺律子

二〇一七年六月

三辺律子

翻訳家。白百合女子大学大学院修了。訳書にキプリング『ジャングル・ブック』『少年キム』(以上、岩波少年文庫)ほか、ローウェル『エレナーとパーク』(辰巳出版)、スローン『世界を7で数えたら』(小学館)、フレミング『ぼくが死んだ日』(東京創元社)、ネルソン『君に太陽を』(集英社)など、多数。

サイモン vs 人類平等化計画
ベッキー・アルバータリ作

2017年7月19日　第1刷発行

訳　者　三辺律子《さんべりつこ》

発行者　岡本　厚

発行所　株式会社 岩波書店
〒101-8002 東京都千代田区一ツ橋 2-5-5
電話案内 03-5210-4000
http://www.iwanami.co.jp/

印刷製本・法令印刷

ISBN 978-4-00-116417-6　　Printed in Japan
NDC 933　342 p.　19 cm